LADY LOVE

DU MÊME AUTEUR

OURASI, LE ROI FAINÉANT, Presses de la Renaissance, 1989. Favre, 2000.

ŒDIPE DE CHEVAL, Grasset, 1992. Prix littéraire 30 millions d'amis.

L'AVENTURE DE MAZEPPA, Calmann-Lévy, 1993.

LE LOUP MONGOL, Grasset, 1998. Prix Médicis.

Autres :

HORSES, William Blake & Co, 1991 (photographies de Pierre Keller).

UN CHEVAL NOMMÉ ZINGARO, Tana Éditions, 2000.

POUR L'HONNEUR DES BÊTES, Julliard, 2001.

NOUVELLES D'AUBRAC, Fil d'Ariane, 2002 (collectif).

HOMERIC

LADY LOVE

roman

BERNARD GRASSET
PARIS

NOTE DE L'AUTEUR

L'amitié, l'histoire et la littérature ont nourri quelques-uns des personnages de ce roman. Toute autre ressemblance avec des personnes et des animaux vivants ou ayant réellement ou fictivement existé ne saurait être que coïncidence.

Un glossaire est en fin d'ouvrage.

A Jean-François Chadelat et sa famille.

A Patrice A. en souvenir de ce rendez-vous qui n'eut jamais lieu.

A Léon Bendersky dit Ben.

A mon père, ma mère, ma sœur, mes enfants.

A Lady Emma qui veille sur Jackie Love.

« Riobaldo, j'aurais aimé que tu sois né mon parent... »

C'était là source de joie, c'était source de tristesse.

Son parent ? Une chose qui signifiait espérer le certain de l'incertain. Un parent on ne le choisit pas – c'est ce qui est écrit.

Mais c'est parce que prisonnier de son petit destin de racines, que l'arbre ouvre tant de bras.

JOSAÉ G. ROSA.

La séparation

La banlieue parisienne défilait par la vitre. Ma mère conduisait. Le ciel, sombre, froid et pluvieux, était à vomir. Je m'étais promis de ne pas pleurer.

C'était un de ces jours de février si gris, que bien des âmes cafardeuses mettraient fin à leur vie avant l'heure du goûter. La mienne commençait, et dans ma gorge cela me faisait comme une boule de tristesse.

De temps en temps, ma mère tournait son visage vers le mien. Je la sentais émue et je m'accrochais au ruban de bitume qui, au loin, scintillait comme une trace d'escargot, incapable de lui rendre son regard d'amour, trop occupé avec ma propre peur.

Voilà, j'étais en route vers mon destin, comme je l'avais décidé, mais recroquevillé sur le siège avant droit de la 4 CV, vieille complice qui agissait sur le cœur tel un cocon familial. Un mot de moi suffirait pour que ma mère rebrousse chemin vers le pavillon de Romainville. Je le savais trop bien.

Ne pas flancher, me raccrocher à des jours ensoleillés, ceux de mon enfance, ainsi je tiendrais : Deauville, le salon de coiffure de mon père ; les pique-niques sous l'ombre du parasol, la plage déserte, le sable brûlant ;

Soleil, l'étalon du baron Guy de Rothschild, une comète illuminant le poteau d'arrivée de l'hippodrome de la Touques, avec, telle une plume au-dessus du garrot, une casaque bleue et toque jaune, celle de l'azur et de l'astre roi. Et le sourire de son jockey, Jean Deforge, tapi dans le col de l'animal. Enorme, pamplemousse, le sourire des anges. Cette vision de rêve, vécue quatre ans auparavant, me valait d'être au côté de ma mère en ce jour de février 1969, ma valise sur la banquette arrière, direction le Moulin à Van, centre de formation des apprentis jockeys-lads.

Sarcelles noyé sombra bel et bien dans le rétroviseur, les premières parcelles de verdure apparurent. Pendant quarante kilomètres, rien ne fut dit.

Soleil... N'avait-il pas été le fruit de mon imagination, un désir embelli ? En l'apercevant, immobile à l'orée du rond de présentation, j'avais frissonné. Immobile mais non figé, juste suspendu, un instant, attendant que l'un de ses adversaires lui passe devant. Sous les arbres qui encadraient l'entrée réservée aux pur-sang, sa silhouette s'était découpée dans une implacable trouée de lumière. Dans le contre-jour, sa crinière ruisselait sur l'encolure arrondie. Il regardait au loin, par-delà ce concurrent qui marchait naseaux bas, bien plus loin que toutes les têtes colorées des turfistes agitant chapeaux ou programmes pour se rafraîchir. Puis, il avait délié son corps ensellé, prenant place dans la file, somptueux en sa robe de soie brune. Il avait le front large, la ganache franche, ronde, et le bout de son museau coloré d'une virgule blanche s'affinait en douceur, telle la courbe d'une calligraphie arabe. Calme olympien, intelligence du regard et des postures, il tranchait sur ses rivaux au trot nerveux, aux flancs mousseux d'écume, et dont le mors tenu à pleine gorge montrait qu'ils se battaient avec la main de leur lad, quand ils ne l'emportaient pas.

Elle s'égara dans Gouvieux, commune la plus vaste de France, avant de trouver le Moulin à Van. Le cœur au bord des lèvres, en mal de mer, je ne pouvais parler. Ça me rappelait mes premiers jours d'école maternelle où, d'abord tétanisé lorsque ma mère m'abandonnait dans le préau, je traversais la cour jusqu'aux murs, grimpais dessus et, bras tendus, en larmes, l'interceptais avec l'espoir de lui fendre le cœur et l'inciter à me ramener à la maison. Autre chose, plus tard, les malaises du dispensaire de Romainville, l'édifice en brique rouge, les écoliers en slip qui avançaient un par un vers le toubib assis, sa blouse blanche, sa seringue, ses jambes écartées entre lesquelles, tous, nous retenions notre respiration. Ces moments de détresse et d'épouvante me paraissaient loin et, avec le recul, presque doux.

— C'est là !

Elle bifurqua sur la gauche, délaissant le mur poisseux d'un cimetière. Le chemin en pente, cahoteux, s'élevait entre des marbres rouges, gris ou noirs, pierres tombales exposées aux vents comme pour garantir leur inaltérabilité.

Cent mètres plus haut, le portail du centre des apprentis jockeys-lads était ouvert. L'un des deux piliers s'adossait à une maison de gardien, style côte normande. La vaillante 4 CV grinça sur une allée crayeuse. Au fond, en partie dissimulée par des hêtres et des marronniers ancrés sur une nappe d'herbe, une maison bourgeoise de trois étages, carrée et sans attrait, dominait la vallée de l'Oise.

Elle serra le frein à main devant le perron, coupa le moteur et dit qu'elle allait trouver le directeur. Deux bâtiments accolés à la maison encadraient une cour de graviers balayée par quelques silhouettes qui jetèrent des coups d'œil vers la voiture.

Elle revint bientôt, et me dit en vrac : directeur absent pour l'instant, de retour demain matin pour te voir, s'appelle monsieur Noos, moniteur t'attend pour te montrer ta chambre, et voilà, il lui fallait partir, vite, c'était conforme à sa promesse...

J'attrapai ma valise et la laissai m'embrasser sur les joues. Elle faillit passer sa main dans mes cheveux, mais se retint, avant de reprendre sa place dans la voiture.

Les lanternes rouges brinquebalèrent sur le chemin, puis disparurent. Les nuages filaient dans le ciel à une allure extravagante.

J'aurais tant voulu lui rendre son baiser.

Un accueil tonique

Je suivis l'homme dans l'escalier puis le couloir, lino au sol sous une lumière de pisse, de chaque côté, une porte tous les cinq mètres. Soudain, il en ouvrit une à droite et dit :

— Voilà tes camarades de chambre.

Cinq paires d'yeux me dévisageaient.

— Faites connaissance. Dîner à dix-neuf heures trente, extinction des feux à vingt et une heures.

L'homme s'éclipsa en refermant la porte derrière moi.

— Bonjour.

Aucune réponse. Je restai planté au centre de la pièce, presque un réduit. Trois lits superposés en fer et six armoires aussi larges que les casiers d'un vestiaire de stade prenaient les quatre cinquièmes de la surface. En face de la porte, une fenêtre s'ouvrait sur un bois. Aux murs, des posters de chevaux, au canter et sous casaque de soie, des arrivées de courses, ou encore, des étalons présentés nus dans une attitude hiératique, tels des joyaux aux sabots vernis sur un gazon dc velours.

Les occupants étaient allongés sur leur lit, à l'exception d'un seul qui se tenait près de moi, une mimique méprisante au coin des lèvres. Du menton, il montra un matelas :

— Ton pieu.

Je posai ma valise dessus et me cognai le front sur le montant de fer du sommier supérieur. La douleur m'assit. J'évitai de me frotter la bosse, pourtant mes yeux se mouillaient. Je devais être pivoine.

— C'est quoi ton blaze ? demanda le même garçon.

— Mon quoi ?

— Ton blaze, ton nom !

— Bastide, Rico Bastide.

— T'as quoi dans ta valise ?

— Des affaires.

— D'la bouffe, du fric ? Montre !

— Ce sont mes affaires...

— Ouvre !

Il défit les sangles, poussa le pressoir et souleva le bord. Les paquets de gâteaux, tubes de lait concentré et autres douceurs glissés par ma mère, trônaient sur le linge repassé et plié.

— Oh ! là là ! c'est quoi tout ça ? Allez, vire ! dit-il en me bousculant.

Je me relevai et lui attrapai le bras pour l'empêcher de fouiller ma valise. Il se retourna et m'empoigna les revers du blouson :

— Tu m'as touché, hein, j'ai pas rêvé ?

Il m'administra un coup de boule.

Je portai les mains à mon nez. Il saignait. Les cinq garçons, des chimpanzés, se disputaient mes friandises.

Je cherchai un mouchoir et refusai le gâteau sec qu'une main m'offrit.

— T'as signé, c'est pour en chier ! dit celui qui m'avait frappé.

Il disait vrai, j'avais signé un contrat me liant pour deux ans au moins avec un entraîneur, mon futur maître d'apprentissage. Et si le pire était à venir ?

Je ne comprenais pas cette violence, ce fulgurant coup de boule, pas vu venir, ni repartir. Les visages dansaient devant mes yeux, j'y lisais le ressentiment, d'anciennes rancœurs qui m'étaient étrangères.

A dix-neuf heures trente, une centaine de mômes, en rang sur quatre files, attendaient sous la pluie l'ouverture du réfectoire. Je me tenais en retrait, décalé, tâchant d'apercevoir l'intérieur de la salle à manger. Soudain, une main me saisit l'oreille, me souleva et me repoussa dans le rang.

— On reste dans la file si on veut manger, m'avertit l'éducateur qui m'avait conduit vers ma chambre.

L'oreille me brûlait, mais plus cuisante était ma gêne.

Lorsque les portes s'ouvrirent, les enfants se ruèrent dans la grande salle et s'installèrent dans un bruit de chaises, de rires, de couverts entrechoqués et de bousculades.

Avant d'être accepté à une table, on me refusa trois places. Je n'avais pas faim, et mon menu, betteraves, côtes de porc lentilles, Vache qui rit et crème au café, fut avalé par l'un de mes voisins.

Alentour, les pensionnaires avaient des têtes pas possibles, certaines édentées, un bon nombre aux oreilles décollées, avec un nez tordu ou cassé, d'autres avec des yeux bovins, idiots, vicelards, voire assassins. Ils avaient entre quatorze et seize ans, mais la plupart d'entre eux paraissaient plus vieux. Ils riaient fort, chahutaient sans cesse, en pleine santé, heureux.

Jusqu'au coucher, il en fut ainsi : des rires, des jeux où la bagarre avait une part active, des portes qui claquent, des poursuites dans le couloir, des cris, des plaintes, des pets et des rots, une tension électrique qu'ils se transmettaient, sans parvenir à l'apaiser. J'en avais les épaules nouées.

Enfin, toutes lumières éteintes, les voix se turent, mezza voce pour les plus bavards, un ou deux ricanements, un ultime chuchotement, et il n'y eut plus que le bruit de l'eau, celui d'un toit qui s'égoutte dans la nuit.

J'écoutais, ne voyais rien, la chambre était sombre. Ce n'était pas plus mal, elle était si triste.

Jean-François, un vrai copain

Je dormais loin de chez moi, et je me sentais seul, vulnérable. Ce n'était pourtant pas la première fois. Plus jeune, j'avais passé des jours, parfois des semaines, un mois peut-être, chez l'habitant, à Romainville, aux Lilas ou ailleurs, dormant et mangeant avec des familles inconnues, dans des réduits parfois, ou une cabane datant du siècle passé et appartenant à une grand-mère de la même époque. Je ne savais pas toujours quand ma mère, en déplacement avec mon père, me récupérerait, et si je m'étais senti de temps en temps abandonné, jamais elle ne m'avait oublié. Maintenant, l'éloignement me paraissait définitif car nous n'allions plus habiter ensemble, tous les trois, avec ma sœur. Elle aussi me manquait. Après toutes ces années à se chamailler, à se détester, éprouver à quel point je l'aimais me bouleversait.

J'allais devenir adolescent, et l'enfance, pensais-je, avait du bon. La mienne avait été belle. Je déroulais mes meilleurs souvenirs. Parmi eux, mon copain Jean-François, à qui je devais d'être sur ce lit de fer dans le noir, à l'aube d'un grand vertige.

Notre amitié avait commencé à Deauville où nous nous retrouvions chaque été. Au départ, tout nous séparait. J'avais six ans, Jean-François, sept de plus et presque le double en taille. Son père était commissaire de la Marine sur le croisé *Colbert*, sa mère avocate. Jean-François avait une sœur de deux ans plus jeune que lui, la douce Catherine au visage clair, amie d'Anne, ma sœur.

Jean-François était un étudiant brillant, moi un écolier maussade, limite, dans la lune. Seul point commun, notre maigreur. Elle sautait aux yeux : deux rangées de côtes à fleur de peau, plus marquées qu'une plaque de tôle ondulée. Nos parents avaient entamé la conversation un jour, comme ça, après s'être côtoyés et observés tout un été sur la même portion de plage, face à la cabine que la famille Chadelat louait à proximité de Madame Miko, la marchande de glaces.

D'emblée, Jean-François et Catherine participèrent, enthousiastes, à nos jeux. Ils étaient calmes, patients, attentifs et, toujours disponibles, irréprochables. Je me souvenais des pelletées rageuses de mon grand copain pour construire un château de sable monumental, entouré de douves profondes et de hauts remparts qui, six heures plus tard, s'opposerait à la marée montante. Il y avait aussi ces circuits de sable dessinés avec le tranchant de la main, et sur lesquels nous jouions au Tour de France, billes et cyclistes à profusion sous nos doigts, les courses à pied avec rendement de distance, les slaloms entre les parasols, les glaces à trois boules, trois parfums, dévorées, les rires, et cette joyeuse camaraderie qui, tel un rosier au printemps, prenait de l'ampleur, grimpait et bourgeonnait d'année en année.

Bientôt, nous avons sillonné à vélo les alentours de Deauville, gravi le mont Canisy, inspecté, chaussés de bottes et munis de lampes de poche, les galeries souterraines qui faisaient de cette éminence bravache un grand gruyère teuton face à la mer. Essoufflé, je suivais cet escogriffe de copain qui, dans les descentes vers les vallées, me provoquait à la course et, encore et toujours, gagnait, malgré les handicaps savamment calculés par lui pour me laisser une chance. On s'arrêtait près de la chapelle en ruine de Saint-Arnoult, en nage, nous jetions nos vélos dans l'herbe et, près d'un lavoir, dans l'ombre bleutée des pierres, buvions l'eau d'une source où brillaient des pièces offertes à la bonne grâce de quelques saints. De retour à Deauville, sur la ligne droite qui bordait le champ de courses, un dernier sprint, une autre victoire du grand sur le petit, jusqu'à la villa Gling-Gling, maison estivale des Chadelat. Jean-François poussait la porte, se ruait vers le frigo, extirpait une bouteille de bière, un litre, qu'il vidait d'un trait après m'en avoir proposé. Je préférais un verre de grenadine, savouré tout en surveillant du coin de l'œil la grand-mère, longue et pâle, raide dans son fauteuil près de la croisée de la salle à manger, seule, comme de côté dans la vie, cloîtrée dans ses souvenirs. Puis, impatients, nous gravissions quatre à quatre l'escalier, tombant parfois, au débouché de sa chambre, sur Catherine, un livre à la main et le sourire las de celle qui rêve par-delà les écrits de Lamartine, ou que trop d'étude éreinte. Au troisième étage, le grenier, notre univers, caverne d'Ali Baba, l'un des lieux les plus heureux de mon enfance où les placards débordaient de jeux de société, de livres, de bandes dessinées et de petits soldats de plomb. Près de la baie vitrée, il y avait une table de ping-pong. Cette baie donnait sur l'hippodrome de la Touques. Juste en dessous, il y avait les starting-gates servant aux départs pour les épreuves de 1 600 m.

L'origine de mon entêtement à devenir un jour jockey venait de ce repaire situé juste au-dessus de l'hippodrome de la côte normande. Par la baie entrouverte, nous entendions les cloches, sonneries et autres annonces des haut-parleurs qui rythmaient la messe d'une réunion hippique. Nous suspendions alors nos jeux pour nous accouder aux fenêtres.

Bientôt, les *tagadoum-tagadoum* des pur-sang lancés au canter se répercutaient jusque dans le grenier. Nous regardions les casaques multicolores filer une par une sur le gazon. Jean-François les nommait : Boussac, Rothschild, Dupré, Aga Khan, Ternynck, comtesse de la Valdène, Couturié, Plesch, Wertheimer. En quelques semaines, j'avais associé le nom de ces propriétaires de chevaux de course à des couleurs : orange toque grise pour le roi du textile ; bleu roi toque jaune pour les banquiers ; gris perle et rose pour le directeur de cabarets ; vert avec épaulettes rouges pour le dieu vivant des Ismaéliens ; vert et noir pour Jean Ternynck ; jaune et vert pour la comtesse ; losanges blancs et noirs pour madame Couturié ; bleu avec pois rouges pour madame Arpad Plesch, avec coutures blanches pour Jacques Wertheimer, financier de la haute couture et des parfums. Les noms à rallonge me fascinaient, particulièrement ceux du baron Thierry de Zuylen de Nyevelt, casaque chevronnée rouge et blanc, du marquis de Talhouët-Roy, blanc perle avec toque de velours noir et gland d'or. Ma préférée, pour le patronyme surtout, était celle du baron Léseleuc de Kerouara, bouton d'or avec manches gris souris.

Le canter terminé, les chevaux se regroupaient pour revenir au pas derrière les boîtes de départ, sorte d'armature verte en nid d'abeilles, où ils tournaient en rond jusqu'à ce que des hommes en blouse grise les conduisent à leur emplacement. Nous tendions l'oreille pour entendre la conversation des jockeys. Beaucoup plaisantaient et riaient. Loin des tribunes combles, ils se lâchaient. Je les épiais, émerveillé par le tissu des casaques, les robes des animaux, aux tons si subtils, peau contre peau. On aurait dit des anges. Jean-François racontait les exploits des jockeys, et comme pour les propriétaires, j'enregistrais : Poincelet était rusé comme un renard, Garcia fort comme un bûcheron, Flavien, énergique et opportuniste, Massard, un spécialiste des handicaps. Deforge, lui, était le roi de la course d'attente et, hormis Poincelet, seul le jeune Saint-Martin rivalisait d'intelligence avec le premier jockey des Rothschild.

A mesure qu'ils pénétraient avec leur monture dans les cases étroites, cessaient les conversations. A peine le dernier entré, tous alignés, les hommes de main à l'abri, certains chevaux s'agitaient et l'armature de fer tremblait. Les portes s'ouvraient et claquaient dans l'air, libérant le peloton qui se propulsait vers le lointain tournant. A l'arrière des croupes, les mottes de terre montaient dans le ciel. Il y avait des cris, des entrechoquements de sabots ou d'étriers, un coup de cravache, et, de nouveau, le silence, le chant des oiseaux. Moins d'une minute plus tard, les taches colorées étaient de profil, elles plongeaient dans le tournant, comme montées sur rail et glissant à folle allure sur le haut de la lice blanche. Tournant enivrant, avalé jusqu'à l'entrée de l'ultime ligne droite. Dès lors, la voix du public enflait depuis les tribunes, et l'édifice grondait jusqu'au rush final.

Ces bouffées d'hippodrome, nous les reproduisions sur la table de ping-pong, filet ôté : à la craie, Jean-François dessinait le profil du champ de courses et disposait des petits chevaux en plastique dur surmontés de jockeys. Il achetait ces figurines au Nain Bleu à Paris. Unicolores, grises, noires, marron, rubicondes ou alezanes, elles étaient brutes. Il les grattait, les peignait, offrant à chacune couleurs et motifs d'un propriétaire connu. Il en possédait plus de trois cents et c'est avec un intense plaisir que je composais une mosaïque de quinze casaques, dont une que je me réservais pour être son jockey imaginaire. Mon choix se révélait souvent le bon, car je remportais la course inventée sous l'œil de mon complice. Dans le rôle de commissaire, il veillait juste à ce que le parcours ne soit pas trop irréaliste.

Chaque été, d'année en année, ces épreuves miniatures se perfectionnaient, tout comme nos parties de ping-pong aux scores de plus en plus serrés, bien qu'ils fussent généralement en faveur de mon grand copain. A vélo, si les galeries allemandes du mont Canisy restaient notre terrain d'exploration favori, nous sillonnions aussi les coteaux du pays d'Auge pour découvrir les haras cachés au cœur d'un réseau de routes étroites bordées de hauts talus. Meautry, propriété du baron Guy de Rothschild à Touques, était notre préféré. Nous escaladions des buttes humides où le séneçon bataillait ferme avec le pissenlit, et, prudents comme des chasseurs, prenions place sur le rebord d'un pré où des poulinières suitées, le ventre rond, dardaient sur nous leurs réceptives oreilles. Ailleurs, nous nous installions contre le tronc d'un hêtre centenaire, mâchonnant quelque herbe par mimétisme, et observions les mamans du troupeau qui, du panache, naseaux au sol, s'éventaient les flancs.

Nous restions des heures entières devant ce tableau tendre et maternel. Jean-François racontait des histoires de pur-sang : celle de Brantôme, enterré dans ce haras même et qui, dans les années trente, refusa de remporter un prix de l'Arc de Triomphe par galanterie, ne voulant pas dépasser les trois pouliches qui galopaient devant ses naseaux dans l'ultime ligne droite alors qu'elles lui étaient inférieures; celles des étalons et poulinières Boussac, réquisitionnés pendant la guerre, et qu'on ne revit jamais, montés par les soldats allemands, peut-être bombardés ou certainement mangés. Il me parlait aussi de ce jockey australien, Neville Shelwood, cravache d'or virtuelle, mort à Maisons-Laffitte, un jour de novembre pluvieux. Sa monture s'était croisé les jambes dans le dernier tournant et, dans sa chute, l'avait écrasé contre l'un des poteaux en ciment blanc de la corde.

Jean-François me transmettait son savoir hippique, m'évoquait la vie des poulains qu'on appelait des foals, et qui, pour l'heure, ne quittaient pas leurs mères. Dans un an, les foals seraient des yearlings bons à sevrer, puis il serait temps de les préparer aux ventes ou de les envoyer chez les entraîneurs qui les débourreraient.

Il pratiquait l'équitation une fois par semaine. « Si tu veux connaître les chevaux, me disait-il, viens monter avec moi. » La proposition m'inquiétait. Je préférais les voir dans un pré, libres et sans selle, comme Crin Blanc. Mais avec Jean-François, je voulais bien essayer, car une autre chose m'avait émerveillé, un sourire de bonheur et de fierté mêlés, celui aperçu justement dans le film d'Albert Lamorisse, sur le visage de l'enfant qui amadouait l'étalon camarguais, quand enfin il galopait sur son dos.

En repensant au visage baigné de soleil du gamin, je repris pied : demain, je serais à cheval. Et pas n'importe quel cheval, un pur-sang, Pégase des équidés !

A ma montre, minuit passé. La pluie avait cessé. Mon lit était étroit et le fer des sommiers grinçait. Impossible de m'abandonner au sommeil. En fait, j'appréhendais ce premier jour. J'avais même une sacrée trouille.

Un seul, pas deux

Des pas dans l'escalier, une porte qu'on ouvre et, aussitôt, cette voix ulcérée qui emplit le couloir, « Debout là-dedans ! C'est l'heure ! », ponctuée d'une pétarade de coups de bâton contre les barreaux de fer des lits. Un barouf de tous les diables, et la sensation de n'avoir pas dormi plus d'un quart d'heure.

L'impression d'une rafale de mitraillette se répéta dans toutes les chambres jusqu'à la mienne. Et toujours cette horrible voix : « Debout ! Allez ouste, terminé la sieste ! » Exécrable.

C'était le même bonhomme, le brun sec qui hier m'avait tiré par l'oreille. Il se dirigea vers un corps endormi, le secoua puis souleva les couvertures d'un autre jusqu'à le dénuder entièrement avant de sortir et de poursuivre sa ronde tonitruante.

Je m'assis sur le bord du matelas et enfilai mes affaires préparées la veille et posées en tas au bout du lit. Les deux pieds du voisin d'au-dessus apparurent devant mon nez. Je pris garde à ne pas les toucher.

Je n'avais pas boutonné ma chemise que les autres, déjà à terre, enfilaient leurs bottes ou fermaient leur armoire après avoir sorti blouson, casquette, gants et, pour certains, une cravache qu'ils cognaient contre leur jambe à hauteur du mollet, quand d'autres la faisaient tourbillonner entre leurs doigts, façon majorette. Je finis de m'habiller seul et descendis, nauséeux et le cœur un peu haletant, vers le réfectoire où les élèves, visages ahuris de sommeil, trempaient dans leur bol un pain grossier qui s'avérerait sans saveur, le mordaient en grimaçant, leur menton dégoulinant de café au lait.

Je me renseignai pour rejoindre l'écurie de mon maître d'apprentissage. Le surveillant me dit d'attendre, on me conduirait à l'écurie après ma rencontre avec le directeur, monsieur Noos. Je bus un bol de lait brûlant tout en observant par les croisées les lumières du car qui ronflait dans la nuit et dans lequel les apprentis s'engouffraient. Les phares balayèrent la nuit, et je me retrouvai seul dans le réfectoire. Rien à faire, rien à lire. Dehors, il faisait froid. Je tournai en rond sur le gravier jusqu'à ce que le ciel pâlisse, un ciel avachi, brumeux et bruineux, au milieu duquel huit heures sonnèrent.

Ce ne sera plus long, pensai-je.

Deux nouvelles heures passèrent. J'avais le sentiment d'avoir été oublié. Derrière les cuisines, je découvris un chiot attaché, un bâtard, regard canaille et queue battante. Je jouai avec lui jusqu'aux onze coups de l'église de Gouvieux, puis j'effectuai encore une cinquantaine de rondes autour des bâtiments au point de reconnaître chaque gravier de la cour, et je méditai, le regard perdu vers le village fantôme au creux de la vallée. Enfin, à midi trente, alors que le car partait rechercher les élèves, le directeur fut là. Il s'assit derrière son bureau et me laissa debout au milieu de la pièce, entre deux chaises.

— Ici, il y a un règlement. Tu devras le lire et t'y tenir. Au moindre écart, c'est l'exclusion. Tu as demandé à être apprenti chez Williamson. Ton contrat est signé, je crois ?

— Oui, m'sieur.

— L'as-tu lu ?

— Oui, m'sieur.
— Et que dit-il ?
— Que je lui appartiens.
— Pas tout à fait, mon garçon, mais tu dois lui obéir. Tu sais que nous n'étions pas pour t'admettre parmi nous. Tu es déjà grand pour quatorze ans. C'est un métier dur, exigeant, sans pitié. Les anciens ne sont pas tendres avec les nouveaux. Vous voulez tous devenir le futur Saint-Martin, mais sur cent apprentis, un seul parviendra à devenir jockey. Un seul, et non pas deux. Te voilà prévenu !
— Je sais, m'sieur. J'aime les chevaux...
— C'est pas très original. Bon, on verra, tu sembles bien élevé. Demain matin, tu prendras le car avec tes camarades. Ils te diront où descendre. Tu peux les rejoindre à la cantine.

Route de nuit vers les écuries

— Viens t'asseoir là !
Le gars qui m'invitait à son côté se trouvait au fond du car. Il se serrait vers son voisin de droite. J'avais remonté la travée du véhicule sans trouver la moindre place de libre, encore hébété par une deuxième nuit blanche et le réveil du maboule au bâton qui m'avait fait bondir du lit.
Je m'approchai et le remerciai.
— T'es le nouveau de Williamson ?

— Oui.
— Le père ou le fils ?
— Williamson junior.
— Ouais, c'est Jeannot, le fils. Moi, j'suis chez l'père, Jeff Williamson. T'auras qu'à descendre avec moi, l'écurie de Jeannot touche celle de son père, mais ses gars commencent plus tard. Je m'appelle Lefauré.
— Moi, c'est Bastide. Rico Bastide.
Un retardataire se campa devant nous.
— Dégage ! m'ordonna-t-il.
— Pardon ?
— Magne-toi !
— Mais pourquoi, j'étais là avant ?
— Parce que c'est ma place, bleubite.
A l'oreille, Lefauré me chuchota : « Discute pas, c'est Bouquet. »

Je me poussai contre Lefauré et proposai à l'impatient l'espace libéré. Il n'aurait pu y poser qu'une fesse.

Il m'écrasa son poing sur le nez. Je répliquai, au ventre, mais je reçus tant de coups en réponse, en si peu de temps, droite, gauche, droite, gauche, droite, gauche, gauche, uppercut... qu'il obtint la place. Réchauffé, et surtout sonné, je me cramponnai au montant d'un siège tandis que le car s'ébranlait. Le chauffeur était l'un des éducateurs. Il passait les vitesses en les faisant craquer, flegmatique. A l'avant, quelqu'un lança : « T'aurais dû le tuer, ce fils de pute. »

Projetant son cul de bourdon à chaque malformation de la route, le vieux Berliet et sa cargaison de mômes somnolents, toutes vitres embuées, grognait dans la nuit nappée de brumes.

Au premier arrêt, six gamins sortirent, dont Bouquet, indifférent, qui passa devant moi. Le chauffeur réenclencha la première. Je suivis des yeux le caïd qui pénétrait dans la cour d'une écurie aux murs blanchis de chaux, où d'autres lads s'activaient. Dans l'un des boxes, je distinguai une croupe dorée comme miel près d'une pyramide de fumier rouge comme plaie de cerisier. « Je t'avais pourtant prévenu, me dit Lefauré à voix basse. Avec Boutier et Auger, Bouquet est l'un des plus costauds du centre. »

Ce ne devait pas être mon jour de veine.

J'aperçus un panneau, « Chantilly », sous lequel était inscrit « Capitale des pur-sang ».

Nationale 16, le car bifurqua et s'enfonça dans le bois Saint-Denis, quartier excentré de la ville des Condé et, selon Lefauré, peu avare de renseignements, la Mecque des chevaux de course. A chaque arrêt, des apprentis descendaient, et lui me citait les propriétaires des écuries : Boussac, Miguel Clément, Alec Head, Aga Khan, Dalton Watson, Sanoner. Derrière la buée des vitres, défilaient aussi des pavillons aux volets clos cernés de clôtures en fer forgé ou de haies fraîchement taillées. Je songeai à ma mère. Que faisait-elle ? Peut-être espérait-elle mon retour ? Sûrement. Elle m'avait dit, plusieurs fois, que si ça n'allait pas, si c'était trop dur, je pouvais revenir à la maison.

C'était hors de question ! Je n'abdiquerais pas, comme m'avait prédit mon père avec un petit sourire blessant.

Je mis mes mains en coquille entre mes cuisses et, avec le manque de sommeil, la chaleur du véhicule, le roulis, je m'endormis. Le car stoppa. « Viens, dit Lefauré en m'administrant un revers de coude dans les côtes, on y est ! »

Nous fûmes une douzaine à nous éparpiller le long des murs sombres, vers nos écuries respectives. Lefauré poussa un portail, deux autres apprentis et moi-même dans ses pas. Nous longeâmes des boxes, Lefauré sifflotait et réglait l'allure avec une élégance étudiée. Une culotte de cheval beige, qu'il appelait breeches, lui moulait fesses et mollets. Ce pantalon, pièce fondamentale de la coquetterie vestimentaire du jeune homme, signifiait sa vocation de jockey distingué. Il mettait en valeur la coupe du blouson bleu cintré, qui rappelait une casaque, et sa paire de boots noires cirées avec minutie. Après être passé sous un porche, il poussa un interrupteur et devant nous, apparut la façade d'une maison décorée de lierre.

— Elle appartient au patron, dit Lefauré, de sa chambre, il entend et voit tout. On a intérêt à pas faire le con, ni tirer au cul.

A droite de la maison, l'alignement des boxes, interminable et chichement éclairé par quelques ampoules, se perdait dans l'obscurité d'une cour immense.

— Et ce qu'il ne voit pas ou n'entend pas, il l'apprend. Y a deux ou trois lécheurs de cul dans cette écurie. Tiens, regarde, ici, c'est la sellerie.

La pièce, aux murs habillés de selles et de brides, avait une vingtaine de mètres carrés de surface, et les selles reposaient sur des équerres en bois fixées dans le lambris. Chacune avait en travers de leur troussequin une couverture pliée, un carré de feutre gris et un torchon blanc marqué dans un coin d'un nombre cousu en rouge. Je considérai les harnachements, le parfait alignement des mors qui oscillaient sous la lumière, comme chahutés par quelques esprits polissons, ou habités par les bouches qui chaque jour les étreignaient.

Lefauré disparut dans un réduit et ressortit avec une fourche en bois et un balai dans une main.

— Suis-moi, on va chercher un carrosse.

Il descendit jusqu'à la fosse à fumier. La paille souillée ressemblait à une petite chaîne de montagnes. D'une hauteur de quatre à cinq mètres, elle débordait hors des limites de murs en parpaings, et exhalait une odeur âcre, insupportable pour le système lacrymal. Des colonnes de fumée s'en échappaient. En lisière de cette souille d'où s'écoulaient des flots d'urine rouille, une batterie de brouettes, brancards dressés vers le ciel, faisait un rempart de tubes froids. Sur la gauche, il y avait une autre cour, triangulaire et vaste, mais de dimension plus réduite.

— La cour de Jeannot, dit Lefauré en plaçant son balai et sa fourche en travers des brancards d'une brouette.

Il remonta l'allée. A mi-chemin, il ouvrit un box, alluma l'ampoule et pénétra sur un lit de paille avec, en main, le licol décroché près du chambranle.

— Oh, oh ! mémère...

Une jument clignait des yeux, la crinière emberlificotée de paille.

L'apprenti lui passa le licol autour de la tête et la mena près de la mangeoire où, docile, elle se laissa attacher.

L'assurance de mon nouvel ami m'impressionnait. Malgré le froid qui m'engourdissait les pieds et me courbait le dos, je restai devant le seuil du box à observer le travail de récurage. Lefauré virevoltait autour de la jument, maniait la fourche avec dextérité et, tout en déposant de lourds monticules de fumier sur le plateau de la brouette, il me décrivait la vie de l'écurie, en utilisant des expressions pas toujours compréhensibles. Il était question de « breeze », de « whip », de « tirer au renard ».

— Elle tire à quoi ?

— Au renard. Tiens, tu vois ce bout de ficelle sous son menton qui relie son licol à la chaîne accrochée au mur. Un gaille qui tire au renard c'est un cheval qui lève l'encolure d'un coup. Certains le font en se cabrant. Ils peuvent se briser le dos. La ficelle est là pour éviter ça, elle se casse. Regarde...

Il lui chatouilla subitement le bas du flanc :

— Hein ! mémère, t'es chatouilleuse, hein ! t'es qu'une pisseuse !

Il l'aurait branchée sur l'électricité qu'elle n'aurait pas moins trépigné et martelé le sol. La pupille dilatée, excédée, les oreilles collées à la nuque, elle tremblait, et, le visage défait, mauvais, naseaux et lèvres retroussés sur des dents jaunies, elle cherchait à mordre son tourmenteur. Impressionné par l'animal, mais aussi par le savoir et le cran du garçon, je ne perdais rien de la scène. Soudain, l'apprenti fit mine de porter un coup de fourche à la tête de la jument. Elle leva d'un coup le front, la ficelle se rompit, et, en un demi-tour, ses naseaux furent au-dessus de la brouette à fumier qui était en travers du seuil. Je reculai d'un pas.

— Là ma belle, c'est rien, c'est rien, n'aie pas peur, murmura Lefauré en l'approchant.

Il lui caressa le chanfrein et la ramena vers le mur du fond où il renoua la ficelle au licol.

Des lads arrivaient, ouvraient les doubles battants et sortaient quantité de fumier devant chaque box. Ils allaient et venaient dans la nuit, poussant leur brouette d'un pas vif, mi-hommes mi-démons avec des grincements de roues lugubres. Ils jetaient des seaux sur le ciment, les poussaient du pied en jurant, claquaient la ferraille contre les plaques en fonte des robinets, et, ouvrant la vanne d'un tour de main, les remplissaient d'une eau furieuse. Dans ce brouhaha agressif, des voix s'interpellaient, s'exclamaient, mécontentes dans l'exiguïté des logis chevalins.

Un type s'arrêta dans mon dos.

— Hé ! toi, tu fais quoi ?

— C'est un nouveau, dit Lefauré.

— Si y veut pas le rester faut qui marne. Va me chercher une brouette.

— Mais il doit bosser pour Jeannot.

— Je t'ai pas sonné, merdeux.

J'avais déjà tourné les talons en direction de la fosse à fumier.

Il n'y avait aucune brouette de libre, et les lads qui déversaient le purin repartaient avec la leur vers d'autres boxes.

— Tu vas te magner le cul ! hurla mon commanditaire dont la silhouette, sous le faisceau d'une ampoule, semblait grandie.

Ne sachant que faire, je remontai en courant jusqu'à lui.

— J'en trouve pas.

— Prends celle de Lefauré.

Celui-ci protesta. La grande gueule empoigna les brancards et, renversant l'énorme tas de paille souillée au milieu de l'allée, cria : « Vous faites chier les branleurs du Moulin à Van à débarquer avant l'heure et nous piquer les brouettes. »

L'apprenti bougonna en balayant le sol nu et humide du box. Le lad parti, il me conseilla de me méfier de lui :

— Castro, il s'appelle, c'est une enflure. Il monte en courses et se croit tout permis.

J'avais lu son nom dans la colonne « jockeys » des programmes ou dans les journaux spécialisés. C'était l'un des apprentis maison de Jeff Williamson.

— Y a beaucoup d'apprentis qui montent en courses pour monsieur Williamson ?

— Ouais, y a lui, mais aussi Serge Coudrier, André Trio et Rudy Castilla. Et bientôt, y aura moi, Alain Lefauré.

— Tu crois ?

— Si je fais pas l'con, je débuterai bientôt. Je monte déjà tous les galops.

— Il en a formé beaucoup, des jockeys ?

— Ouais, c'est le plus réputé pour ça. Deforge, Massard, Desaint, Samani, Philipperon, Ramus, Fillion, c'est lui qui les a sortis.

— Et Jeannot Williamson ?

— Non, il utilise les jockeys de son père. Il fait monter ses apprentis de temps en temps, mais pas souvent. Peut-être que tu deviendras son premier jockey plus tard. Ça te plairait ?

— Ça m'étonnerait...

— Hé ! le bleubite ! m'interrompit Castro à quelques boxes de là : au lieu de papoter, va donc me chercher deux balles de paille.

Lefauré me conseilla de faire vite avant d'ajouter, opportuniste :

— Et si tu croises une brouette vide, pense à me l'apporter !

Monsieur Meyer

Au jour naissant, j'avais déjà poussé une dizaine de brouettes et une vingtaine de balles de paille pour le compte de Castro ou d'autres lads. J'avais aussi empli et transporté, en m'arrosant copieusement les jambes tant ils étaient lourds, autant de seaux d'eau.

Puis, les hommes avaient déserté et laissé la cour en désordre, avec sa multitude de pyramides de fumier. C'était l'heure du casse-croûte. Je profitai de cette pause pour regarder les pur-sang, box après box, leur chanfrein décoré de losanges, ceux du grillage derrière lequel ils attendaient sagement.

Je me retrouvai près de la maison bourgeoise à me balancer d'un pied sur l'autre pour me réchauffer. Près de la porte d'entrée, une plaque bleue aux lettres blanches : « Bureaux. » Un homme âgé l'ouvrit. Il portait des lunettes, un chapeau un peu ridicule, à la tyrolienne, avait un nez de Père Noël, rouge, qu'il moucha, et de bons yeux bleu clair.

— T'es qui, toi ?

— Le nouveau, m'sieur.

— T'as pas d'autre nom ?

— Bastide.

— Ils sont gentils au Moulin à Van, dit-il en rangeant son mouchoir dans la poche de son pantalon, mais faudrait peut-être qu'ils arrêtent de vous envoyer vers moi. Je ne suis pas l'abbé Pierre, j'ai ce qu'il me faut comme apprentis. Tu dois être pour mon fils, je vais le prévenir.

En attendant, va dans la cour du bas, la Petite Cour, et demande monsieur Meyer, c'est lui le premier garçon. Il va te trouver du travail.

Je trottinai jusque-là. Vision d'abandon similaire : outils délaissés et dunes de paille couleur rouille. Il y avait trois bâtiments de boxes, en brique, dont deux rehaussés d'un étage. Un large auvent en ciment courait au-dessus des boxes du bâtiment principal. Au centre de la cour gazonnée s'élevaient deux imposants marronniers et quelques chênes, et, au milieu de cette verdure, se trouvait un rond de sable. A l'autre bout de la cour, je repérai une silhouette dans l'encadrement d'une porte et m'y dirigeai. La pièce était minuscule. Assis devant une table, un homme glissait des fiches de couleur dans les fentes d'un tableau. Je toquai au carreau de la porte : « Monsieur Meyer ? Je suis Rico Bastide, le nouveau. »

Nulle réponse. Il ne releva même pas la tête.

Il portait une blouse grise non boutonnée et une casquette qu'il repoussa d'un doigt sur le front, avant de remettre en place ses parties génitales et se lever pour prendre quelque chose dans l'armoire à pharmacie qu'une étiquette disait de ne pas ouvrir. Il saisit un flacon et sortit, m'obligeant à me coller contre le mur. Il respirait difficilement, lèvres entrouvertes, l'inférieure lâche et lippue. Il avait les yeux matois, l'un d'eux mi-clos.

Ne sachant que faire, je restai là à contempler la cour et le retour des garçons d'écurie qui, l'un après l'autre, passaient dans le bureau du premier garçon où ils jetaient un œil sur le tableau aux fiches colorées, avant de gagner la sellerie et de se disperser vers les boxes, une selle contre la hanche, un sac de pansage sur l'épaule.

Dix minutes plus tard, Meyer hurla :

— A cheval ! Bande de fucking bastard !

S'ensuivit une pétarade de sabots : de partout, des chevaux sellés, toupet et chanfrein épongés, surgissaient hors des boxes. Fringants, certains étaient montés, les autres, tenus en main par la bride, rejoignaient la fosse à fumier où se tenait Meyer pour mettre les cavaliers en selle. Puis ils disparaissaient vers le paddock sablé de la Grande Cour, celle de Williamson senior, en effectuant des pas dansants, dos rond et croupe pleine de feu, encolure folle et nerveuse, naseaux écarlates.

Le silence revint. Des volutes bleues s'élevaient des crottins laissés par les croupes soyeuses. Je rêvassais devant les îlots tièdes.

Hé ! fucking t'cho ! m'interpella Meyer, tu vas glandouiller toute la sainte matinée ?

— Mais...

— Empoigne-moi donc un de ces foutus balais !

J'entrepris la corvée sous l'œil critique du premier garçon. Soudain, il m'arracha l'outil des mains.

— Tu balayes comme je tricote. Va falloir être plus rapide mon garçon, et surtout plus efficace. Va donc prendre une brouette et une fourche et débarrasse-moi cette cour de ces fichus tas de paille.

Je passai ainsi ma première matinée, alternant manutentions et balayages, juste diverti par le départ et le retour des lots, quatre en tout, où il se trouvait toujours un lad pour me plaisanter d'un « alors t'cho, tu montes le balai. Y va bien au moins ? ».

L'après-midi, j'eus cours. Math, français, hippologie. Les élèves me dévisageaient avec une moue dédaigneuse pour certains, quand d'autres l'affichaient dégoûtée.

Pour cause de visite médicale, je fus exempté d'écurie du soir, travail qui demandait de reprendre le car afin de panser les chevaux entre dix-sept heures et dix-neuf heures.

De retour au dortoir, je me mis au lit. La partie de cartes ponctuée de jurons et d'éclats de rire de mes camarades de chambrée ne me gêna pas pour m'endormir. Dès vingt heures, dans la pénombre relative du sommier gris souris suspendu au-dessus de moi, mes paupières se verrouillèrent de fatigue.

Deux heures plus tard, j'avais les yeux grands ouverts dans l'obscurité, et j'éprouvai un gros coup de cafard.

Au-dessus, mon voisin de couchette trompeta un pet d'apocalypse dans l'épaisseur du matelas, enjoué et tonitruant.

Le balai

Le car s'éloigna. Il fumait et craquait, vitres embuées et enguirlandées de bonnets, de casquettes et de visages endormis.

Déposé dans le froid et la nuit, je jurai à leur intention : Cochons !

Prudent, j'avais effectué le trajet debout. Pourtant, j'avais bien pensé, espérant une mêlée favorable devant la porte du car, me ruer avec les autres et obtenir une place assise, mais je m'étais ravisé, redoutant que chaque siège eût son Bouquet en puissance. Poltron, et pour cette raison un peu chagrin, j'étais resté à distance de la meute.

De nouveau seul, l'esprit plus léger, j'inspirai profondément et poussai la porte en fer forgé vers ma deuxième matinée de travail. Dans la cour, il y avait un box éclairé, porte ouverte. Je m'y dirigeai. A l'intérieur, un garçon maniait la fourche. Il portait un breeches et une casquette comme celle de Lefauré, moins tape-à-l'œil toutefois, qui arrivait à mi-hauteur de l'épaule d'un immense cheval alezan. Je le saluai :

— J'suis le nouveau.

— Je vois ça, répondit le petit bonhomme.

Avec le plat de la main, il poussa la croupe du cheval jusqu'à la caler contre le mur, puis souleva le devant de sa casquette au-dessus d'une houppette crépue :

— Moi, c'est Roger, mais tout le monde m'appelle Bébé.

— T'étais pas là hier.

— Non, je recommence ce matin après deux mois d'arrêt de travail. Je m'étais fracturé le poignet.

— En tombant de cheval ?

— Ben ouais ! Pas en maniant la fourche.

— Avec celui-ci ?

— Non, ça c'est mon cheval. Hein ! mon grand, qui c'est ton pote ?

L'animal pointa les oreilles vers son compagnon. Il avait plein de blanc tout au long du chanfrein.

— Il est chouette mon pépère, hein ! pas comme les autres. Il m'écoute. Bon, il tire un peu sur la piste mais faut dire qu'il a du gaz. L'automne dernier, il a gagné un tiercé.

— T'es jockey ?

— Trop jeune. J'ai quinze ans. Faut en avoir seize pour débuter en courses. Ça fait huit mois que j'suis dans le métier. Huit mois de trop ! J'sais pas si je vais pas retourner chez moi dans le Midi, à Saint-Raphaël. Trop dur, trop froid ici.

Il avait le bout du nez rouge et, selon lui, la seule chose qui réchauffait un brin dans ce patelin était ce qu'il faisait : les boxes. Il allégea son cœur : « Le froid, je peux encore le supporter, les types aussi, ils m'ont à la bonne, mais les chevaux, je ne sais pas trop si c'est mon truc. Ils sont tous à moitié dingues, pleins de sang. Et violents avec ça. Ils tirent, et quand tu veux les retenir, ils mettent la gueule au plafond, ou de côté, ou par terre. Ils font demi-tour pour un rien, ont peur de leur ombre, filent des coups de cul et des coups de savate à tout bout de champ. Et pis y a les vicieux, ceux qui cherchent à te coincer dans le box pour te bouffer. Putain ! j'ai apprécié le séjour à l'hôpital. »

Il me confia le nom des chevaux les plus dangereux, et celui des gars, avec leurs diminutifs. Si je désirais monter un jour en courses, porter les couleurs, bien que cela semblât improbable à Bébé, je lui paraissais trop grand, il me faudrait toujours veiller à être à l'heure et à bien écouter Emile Meyer, le premier garçon, le responsable en chef de la cour, l'homme de confiance de Williamson junior, un merveilleux soigneur, mais un maniaque qui ne supportait pas un brin de paille à terre.

Ce matin-là, des anciens, âgés de seize à vingt ans, me questionnèrent : « T'habites où ; qu'est-ce que font tes parents ; t'aimes les chevaux ? » Le métier est dur, m'affirmèrent certains, je ne devais pas espérer devenir jockey, et si je le pouvais encore, il valait mieux m'enfuir n'importe où, pour n'importe quel autre boulot. A les écouter, ce job était de l'esclavage, pire qu'une vie passée au bagne de Cayenne, et plus risqué encore qu'être marin ou pilote de F1. D'autres se montrèrent plus expéditifs et filous : « Tu veux être jockey ? » Comme j'acquiesçais, ils m'ordonnaient alors de leur apporter une brouette ou des bottes de paille, de vider leur panier, de remplir leur seau ou de ramasser des crottins dans leur box, « avec les mains bonhomme ! On n'est pas à Versailles ! Tu veux pas des gants et une petite cuiller ? ».

A ce rythme, je ne vis pas arriver l'heure du petit déjeuner. A leur retour, je vidais encore le fumier des brouettes, mais comme ils se pressaient tous dans le bureau de monsieur Emile, je m'approchai à mon tour et demandai :

— Je monte, monsieur Meyer ?

L'œil vitreux et la lèvre inférieure pantelante, le premier garçon pivota d'un quart sur son siège et, appuyant le coude sur le dossier de chaise, il me dévisagea.

— Ben voyons, bien sûr.

J'attendais le nom du cheval, mais Emile Meyer me toisait sans rien dire. J'avais l'impression de subir un examen médical. Enfin :

— Le balai ! Tu montes le balai, t'cho père, et t'as intérêt à bien le monter.

Les lads éclatèrent de rire. Ils avaient de grandes dents jaunies, pour la plupart cariées.

Hormis ses lèvres qui s'étiraient comme deux limaces, le visage de monsieur Emile restait fixe et béat. L'effet de sa blague lui procurait un plaisir insondable.

Vexé, je fis demi-tour et cherchai un balai qui, comme tous les balais, attendait sans impatience qu'on l'empoigne. Avec tous ces nigauds, la partie n'était pas gagnée.

De retour au Moulin à Van, exténué, les paumes des mains ampoulées, je trouvai une lettre de ma mère datée de la veille :

Ce matin je me suis réveillée à 5 heures en même temps que toi. Tu vois que je suis toujours avec toi. Ça s'est fait automatiquement. J'espère que tout a bien marché et que tu n'as pas froid à la tête.

Je t'envoie ta casquette bleue en attendant d'acheter l'autre. Mets-la surtout le matin et ne la perds pas.

Je prépare ton dossier et tous les papiers que l'on m'a demandés. Je suis allée voir le directeur de l'école de Romainville ce matin pour avoir un certificat scolaire. Il m'a demandé des nouvelles et si ça te plaisait.

J'ai vu madame Veil-Picard hier. Elle voudrait que tu portes le casque à l'entraînement. Il paraît que tous les grands jockeys en mettent. Nous en reparlerons. J'attends une lettre avec impatience pour me dire si tout va bien. Tu me manques. Je t'embrasse très fort mon amour.

Ta maman.

Un protecteur

Après dix jours de travail, Meyer m'avait confié l'entretien du box d'une pouliche nommée Typhèle. Et pour elle, j'arrivais toujours le premier à l'écurie. Or, ce matin-là, il y avait un rectangle de lumière sur le sol de la cour blanchie de givre. Je glissai sans bruit dans l'obscurité pour jeter un œil furtif à l'intérieur du box éclairé. Dans les volutes de fumée qui s'élevaient du tas de fumier, je reconnus Tort, son visage fermé, crayeux, surmonté de cheveux raides, blond paille, son profil dur, si froid et aiguisé, qu'une lame de hache, en comparaison, me paraissait plus aimable.

Tort m'inquiétait. C'était un homme qu'on n'oubliait pas. Jamais un sourire, un mot. Son arbre généalogique devait comporter des centaines d'ascendants aux vies brisées, noires, misérables, vécues dans la peur d'un monde gluant de haine. Tort portait en lui quelque chose qui exsudait la méchanceté. Habités par de maussades lueurs, ses yeux roulaient sans cesse. On racontait qu'il sodomisait des poulets. Nicolas, un des apprentis maison, prétendait que c'était moins grave que de tuer des chats. Mais Tort avait déjà tué des chats. C'est du moins ce qu'affirmait un ancien : « Il les a brûlés avec de l'essence après leur avoir tranché les pattes d'un coup de hachoir. »

La rumeur me paraissait fondée car je l'avais déjà vu frapper un cheval avec une violence inouïe. Attaché, celui-ci s'était débattu et cogné contre le mur, effrayé, les côtes apparentes comme si elles allaient transpercer la peau, et son cœur martelait sa cage thoracique. Ferré, il avait glissé sur le sol nu, et dans sa folle panique, tenté de se défendre, gueule ouverte sur son agresseur, ou croupe tournée pour lui décocher une ruade. Mais Tort, fourche à la main, lui avait enfoncé les trois dents de bois aiguisées dans les flancs jusqu'à le forcer contre le béton pour lui fracasser l'outil sur le dos. Et le cheval, tremblant dans ce box qui resterait à tout jamais un lieu de torture, genoux et jarrets s'entrechoquant, s'était résigné, apeuré, le menton claquant et les lèvres grelottantes sur ses gencives ensanglantées. Ensuite, afin de mesurer la terreur qu'il lui inspirait, Tort avait hurlé après l'animal.

Le souvenir de cette correction me fit contourner au large l'éclairage répandu sur le sol. Hélas :

— Hé ! t'cho, viens par ici.

Cœur battant, je tournai les talons.

— Vide cette brouette et ramène-moi six balles de paille. Deux ici, les quatre autres devant le box de Quizas.

— J'ai mon box à faire.

— Discute pas !

— Mais m'sieur Emile...

— La ferme !

Il poussait sa brouette pour sortir du box.

Tout à coup, émergeant de l'obscurité, une autre voix :

— Laisse le môme, Tort !

A l'extrémité de la cour, un vasistas s'éclaira audessus d'un box, puis le vantail supérieur de la porte dans lequel se découpait une silhouette.

— C'est toi Turc ?

Calmement, l'autre poursuivit :

— Hé ! t'cho, t'occupe pas de lui, va faire ton travail.

Entre ses dents, Tort siffla : si je n'emportais pas rapidement cette brouette, il me filerait une branlée.

— Oh ! Me cherche pas, Tort, je t'ai dit de laisser le môme.

— Fais pas chier, ils branlent rien les arpètes. Font un box pendant que nous on s'en tape cinq...

Tort me menaça encore, en mode mineur, de m'ouvrir la gueule en deux si je ne m'exécutais pas dans la seconde même. Ce que je fis, mais, à peine avais-je empoigné les bras métalliques, qu'à l'autre bout de la cour, on entendit Turc lâcher ses outils et foncer vers nous en coupant le terre-plein central à la manière d'un Bambuck déchaîné, sa casquette écossaise à carreaux rouges et bleu clair vissée sur son crâne.

Tort n'eut pas le temps de s'extirper du box. Il pointa sa fourche vers le boulet humain qui, d'un revers de main, envoya l'ustensile valdinguer, gravit la montagne de fumier sur la brouette et se jeta sur lui, l'attrapant au collet et lui administrant derechef un coup de boule en plein sa face en forme de lame de hache, suivi d'un crochet au menton, d'une gauche et d'une droite. Affolé, le cheval attaché près de la mangeoire ruait, tandis qu'agenouillé sur le compost d'urines et de crottins, Tort pissait le sang et se tenait le nez. Turc lui décocha deux coups de savate dans l'estomac qui le firent s'enrouler sur lui-même. Après quoi, le boxeur amateur réajusta sa casquette à la Jacky Stewart, tira sur le bas de son blouson en jean, et me dit : « S'il te demande encore quoi que ce soit, viens me voir. »

J'acquiesçai, fébrile, et il s'en fut à pas de mulot par où il avait surgi.

Jamais je n'aurais pu imaginer qu'en ces heures glacées se jouait une telle violence. Je cessai vite d'y penser, car en son box attendait ma première jument, une grosse boule de gentillesse aux mystérieux arômes.

Typhèle

Le panache en éventail à la suite de sa croupe ronde comme un cèpe de Bordeaux, le ventre fauve et pelucheux, je la trouvais chaque matin allongée sur sa litière. Ses yeux cillaient sous l'ampoule. Je m'approchais et rassemblais dans ma main son toupet de sauvageonne, lui caressais le front, l'encolure, le poitrail. Elle me reconnaissait, et depuis notre première rencontre, l'irrésistible bienveillance qu'elle m'inspirait ne faisait qu'augmenter.

On s'était plu de suite. Nous étions en confiance, comme en terrain connu, plongés l'un et l'autre dans un miroir de pure tranquillité. Cette grosse mémère à la robe baie, châtaigne, aux flancs pommelés, aux bonnes joues douces, aimait mes caresses. J'adorais la câliner, bécoter le velouté voluptueux de ses naseaux qui me renvoyait une musique d'amourette, un flux et reflux de douceurs.

Elle s'appelait Typhèle et devint mon bébé, ma gazelle. Dodue comme une figue mûre, elle possédait un cul à la Rubens, vrai porche de cathédrale, lumineux et truité, plein, ample, chaud, qui fleurait bon le foin de Crau et la violette. Son poitrail solide, plissé-moulé, agreste, accueillait avec plaisir mes deux menottes qui, toujours, terminaient leurs attouchements dans l'étroit passage de velours qu'encadraient les deux antérieurs. Ce nid douillet me rappelait la vulve juvénile de ma copine de Romainville, Sylvie la rousse, qui, dans la pénombre d'une armoire normande, m'avait déniaisé, et persuadé de la disparité de nos zizis.

Rassurée par mon comportement, la pouliche prit des habitudes de coq en pâte. Chaque matin, je la trouvais couchée sur son lit de paille. Comment la faire se lever pour nettoyer son box, ce labeur me prenant quatre fois plus de temps qu'il n'en fallait ? Je l'avais tirée par la queue, avais tenté de la soulever par la croupe, l'encolure, fait des appels de langue, lui avais présenté des carottes. Mes tentatives échouaient, et Typhèle s'entêtait à prolonger ses grasses matinées, ce qui me retardait. Seule solution pour éviter de me faire tancer : venir plus tôt. J'avançais donc mon réveil afin de lui consacrer une heure supplémentaire.

Dans l'obscurité la plus totale, je m'introduisais dans son alcôve et, comme les pattes délicates d'une araignée, à tâtons, la cherchais pour ne point écraser ses membres entre lesquels je m'accroupissais pour lui chuchoter, allongé sur son épaule, des « c'est moi ma belle, ton chouchou ».

Je déposais mes baisers sur son corps parfumé, me rapprochais de l'encolure, de sa tête levée que mes lèvres déchiffraient, collées sur sa joue, le coin de sa bouche, le rebord d'un naseau. Calé contre elle, les bras en cerceau autour de son col, je me pelotonnais et me réchauffais à cette chaudière naturelle, glissais vers le front, embrassais les salières de ses yeux, le pli velouté de sa gorge, ses oreilles qui pivotaient aux accents de ma voix.

Dans la respiration de son cœur, je rêvais, lui promettais lune et litière d'étoiles, paradis d'herbes grasses trempées de gouttes de soleil, de boutons d'or, un vaste pré au sommet d'une colline joufflue comme son ventre, avec, alentour, un océan de feuillus qui, au plus fort de l'été, se balancerait pour l'éventer et lui porter fraîcheur et senteurs des sous-bois. J'imaginais des cavalcades sur son dos, quel pourrait être notre bonheur commun, et, à l'approche de l'aube, tous deux, nous poussions un soupir.

Cette affection mutuelle me rappelait mes lectures : *L'Etalon noir, Flicka* ou *L'Eperon d'argent*, tous ces romans dévorés et qui mettaient en scène la complicité entre enfants et chevaux. *Crin-Blanc* aussi, une révélation, film visionné à l'école Charcot de Romainville. Grâce à ma jument, peut-être allais-je vivre une aventure héroïque qui comblerait mes plus folles espérances ? Qui sait si je ne remporterais pas le prix de l'Arc de Triomphe sur son dos, car moi seul aurais découvert la formule magique qui nous permettrait de nous envoler ?

Mais les minutes s'écoulaient et n'étaient plus aux songeries : il me fallait mettre de l'ordre en son logis. La tâche me prenait une heure et, pour ne pas contrarier Typhèle, j'entamais le curetage du box autour de sa masse étendue. Une fois la place nette et paillée, je lui enfilais le licol et lui offrais une pomme ou des sucres pour l'inciter à se lever. Alors, je pouvais jardiner d'or et d'amour son box, à mon rythme, avant de la quitter à regret pour participer au travail de la cour.

Corvées

Les besognes ne manquaient pas, les accrocs non plus. Ainsi, le fumier, tassé sur les brouettes en de monstrueuses montagnes branlantes, se renversait-il bien avant d'atteindre la fosse à purin. Les boxes n'étant pas récurés le dimanche, le poids de paille souillée les lundis matin était excessif. A peine empoignais-je les brancards, l'effet de contrepoids me soulevait, et le contenu de la brouette se répandait souvent à terre.

Et les seaux d'eau ! Remplis et si lourds, leur bord frappant contre la jambe à chaque pas, ils dégorgeaient au fond des bottes. Le bras droit tendu à la manière d'un agent de la circulation, l'autre collé le long du corps, j'avançais comme menotté aux chevilles sur une voie ferrée. J'avais bien tenté d'en porter deux pour équilibrer ma marche, mais l'impression d'avoir les coudes enfoncés dans la taille et les épaules dans les côtes m'arrimait au sol, et si je parvenais à m'élancer, la catastrophe, au moindre à-coup, ne tardait pas. La technique pour les accrocher à un mètre du sol dans l'angle des boxes sans me mouiller le devant du pantalon – je m'aidais d'un genou pour les lever – me prit du temps.

Préposé à la distribution de paille et de foin, je grimpais dans les greniers à l'aide d'une échelle, si haute que je n'avais pu, la première fois, l'appuyer contre l'auvent au-dessus des boxes. Elle avait vacillé, verticale, avant de retomber en manquant m'écraser.

Dans les soupentes où l'on tirait les balles de fourrage, j'appris à me méfier des poutres, au tocsin percutant lorsqu'un de leurs angles vous sonnait l'occiput. De face, elles n'étaient guère plus aimables et, dans la semi-obscurité, je me frottais souvent le crâne, les yeux mouillés par le choc.

Chaque matin, je manipulais une centaine de balles de paille et une dizaine de foin, soit trois tonnes. Je les tirais ou les faisais rouler jusqu'au seuil du chien-assis, puis les basculais par-dessus l'auvent. Ensuite, lorsque les gars allaient découvrir le nom des chevaux qu'ils devaient monter – moi je ne m'y risquais plus –, je commençais à balayer la cour.

J'ai balayé jour après jour, pendant des mois, faisant l'essuie-glace avec le fagot de bruyères fixé au bout du manche. Les aspérités de la Petite Cour, ses nids-de-poule, ses failles et ses regards grillagés qu'il fallait dégorger n'eurent plus de secrets. Mais l'œil de hibou de monsieur Emile veillait sur tout, traquait le moindre brin de paille dissident, le volage comme celui tapi dans un interstice et qui narguait son univers. Rien ne lui échappait. Pas même l'enveloppe vidée de sa graine de blé, obstinément collée sur le coffrage d'une fontaine. « Hé ! fuckin'bastard ! me semonçait-il lors de ses incessants tours de cour : tu vas me faire le plaisir de repasser ton outil depuis le début, t'as balayé comme un sagouin. »

Je m'exécutais jusqu'à ce que les pur-sang, fanfare de sabots dont les échos s'entrechoquaient aux angles des cloisons, reviennent de la forêt. J'admirais le remous souple de leurs hanches, le swing des jarrets, leurs naseaux rougis par la balade sylvestre et l'éclat mystérieux de leurs pupilles.

Les jours de pluie, ils portaient sur les reins, par-dessus la couverture bleue bordée d'un liseré jaune, un tissu imperméable. Certains s'arrêtaient devant le local où l'on faisait cuire la mash. Leur cavalier sautait à terre, s'emparait d'un tuyau et arrosait jusqu'au poitrail leurs membres crottés de sable. Impatients, les chevaux renâclaient, tournaient la croupe. Les gars les grondaient, juraient, ou plaisantaient entre eux. Hommes et chevaux étaient repus d'air frais, exténués mais détendus, lavés de leurs sourdes tensions.

Je tentais d'embrasser tous les détails du retour de la piste : les gestes des cavaliers, l'expression des coursiers, la couleur des robes, le dessin d'une liste ou le nombre de balsanes aux extrémités d'un bai cerise. Puis, je reprenais mon mouvement de pendule, le dur fagot entamé du balai crissant sur ce maudit goudron râpeux.

Les jours de vent étaient terribles. Poussant mon tas sans cesse éparpillé, je croyais ne jamais réussir à atteindre la fosse à fumier où se terminait la corvée de balayage. Pour en venir à bout, l'ensemble du personnel, après avoir entraîné et pansé les chevaux, s'attelait à la tâche. Sur deux ou trois rangs, à sept ou huit de front, les gars, tels des galériens, balayaient avec hargne et vigueur pour faire barrage aux éléments.

Pire que le vent, la pluie était un enfer. Et si l'escargot laisse derrière lui sa trace baveuse, le balai sur un sol détrempé plaquait un torchis d'impuretés qui refusait de disparaître. Entêté, Emile Meyer n'abandonnait pas et, l'avoine enfin distribuée aux pur-sang, à l'heure où tous s'apprêtaient à partir déjeuner, il imposait un ultime passage, baroud d'honneur inutile sur trois cents mètres, où il fermait la marche en se penchant sur des brins de rien, marmonnant des « fuckin' » à tout va, ponctués de soupirs agacés.

Week-end blanc

Après six semaines de balayage intensif et de corvées multiples et variées, j'eus droit à mon premier congé. Un jour et demi.

Ma mère s'inquiéta pour ma santé. Des demi-lunes brunes soulignaient mes yeux.

Elle avait cuisiné mon plat préféré : pommes de terre sautées, salade et jambon blanc. Je dévorai pour trois. Puis, vermoulu, comme drogué, je montai dans ma chambre et me glissai sous les draps. Mes yeux voguèrent un instant sur les murs, la grande fenêtre au voilage de fée triste qui tamisait une journée crayeuse, je sombrai...

Une main caressait mon visage, jouait avec la houppette à mon front, me secoua, retour dans le monde des vivants.

Assise au bord du lit, ma mère disait qu'il était dix-sept heures. Pourquoi pas...

— Dix-sept heures de dimanche. Tu réalises, tu as dormi vingt-sept heures. Il faut te lever.

J'en aurais pleuré, je n'avais rien fait du week-end tant attendu et je devais me préparer.

Ma mère proposa de me conduire jusqu'à Gouvieux. Je préférais, comme ceux du Moulin à Van, prendre le train pour revenir, seul. Une envie de tartines beurrées avec un grand bol de vrai chocolat m'assaillit.

Elle s'empressa de la satisfaire.

Je rêvassais, abattu, brisé, broyé, tandis que l'odeur des tartines grillées et du cacao me rappelait les dimanches d'avant. Puis, résigné, je m'habillai et la rejoignai dans la cuisine.

Elle me dit que je pouvais encore renoncer, revenir à la maison :

— Tu sais, si c'est au-dessus de tes forces, il n'y a rien de déshonorant...

— Non, maman, c'est fatigant, mais pas au-dessus de mes forces. J'y arriverai, t'inquiète pas, je suis très heureux.

Je fus de retour dans mon dortoir à vingt heures. Tous étaient là.

— Tiens, rev'là le bleubite, dit Banquet, quoi de neuf, branleur ?

En approchant de mon armoire, plutôt un simple casier de vestiaire, je remarquai la porte entrebâillée, la serrure forcée, mes affaires en désordre.

— Alors, t'as vu Môman, se moqua Banquet : qu'est-ce que t'as ramené de bon à tes potes ?

J'ouvris ma valise. Il fit l'inventaire des paquets de gâteaux posés sur le dessus du linge. Réclamées à l'unanimité, Banquet distribua les *Paille d'Or* à la framboise aux copains de chambrée.

Je préparai mes affaires pour le lendemain, me déshabillai, et, quand je voulus me glisser entre les draps, impossible : quelqu'un avait replié mes draps en portefeuille. Les autres se bidonnaient, la bouche pleine de gaufrettes.

Je refis mon lit. Banquet me piqua un deuxième paquet de gâteaux dans l'armoire et les répartit à la ronde. Ils plaisantaient, gueulards. La vie leur était douce. Je me demandai si à mon tour, dans quelques mois, je trouverais cette existence aussi joyeuse. Cela me paraissait improbable. On avait souillé mon lit, et, à force de la crisper, la mâchoire me faisait mal.

La bite au cirage

Je manipulais des ballots de paille dans le grenier. Mon cœur fit un bond : des silhouettes voûtées par la charpente approchaient. Elles se tordaient entre moi et le rai de lumière du chien-assis, au bout des combles. L'une d'entre elles pouffait de rire.

Il pleuvait des cordes à l'extérieur et je n'avais rien entendu, concentré sur mon ouvrage, tâtonnant dans le noir.

Ne sachant que penser, je lâchai les ficelles du ballot de paille. Coincé, je pressentais un truc pas chrétien. Ils me tombèrent dessus et me renversèrent sur un rectangle de paille. Je reçus un coup de poing au menton. J'avais peur, mais ne dis mot.

— Tenez-le ferme ! ordonna l'un des trois.

Je reconnus la voix de Tort, sa tignasse blonde, poisseuse et luisante sous le maigre halo de lumière d'une tuile en verre. Deuxième complice, Grolander me maintenait les bras en m'écrasant le torse avec un genou, semelle crottée de fumier sur le dessus de mon crâne. J'ignorais quel était le troisième acolyte, il me tirait les chevilles.

Tort défit la ceinture et la braguette de mon pantalon, pour le descendre d'un coup au bas de mes cuisses. Il me saisit les couilles et la queue et, les agitant, ricana :

— Mais c'est que t'as des t'chotes couilles, morpion !

Il les renifla et dit aux deux autres, tordus de rire, que je sentais la gonzesse.

— Oh ! Il a du duvet au-dessus du zizi mais pas de poil aux roustons. Pauvre Biquet ! On a qu'à lui coller un ballot de paille sur la gueule, puis on l'encule chacun son tour, à fond la rondelle.

Tort se déboutonna et sortit sa verge pâle et crochue. J'étais épouvanté.

— Tu vois petit, ça c'est de la bite !

Il me la balançait au-dessus du visage.

— T'as de la chance de pas être une gonzesse, car je t'aurais défoncé la chatte !

Par bonheur, il remballa sa queue, mais une douleur m'atomisa le ventre et les reins ; il m'avait frappé aux couilles. Le coup brouillait ma vision, néanmoins, j'aperçus dans la main du crétin blond un de ces pinceaux dont on se servait pour graisser les sabots. Il me badigeonna les parties avec, appliqué à déborder largement, les souillant d'une graisse couleur cambouis.

— Y a rien de tel qu'une bite au cirage pour remettre droit la bleusaille !

Il triomphait, et les deux autres rigolos se fendaient la pipe tout en se rinçant l'œil. Il ramassa une poignée de débris de paille au sol et la fit tomber en pluie sur mon bas-ventre poissé. Pour conclure, il m'ôta le pantalon des chevilles et l'emporta.

Avec une gerbe de paille, j'enlevai le plus gros de la graisse, autant laver un cochon avachi dans sa bauge...

Je retrouvai mon pantalon dans un coin, parmi la poussière et les crottes de souris, l'époussetai, et, une fois que je l'eus enfilé, je me sentis moins vulnérable. Une impression seulement, car après être resté assis un moment sur un ballot à observer la pluie par la croisée, en silence, et dans la pénombre, je pleurnichai, « comme une gonzesse ».

Un galop involontaire

Pour la première fois depuis mon arrivée, le ciel, miracle d'azur, était sans nuages, et les oiseaux le traversaient à tire-d'aile, s'égosillaient dans ce bleu lisse depuis longtemps fantasmé. A terre, les moineaux s'attrapaient dans les coins, du moins les femelles se faisaient-elles déplumer par les mâles. Ces amours-là se répercutaient d'un bout à l'autre de la cour, mais c'est encore au fond des mangeoires qu'on entendait le mieux leurs pépiements de révolte. Stridents, les appels au secours résonnaient dans les boxes vides, mais personne, jamais, ne faisait quelque chose pour venir en aide aux moinelles.

Je balayais dans l'allée de ceux qu'on appelait les « incertains », jeunes chevaux chahutés par leur croissance, ou pur-sang plus âgés, accidentés, mal conformés, attardés, ou très médiocres, ou encore, insoumis et dangereux. Peu d'entre eux fouleraient le gazon d'un hippodrome. Mais il n'était pas nécessaire, d'après ce qu'on m'avait expliqué, d'alerter leurs propriétaires. Ils payaient la pension sans se soucier du moral et de la condition physique de leurs chevaux, jugés « cause perdue » par les initiés, les cavaliers du matin.

C'était le printemps et j'avais le cœur de saison, léger, curieux. En lisière du gazon, je découvris un myriapode noir et luisant. Je n'avais jamais vu ce genre d'insecte, et, après l'avoir touché avec une brindille, tandis que je le contemplais enroulé en boule, Emile Meyer m'interpella.

Sans lâcher mon balai, j'accourus jusqu'à son réduit où il enfilait sa blouse grise.

— Tu comptes rêvasser longtemps comme ça ?

— Non, m'sieur.

— A la bonne heure, faut te réveiller t'cho père ! Prends une selle et prépare Maillot, tu vas le monter. Demande à Nicolas de t'aider, il harnache le cheval à côté du tien.

Mon cœur battait la chamade, un peu de joie, beaucoup d'angoisse.

J'ouvris les deux battants du box et la lumière dorée du matin enflamma la robe d'un alezan dont les oreilles paraissaient toucher le plafond tant il était immense. J'approchai en le saluant timidement, voulus lui passer le licol, et, bien que dressé sur la pointe des pieds, mes mains atteignaient à peine les joues de l'animal. Maillot ne faisait aucun effort pour baisser la tête, pire, il la détournait. J'allai chercher une carotte. Le cheval s'en empara pour la déguster, front au plafond. Même scénario pour une deuxième carotte. Je revins alors avec un panier plein, et réussis à lui passer la lanière de cuir sur le haut du crâne, ainsi qu'à la boucler, mais de guingois.

Quand j'appliquai la brosse en chiendent sur l'encolure, Maillot fit mine de me mordre et le licol tomba au beau milieu d'un crottin frais. J'échangeai la brosse pour un chiffon doux, mais, décidément chatouilleux, le pur-sang leva le postérieur gauche et frappa le sol. Ce cheval était nerveux comme une pile, énorme, et soudain, je pris conscience de mon rêve fou entretenu depuis des années : devenir jockey.

Face à la réalité de ce cheval nu, je tremblai, effrayé par ses quatre sabots larges comme des assiettes, sa longue mâchoire menaçante, la densité des muscles qu'un rien mettait en branle. Pourrais-je tenir sur ce dos impossible à brosser ? J'avais peur, et paniquais complètement lorsque j'entendis l'injonction de Meyer : « A cheval ! Allez ! Dehors les jockaillons, en selle ! On se presse. »

Nicolas sursauta en passant la tête dans le box .

— Mais t'es pas prêt, qu'est-ce que tu branles, petit ? Dépêche-toi, on sort...

— J'arrive pas à le brosser.

— Faut changer de métier alors ! Bouge pas, je vais dire à Pad de te filer un coup de main...

Une minute plus tard, les sabots des premiers chevaux retentissaient dans la cour, et la bouille ronde et malicieuse du vieux Pad, coiffée d'une casquette poussiéreuse, éclaira du bleu juvénile de ses yeux l'intérieur du box.

— Tu m'as pas l'air en avance.

— J'arrive pas à le brosser, il est trop grand.

— Tut tut... Rien n'est trop haut pour qui veut devenir jockey. Pour lui, t'es un géant, il te voit sept fois ta taille, forcément ça lui fout la trouille. Passe-moi tes outils, je vais te montrer.

Il se dirigea vers la tête de Maillot en lui roucoulant des « oh boy, oh boy », sortit un sucre de la poche de sa blouse et m'expliqua que j'avais deux solutions pour brosser le haut de l'encolure. La première consistait à glisser des friandises dans ma poche. Il voudra les sentir, et donc, baissera la tête. La seconde : retourner un panier et me jucher dessus.

Je le regardais faire. L'alezan tentait de le mordre, mais l'enjoué petit bonhomme n'y prêtait aucune attention. Il sifflotait, riait, le tout entrecoupé de « oh boy ». Il lui épongea le toupet, le chanfrein, les membres, l'entrecroupe, le haut de la queue et la crinière. Il lui cura les pieds et, comme le cheval ne voulait pas soulever l'un de ses sabots à l'arrière, il lui chatouilla un testicule, ce qui lui fit lever d'un coup le canon jusqu'au ventre : « Tu vois, ça marche toujours ! »

Il le sella ensuite, en m'éclairant : « D'abord le torchon blanc marqué du chiffre de reconnaissance de l'écurie, c'est pas la meilleure, mais il y a pire. Tu le poses en avant du garrot, après, au-dessus, le pad en feutre, et la selle. Tu dégarrottes bien l'ensemble, tu sangles, quelques trous, pas plus, car les chevaux gonflent leurs poumons à ce moment-là. C'est comme toi, t'aimes pas être serré dans tes pantalons. Alors, avant de regagner deux trous de sangle, tu le brides. »

Il me montra la manœuvre, les différents réglages et voulut me mettre en selle : « Donne-moi ta jambe. Non, pas la droite, sinon tu vas te retrouver là-haut le nez vers la croupe et, crois-moi, c'est pas pratique pour voir le sens de la marche. » Il me propulsa en selle, régla la hauteur des étrivières et m'expliqua comment tenir les rênes et ressangler.

Je n'en revenais pas d'être si haut. La tête me tournait, un sentiment d'ivresse. Ma première monture était royale, la plus grande, la plus longue, la plus blonde, munie de trois balsanes et d'une liste en tête.

Pad m'accompagna jusqu'au paddock où tournaient les autres et, libérant les rênes, me rassura :

— Ça va aller, tu verras. Dis-toi qu'un cheval, c'est un peu comme une bicyclette, ça n'a pas plus de cervelle, mais ça freine bien mieux.

La gorge serrée, je le remerciai.

— A ton service, petit. Fais bonne route.

Il avait les sourcils blancs comme neige, drus et broussailleux, la casquette relevée sur le haut du crâne, le front en sueur, une vraie bille de clown qui souriait, espiègle et bienheureux.

Monsieur Gaëtan, garçon de voyage pour la province, me dit de le suivre. Il y avait un autre cavalier avec lui. Ils pénétrèrent dans la forêt et marchèrent d'un pas tranquille sur des chemins sablés. Maillot suivit sans histoire jusqu'à un pont qui enjambait une voie ferrée. Là, il tressaillit, releva l'encolure, secoua ses crins et entama une danse nerveuse. Mal à l'aise, je serrai les genoux et le caressai avec mon poing crispé sur la rêne. Il continua à piaffer comme s'il avait eu du verre brisé sous les sabots. Devant, les deux adultes conversaient et fumaient leur cigarette sans se soucier de l'agitation des pur-sang.

Après avoir trotté quatre cents mètres et marché pendant une vingtaine de minutes, nous fûmes au bord d'une clairière où convergeaient quatre routes sableuses. Au centre de cette clairière, piétinaient des hommes. L'un d'eux nous fit signe de nous arrêter. Maillot stoppa, naseaux sur la croupe précédente.

— T'approche pas si près, prévint monsieur Gaëtan, ça tape un cheval. Et raccourcis un peu tes rênes, caresse-le, relève tes épaules !

Soudain, il y eut un bruit qui s'amplifiait, exaltant : un galop, deux chevaux côte à côte. Dans le hachuré des troncs d'arbres, j'aperçus les cavaliers, leurs silhouettes profilées en suspension derrière l'encolure. Ils transperçaient le temps. Deux flèches, deux missiles de chair aux furibondes sabotées de sable, à peine entrevus, déjà disparus.

Maillot baissa la tête en soufflant et tira les rênes à lui. Il palpitait et se déhanchait.

— Tiens-le ! dit monsieur Gaëtan.

Oui, mais comment m'y prendre ? Mes cuisses et mes bras commençaient à fatiguer.

— Raccourcis tes rênes !

L'un des hommes à pied nous fit signe d'avancer. On traversa la clairière et Maillot, de nouveau, s'agita.

— Salut Neuneuil, fit monsieur Gaëtan, puis, moins familier, à l'intention du groupe : Messieurs, bonjour.

Parmi ces hommes, je reconnus mon maître d'apprentissage, croisé en août dernier sur l'hippodrome de

Deauville. Mais ce matin, sur la piste d'entraînement dit des Lions, il avait moins bonne mine que l'été passé. Engoncé dans une gabardine au col relevé, le front caché sous un chapeau à l'aspect, lui aussi, tyrolien, il avait l'œil cerclé par des paupières enflées, manque évident de sommeil, un nez fort et le visage rouge de ceux qui vivent trop bien. Et l'air pas commode, malgré sa coiffe qui devait être un genre familial.

A son côté, se tenait un bonhomme pas plus haut qu'une chaise, ventru, le nez chaussé d'une grosse paire de lunettes. D'une voix de castrat, il ordonna à monsieur Gaëtan :

— Remontez la contre-allée avec le môme, puis revenez par la piste de la Table Ronde, au petit galop de chasse.

On s'éloigna et je demandai à monsieur Gaëtan si c'était le patron que j'avais vu.

— Oui, mon grand, c'est Jean-Jacques Williamson en personne, dit Jeannot, ou W. Jr. Et le petit gros à son côté qui aboie des ordres, c'est son cousin et bras droit, Jean-Claude, dit Hippopo, ou Cache ta Joie, car il peut pas dire un mot sans crier.

On prit le trot et ils se retournèrent pour me surveiller. Je suivais, mais frappais à contretemps le fond de la selle. Maillot s'agaçait, levait constamment la tête et étreignait son mors en grinçant des dents. A mon grand soulagement, ils empruntèrent un chemin étroit qui zigzaguait entre les arbres et se remirent au pas. Trois biches levèrent le front et, sans s'effaroucher, nous observèrent. Quand on déboucha sur une large route au sable profond, hersé de frais, Maillot se tourmenta de plus belle, l'encolure mouillée.

— Raccourcis tes rênes, petit. Encore un peu. On va s'élancer au trot, puis au galop. Reste bien derrière nous.

Les trois premières foulées furent conformes à l'annonce, nous allions au trot. Mais Maillot tirait, et dès qu'il eut les épaules contre la croupe de ses prédécesseurs, ses antérieurs cognant leurs postérieurs, ils s'écartèrent et prirent le galop.

— Tiens-le, petit ! Mets-toi en arrière ! criait Gaëtan.

Maillot s'engouffrait entre eux, et si les deux cavaliers le contraient, ils contenaient avec difficulté leur monture. L'allure s'intensifiait, Maillot gagnait du terrain jusqu'à se retrouver à leur hauteur. Le mécanisme de son allure était ahurissant, cognait mes jambes, entrechoquait mes os. Pour lui, j'étais un fétu de paille, il allait m'emporter dans sa folie, j'étais mort de trouille. Monsieur Gaëtan voulut saisir mes rênes, mais son cheval, par d'incessants écarts, l'en empêchait, et, finalement, devant mon expression d'effroi, un fou rire le prit, son camarade avec.

Maillot bondit et les distança.

L'encolure rythmait le galop dément, pilonnait la piste en deux, accélérait, encore et toujours. J'avais beau m'arc-bouter sur les rênes, rien n'y faisait, dans mes mains le mors paraissait un bloc de béton. Les antérieurs sabraient le tapis de sable, le déroulaient jusqu'à le rendre lisse. Le regard de l'animal était fou, ivre, insensible à ma prière, à mes yeux noyés par la vitesse. Il allait me tuer ! Une muraille n'arrêterait pas ce Bucéphale ailé, sa course le briserait, et moi avec, j'en avais la certitude et n'entrevoyais pas d'issue pour sauver ma peau. Je ne pouvais sauter, l'allure était trop vive.

Je ne sentais plus ni bras ni jambes, perclus de fatigue, ils branlaient comme des marteaux-piqueurs. J'étais vaincu, criais pitié sans pouvoir ouvrir la bouche, anéanti. J'avais rêvé qu'un pur-sang m'emporte, imaginé et espéré des émotions, j'étais gâté. Enfin, résigné face à cette énergie, je me concentrai sur la course de l'alezan forcené, le martèlement de ses foulées qui retentissait et me cognait le corps. La griserie l'emporta peu à peu sur l'inquiétude, jusqu'à cette sensation surprenante où mon cœur parut hors de moi, à une vingtaine de mètres en arrière, comme maintenu par un fil ténu.

L'impression de vitesse et de puissance était saisissante, du jamais éprouvé, une balle vers sa cible.

En bout de piste, l'occupant sur toute sa largeur, une quarantaine de chevaux tournaient en rond. Un scénario catastrophe surgit dans mon esprit : nous allions les percuter, il y aurait des os brisés, de la chair projetée comme des boules de feu, du sang, des morts... Et si par miracle, ils se poussaient à temps, la forêt, elle, sa muraille de troncs séculaires, ne pouvait pas se volatiliser. J'y laisserais des plumes, sûr, peut-être même ma vie, les intestins en guirlande, épinglés aux branches fendues.

Le groupe de chevaux n'était plus qu'à une centaine de mètres. Deux hommes à pied coururent au-devant de mon inlassable. Ils levaient et agitaient les bras tout en criant. J'avalai ma salive, il allait se passer quelque chose, me cramponnai à la crinière, et Maillot s'arrêta en quelques foulées face aux hommes, oreilles dressées vers leur « holà ! holà ! pépère ! ».

J'étais soufflé, sonné, hébété et K.-O., mais assis, en selle, haché menu et tremblant des pieds à la tête, sur le point de tomber tant les muscles et les nerfs sursautaient.

L'un des deux hommes, le minuscule cousin de mon patron à la voix fluette, me hurla dessus :

— Putain ! Tu peux pas le tenir, ce cheval ? C'est un âne, merde alors ! D'où est-ce que tu sors ?

J'étais incapable d'émettre un son. Il continuait, rouge de colère, avec sa voix si désagréable :

— Quel con ! Tu sais ce que ça vaut un cheval comme ça ? Et tu crois que tu vas être jockey ? Connard ! Mets-toi derrière les autres !

Je ne me sentais pas fier. Il rebroussa chemin tout en marmonnant des jurons. Neuneuil, l'homme de piste qui l'accompagnait, me conseilla :

— Alors bonhomme, faut manger des épinards.

Maillot soufflait et de l'écume striait son avant-main. Il se retrouva derrière un cheval monté par Fernand Terrois, un ex-jockey, bientôt la soixantaine, mais les traits du visage tendus comme un gant sur une main. Il me dit que de la fumée sortait de mes bottes. Je ne remarquai rien. Il insistait, la tête me tournait, les autres cavaliers riaient ; encore une plaisanterie incompréhensible. J'avais honte, mais peu à peu, sur le chemin, je goûtai une joie indicible, celle d'être sain et sauf, et le bonheur d'avoir vécu quelque chose d'unique.

De retour à l'écurie, passant près d'Emile Meyer appuyé sur le manche de son balai, œil torve et demi-sourire aux lèvres :

— Tu as meilleure mine, petit. C'est l'air de la forêt ?

Le premier garçon me suivit jusqu'au box de Maillot :

— Terrois m'a dit que tu manquais d'entraînement. Alors, quand tu m'auras bouchonné ce cheval, et je veux m'y voir comme dans un miroir, tu prendras un balai et tu m'astiqueras cette cour.

— Bien, monsieur.

Je sautai de selle et me retrouvai sur les fesses, mes jambes ne me portaient plus. Meyer s'en fut avec une moue désobligeante : « Ah ! là là ! Qu'est-ce qui me vaut un tel arpète ? »

Etais-je fait pour ce métier ? Je me posai sérieusement la question. En refermant le box de Maillot – je n'avais pas réussi à le brosser correctement tant il s'était agité, pas plus que je n'avais pu lui laver les sabots –, le doute m'assaillait.

Dans la sellerie, les trilles de Pad le précédèrent. « Ho ! Billy Boy ! s'exclama-t-il en m'apercevant : Alors, comment ça s'est passé ce tour de manège ? »

Je lui racontai ma pitoyable prestation. Ce n'est rien, dit-il pour me consoler, c'est le métier qui rentre. Maillot n'était pas le plus facile à monter, je m'en étais sorti comme un chef selon lui, j'étais entier, plus fort qu'une heure auparavant, et le cheval aussi était entier. Ses yeux bleus souriaient, et, quand je lui dis comment le bras droit du patron m'avait accueilli :

— Quoi ? Le cousin, Cache ta Joie, cette balise Argos ! T'occupe pas de lui, y sait pas causer autrement qu'en hurlant. C'est un aigri, un jaloux. T'as vu comment il est calibré ? Il m'arrive au nombril, et je fais pas beaucoup d'ombre pourtant. Il a la taille mini-jockey, mais quand il avait ton âge, il a tellement eu peur les premières fois où il s'est retrouvé à cheval, qu'il a somatisé et s'est mis à grossir comme Churchill. Oublie ce qu'il t'a dit. T'aimes les chevaux ?

— Oui...

— T'as eu peur, tout à l'heure, au galop ?

— Un peu...

— Le contraire serait inquiétant. Moi, la première fois, j'ai fait dans mon pantalon. Et maintenant, tu aimerais remonter sur un cheval comme il y en a tant, tranquille, pas comme ce Maillot qu'était pas sorti de son box depuis trois jours ? C'est normal qu'il t'ait emballé, il aurait eu des braises dans l'anus, qu'il aurait pas été plus vite... Alors, t'as envie de réessayer ?

— Oui, dis-je, mais pas vraiment pressé de revivre l'expérience.

— A la bonne heure. Et ta Typhèle, elle est gentille avec toi ?

— Oh oui !

— T'as pas envie de la quitter ?

— Oh non !

— Ecoute-moi Billy Boy, j'ai soixante-dix balais et ça en fait soixante que je vis avec les chevaux. Je me suis jamais trompé sur eux ni sur ceux qui les aiment. Et toi, je veux bien qu'on me crève les yeux, façon de parler (il me fit un clin d'œil), si tu les aimes pas. Tu verras, bientôt tes journées auprès des chevaux seront claires, tu te sentiras léger, léger comme l'oiseau dans le ciel. Tu m'entends Little Boy ? Y a rien de mieux dans la vie. Garde le cap bonhomme, t'as fait le bon choix. Moi, les chevaux m'ont comblé et je veux mourir auprès d'eux, dans leurs yeux, bienheureux et sifflotant pour eux. Ça va mieux ? Allez va, et t'occupe pas de la balise Argos, c'est un mort vivant, un malheureux qui a jamais rien choisi.

Raclée

Une brindille au coin des lèvres, un panier de foin sous le bras, Tort ressortit du local à fourrage, heureux dans son jean crasseux.

Lorsqu'il vira dans le box d'Abracadabrassima qu'il venait de panser et qui attendait attachée à la mangeoire, il s'arrêta dans l'ouverture de la porte, bouche bée, le brin de paille incertain : il ne pensait pas tomber nez à nez avec Alain Turc qui le saisit à la nuque et l'attira dans le coin du box. Tort lâcha son panier sur le seuil.

— Je t'avais pourtant dit de laisser le môme peinard, le turbin est pas assez pénible comme ça ? Tu peux pas t'empêcher d'emmerder les arpètes. T'es vraiment qu'un fils de pute ! Ta mère devait se faire enfiler par des chiens pour que tu sois si mauvais.

— Argh... tt... mal, baragouina Tort.

Turc le poussa vers la croupe d'Abracadabrassima, jolie pouliche baie avec une liste en tête et des naseaux comme trempés dans du lait fraise. Lui soulevant la queue, il ordonna à Tort de la lécher.

— Hon, hon, bafouilla celui-ci, horrifié par l'entrecuisse souillé de la jument.

— Lèche ou je t'ouvre la gueule de haut en bas.

Le blond à la tignasse raide fit mine de tirer la langue, un millimètre.

— Mieux que ça enculé, allez, râpe-lui la fente.

Turc enfouit d'un coup le visage sous le panache crotté. Abracadabrassima prit peur, baissa la croupe puis leva les jarrets sur le point de ruer.

— T'es con, elle m'a touché, geignit Tort en glissant sur les fesses et se protégeant le visage d'une éventuelle ruade.

— J'suis quoi ? s'offusqua Turc.

Il lui fila une claque :

— Ecoute-moi bien, tu vas aller voir le patron et demander ton compte. Sinon, je te jure que je te mets une danse. Allez, dégage, panse à merdes !

Tort se releva, cracha plusieurs fois et s'essuya la bouche d'un revers de manche. Il voulut placer le foin qui était tombé de son panier dans le coin du box, mais Turc lui dit de le mettre dans son panier à lui. Et il partit, emportant le foin de Tort.

Un champion démonstratif

Après une nouvelle semaine passée à balayer la cour, on m'imposa de seller et monter un autre cheval. Entier, Boeing était un grand bai brun, sec et fuselé, avec une étroite liste en tête, un regard oblique et des tissus si fins qu'il ne supportait pas le pansage. Même le chiffon doux sur sa peau l'électrisait, il aplatissait les oreilles, fronçait les naseaux et martelait le sol comme si une fourmilière colonisait son bas-ventre. Par chance, il était un cheval soigneux qui ne sommeillait pas sur ses crottins.

Niolet, l'un de mes quatre protecteurs avec Turc, Nicolas et Eric, m'aida à le brosser et le seller.

— Tu vas sortir en premier et faire le leader pour Grandier. Tiens bien la tête de ton cheval et veille à ce qu'il avance toujours. Talonne-le, car Grandier est chaud, c'est un véritable étalon. S'il le pouvait, il baiserait un éléphant.

Grandier était le crack de l'écurie, je connaissais son palmarès, redoutais sa brutalité et le rôle que l'on me confiait.

Niolet me mit en selle, sortit Boeing du box et héla Nicolas, cavalier attitré de Grandier.

La sortie du champion fut fracassante : dehors en un bond, il hurlait et roulait des épaules, gueule ouverte et regards fous, avec des éclairs de pure méchanceté. C'était un bai brun à la robe luisante, pas très haut, mais viril et violent dans ses attitudes, avec un port de tête dressé au zénith qui le rendait immense. Mouvante et nerveuse, son encolure *« arrachait »* les mains de son cavalier qui, stoïque sur la selle, se faisait le plus discret possible. Les sabots de l'animal pilonnaient le goudron, et son corps vif comme une lame chaloupait. A l'affût d'éventuels rivaux, en condition pour en découdre, comme d'effectuer une saillie sur le pavé, là, de suite, à la hussarde, il se savait le plus fort, le plus beau, l'unique de ces dames. Ses hennissements lézardaient le plâtre des murs et anéantissaient le pépiement des oiseaux.

Il avançait en ronflant, se cabrait, boxait l'air des antérieurs, et sa silhouette de prince du désert se détachait sur l'orangé de la brique en de diaboliques volutes.

— Avance t'cho ! Va devant lui.

Je talonnai, tatillonnai plutôt, les côtes de ma monture. Cela me faisait drôle de chausser court. J'étais loin d'avoir les genoux au pommeau de la selle comme bon nombre des cavaliers de la cour, mais déjà, les miens, à mi-quartier, me semblaient peu assurés. Une si petite longueur d'étrivière augmentait l'instabilité due au tangage. La monte jockey exigeait une agilité de singe, et je n'étais pas prêt d'acquérir cette fameuse assiette de l'homme de cheval accompli, sans laquelle on ne peut envisager l'harmonie. Pour l'heure, j'étais vissé sur ma selle comme un clou martelé de travers, thorax en avant, aussi raide qu'un pieu.

Boeing et Grandier ne firent pas un tour complet de paddock comme il était pourtant d'usage.

A peine dans la forêt, l'étalon poussa une succession de hennissements déments, un appel de fauve à faire frémir toutes les espèces vivantes de ces bois. Mon dos se glaça. Une tension extrême vibrait dans l'air. Là était sa marque de fabrique, lorsque, en majesté, il retrouvait son domaine, sa royale forêt, avec, éparpillés dans le dédale des allées, ses sujets, chevaux et juments d'autres écuries, dont les silhouettes le mettaient en transe.

Je pris conscience de la notoriété du seigneur de Chantilly lorsqu'un groupe de pur-sang se profila. Nous allions le croiser. Nicolas jeta son clope, effectua une reprise de rênes :

— T'endors pas petit, talonne ton cheval, tiens-lui la tête droite et prends le trot pour passer ce lot. Tu t'arrêteras quand je te le dirai et te retourne pas, regarde devant toi.

Grandier enfla, cisailla son mors entre ses molaires, l'encolure en cygne. Il ronflait, menaçant, excédé.

La troupe en face se précipita en rang sur la droite, la seule vue de Grandier, son nom se répercutait de lèvres en lèvres, suffisait à l'exécution rapide de cette mise en ordre. Au trot soutenu, je passai la file, le regard droit, cristallisé sur les oreilles de Boeing. Les lads surveillaient Grandier qui dans mon dos fulminait en poussant des appels stridents, le bruit grinçant de ses couilles, si particulier chez l'étalon, rythmant sa course. La manœuvre était délicate, et chacun veillait à ce que sa monture ne soit pas, d'aucune manière, provocante.

Sans trop d'encombre, nous parvînmes au carrefour de la route des Lions, dans l'allée où les « Williamson » avaient l'habitude de tourner en attendant le patron. Les chevaux du père Jeff s'en retournaient vers l'écurie, et son neveu, Jean-Claude « Cache ta Joie » Williamson, me dit d'échanger mon cheval avec celui d'un gars de la Grande Cour. Je me retrouvai sur un alezan brûlé, blanc d'écume, passablement énervé par sa séance d'entraînement, et borgne. Le lot du père Jeff, une cinquantaine de pur-sang, était plus fourni que celui de son fils, et plus indiscipliné. Au contraire des autres écuries qui marchaient en file indienne, il s'étalait sur toute la largeur de la piste, et les cavaliers discutaient à bâtons rompus, leurs reins, en un va-et-vient décontracté, cadencés par le pas éreinté des pur-sang.

Alors que nous franchissions le pont de la voie ferrée, le passage d'un train créa la débandade. Le cheval marchant à mon côté fit demi-tour et cogna le profil aveugle de ma monture qui, d'un bond, s'élança au galop. Oh ! non, soupirai-je, ça ne va pas recommencer ? L'animal perçut-il mon désarroi ? Il ralentit et s'arrêta pour attendre ses congénères surmontés de primates hurleurs, pliés de rire sur leur selle, ou debout dans leurs étriers, rênes longues, leurs chicots pareils à de méchantes herses rouillées par les saisons.

Emballez, c'est pesé !

Ils arrivèrent à deux. Un grand, un petit. Le premier souriait, l'autre, blond-roux, cheveux et moustache impeccables, taillés, ongles manucurés, n'avait rien d'un plaisantin. Il faisait vétérinaire. Le patron, c'était lui, sans hésitation. Il portait un tee-shirt griffé sous sa blouse blanche, tandis que son acolyte, grand dadais sympathique, s'était boutonné jusqu'au cou une chemise de bûcheron canadien. Ils me demandèrent de les conduire jusqu'à Maillot, de lui passer un licol et de le tenir.

Ils déballèrent leur outillage au seuil du box. Le blond vénitien emplissait de grosses seringues alors que son second passait un tord-nez autour de la lèvre supérieure de Maillot. Il tourna le bâton de bois jusqu'à ce que la ficelle fasse de ce bout de museau sensible un ensemble boursouflé, fort garrotté au-dessus de ses dents découvertes. « S'il bouge, tu serres », dit-il en me tendant l'instrument de torture.

Le contenu d'une seringue fut injecté dans la veine jugulaire de Maillot tandis que le deuxième homme s'emparait d'une longue pince à l'aspect médiéval, sorte de sécateur utilisé par les jardiniers pour élaguer les arbrisseaux.

Ils attendirent et l'œil de Maillot s'éteignit peu à peu en ce matin d'avril ensoleillé.

Le vétérinaire en chef tâta les couilles gris souris de l'alezan et, à l'aide d'un scalpel, ouvrit sur leur longueur ces drôles de fruits, dont les noyaux, crème et bleutés, nervurés, lourds, glissèrent de leur peau de velours. Il demanda les tenailles. J'étais bouche bée. Dans un concert chuintant de ligaments mécontents, il sectionna le premier testicule. Telle une pierre au fond d'un puits, il chut sur la paille : ploc ! Les deux hommes disputèrent leur patient soudain remuant et s'attelèrent à la seconde bourse.

Maillot grinçait du museau, sa langue cherchant à alléger la pression du tord-nez maintenu avec vigueur. Mes yeux mouillés n'osaient plus regarder les siens, à demi endormis. Au deuxième grincement lugubre, il s'agita de nouveau, mais je le trouvais bien sage en rapport au traitement qu'il venait de subir.

Il fut recousu et le plus grand des deux hommes ramassa la paire de glandes. En l'emportant, il s'exclama : « Emballez, c'est pesé ! »

Pourquoi l'avait-on castré ? Parce qu'il m'avait emballé ? Les amputeurs sourirent et m'expliquèrent que les performances de Maillot étaient mauvaises, qu'il s'était montré moins empressé l'après-midi en course que lors des entraînements.

Ils me dirent de le sortir du box et de le faire marcher.

Résigné, le nouveau hongre me suivit dans la lumière insolente, autour des marronniers en fleur. Il chancelait sur ses membres, les postérieurs noircis de sang caillé, s'appuyait sur mes épaules, harcelé par un ballet de mouches, manquant s'écrouler à chaque pas. Mon cœur aussi saignait, révolté. Une piètre course, un peu de mauvais vouloir, de lassitude dans les paturons, et hop ! voilà qu'on tranchait les roubignolles. Maillot, mon premier grand vertige, ne méritait pas ça. Lui, pas plus qu'aucun autre.

Un éducateur de l'ordre des pinnipèdes

Quarante de fièvre, une irrésistible envie de sombrer dans le sommeil, le silence de la pièce, les posters de cracks punaisés aux murs blancs, les vitres opaques... Grâce à une angine carabinée je découvris la tranquillité de l'infirmerie, parenthèse de quiétude, réparatrice, indispensable, loin de Meyer, des lads, des élèves.

Je n'avais besoin de rien ni de personne, juste dormir. J'étais à point pour me laisser bercer par mes rêves, emmailloté par la fièvre lorsque l'infirmier poussa la porte.

Sous le prétexte d'avoir obtenu un brevet de secouriste dans sa jeunesse, monsieur Bob, le nouvel éducateur du Moulin à Van, avait postulé au poste de responsable de l'infirmerie, et décroché ce titre d'infirmier. Il passait pour être le plus sympathique des surveillants du centre. Faut dire qu'il s'y employait. Souriant et conciliant, n'élevant jamais la voix, disponible, il était aussi le seul adulte à laisser sa chambre ouverte aux apprentis. Quelques élèves, six ou sept, y avaient leurs habitudes. L'un d'eux partageait mon dortoir et je l'avais entendu dire que chez monsieur Bob, c'était cool : « Il a un frigo avec des bières, des Orangina et des Coca-Cola. Des gâteaux aussi, et plein d'illustrés, des bandes dessinées. »

A travers l'éternelle fumée de ses cigarettes maïs, ses coups d'œil ne me disaient rien de bon. Il faisait du zèle et venait sans cesse vérifier mon état, constater l'évolution de ma fièvre ou me proposer des recettes de grand-mère pour atténuer mes suées. Gentil, mais lourd et collant, l'infirmier d'opérette. Et plus il venait, plus ses yeux étaient ceux d'un chasseur, plus ses mains se faisaient baladeuses, et plus le haut de son jogging enflait.

Lorsqu'il ouvrit la porte de l'infirmerie pour la énième fois, pas rassuré, verrouillé en position fœtale, je fis semblant de dormir. Il s'approcha, porta la main à mon front, à mon cou. Je me félicitai d'avoir boutonné mon pyjama jusqu'au col. Satisfaction de courte durée : sa main souleva les draps et je sentis qu'il écartait avec des précautions de paléontologue l'ouverture de mon pantalon de nuit. Je me retournai d'un coup sur le ventre en grognant. Sans se démonter, l'éducateur posa une main sur mes reins. Je rouspétai en me plaignant d'avoir froid et me recouvris du drap.

— Veux-tu que je vienne contre toi pour te réchauffer ? Je peux fermer à clé, personne ne nous dérangera, tu pourras dormir.

Mon effroi redoubla. Je ne savais pas comment m'en sortir.

— Non ! J'ai envie de pisser.

Je me levai d'un coup et, au lieu de me diriger vers les toilettes, je gagnai ma chambre pour me glisser dans mon lit.

Je n'arrivais plus à dormir. La rumeur soulevée par quelques élèves du centre était donc fondée : « Bob le pédé. » Mais comme ils utilisaient cette injure à tout propos, il était difficile d'y accorder crédit. Certains disaient « pédé comme un phoque ». Je ne voyais pas pourquoi, le froid de la banquise peut-être, où les animaux à fourrure se pressaient les uns contre les autres.

Je pris mon dictionnaire et lus : « Pédé : homosexuel... Homosexuel : qui éprouve une affinité sexuelle pour les personnes de son sexe... » Ça, je savais. « Phoque : mammifère de l'ordre des pinnipèdes. »

Je venais enfin de comprendre le sens de pédé comme un phoque. Pinnipède, le mot me parut explicite. Quant à savoir comment me dépêtrer de l'adulte, le dico n'en disait rien.

Saint-Just : pas méchant mais bougre d'âne

J'étais à bout, épuisé par une fatigue physique et morale, éreinté par tant d'agressivité, en proie à une forme d'ataxie. J'avançais jour après jour dans un épais brouillard chargé de violence, ignorant si la charge de travail, de plus en plus considérable, serait supportable. A l'écurie, corvéable à merci, j'étais l'esclave des anciens, exécutant les besognes de trois adultes. Surtout ne pas se plaindre, les plus âgés rappelant sans cesse : « De mon temps, c'était plus dur. »

Mais, plus harassants que les hommes, il y avait les chevaux, pour qui mes trente-cinq kilos ne représentaient pas grand-chose. Complexes, chatouilleux, imprévisibles, dangereux, tous uniques, gardiens d'une malice, d'un coup foireux, d'une problématique qu'il me fallait comprendre et déjouer, mais devant laquelle, souvent, je me sentais désarmé. S'ajoutait à leur brutalité, la fatigue des deux lots que je montais maintenant chaque matin, et qui faisaient de moi un apprenti jockey à part entière. Lâché dans la horde des lads à cheval, avares de conseils mais point de railleries, et qui, à la moindre occasion, profitaient de mon ignorance des pur-sang pour provoquer des incidents et raconter de grosses blagues, assurant à cette communauté de gueules cassées son content de fous rires. Ainsi, lorsque le bleubite « se faisait la valise », ou se retrouvait le cul dans le sable, leurs matinées étaient moins monotones.

Saint-Just, lui, n'était qu'un « camarade » d'internat aperçu entre cantine et cours scolaires. Ni querelleur ni bagarreur, un type soi-disant sans histoire. Il s'apprêtait à pénétrer dans le hall du bâtiment principal du Moulin à Van, moi, à en sortir. En passant à mon côté, il me bouscula de façon ostensible.

— Hé ! bleubite, tu t'excuses pas ?

— C'est plutôt à toi de le faire.

— Oh ! vous entendez ça, les gars ?

Les élèves qui discutaient dans le hall hochèrent la tête. Saint-Just m'envoya son poing dans l'estomac.

Je répliquai, lui aussi, d'un crochet au menton. Riposte instantanée de ma part, et là, sans mesure, je continuai à frapper, cogner tant et plus : droite-gauche, droite-gauche, gauche-droite. Étonné, pris de vitesse, Saint-Just ne pouvait répondre, son visage oscillait, il reculait, et je tapais de plus en plus fort, voyais se dessiner dans ses yeux le doute et la peur. « Arrête ! Arrête ! criait-il, t'es fou ! », acculé dans l'angle de la pièce. Mais j'assenais mes coups tout en visant les pommettes. Malgré l'attroupement des autres garçons qui tentaient de me raisonner, je frappais comme un sourd, découvrais un plaisir sans nom, une énergie nouvelle, quelque chose d'animal, legs des pur-sang. Le sang gicla, Saint-Just s'écroula. Je voulus le redresser pour le frapper encore, mais les autres me saisirent et me tirèrent en arrière.

Je me retournai, le demi-rond d'apprentis s'écarta. Dans leurs yeux, un mélange d'horreur et d'enthousiasme luisait.

Je regagnai ma chambre et m'allongeai sur mon lit. Bientôt, une tête ébouriffée se glissa par l'entrebâillement de la porte : « Le directeur t'attend dans son bureau. Tout de suite ! »

Noos était blême. Il me fixait, debout, mains derrière le dos, ne sachant que penser. Puis :

— Je n'accepte pas la violence dans cet établissement. Saint-Just n'a jamais posé le moindre problème. C'est un gentil garçon. Que vais-je dire à ses parents, qu'un fou furieux s'est jeté sur lui sans raison ?

— Il y en avait une...

— Silence ! D'après tes camarades, tu t'es acharné sur lui. Tu me déçois, Bastide. Je vais demander ton renvoi.

— Je vous en prie, monsieur, je n'y suis pour rien.

— Suffit, je vais convoquer ta mère. Je suis désolé pour elle.

Je sentis le changement dans le regard admiratif de Banquet. Celui qui m'avait si mal accueilli au soir de mon arrivée au Moulin à Van, me considérait d'un autre œil et, empressé, me questionnait.

L'événement fit grand bruit, et les commentaires allèrent bon train. Pour les plus mesurés, la « victime » avait été admise aux urgences de l'hôpital des jockeys de Chantilly dans un état critique, et ses yeux ressemblaient à deux paniers de prunes mûres, mais Saint-Just s'en sortirait. Pour d'autres, il était aveugle ! Il ne remonterait plus jamais à cheval.

On colportait que le pauvre garçon avait été terrassé en moins d'une seconde, par le nouveau de chez Williamson, un vrai tueur !

Après le dîner, Boutier, solide gaillard blond aux joues rouges de viking, réputé pour être le plus fort du centre, m'aborda en compagnie de ses acolytes, une demi-douzaine de loubards, et me félicita pour la correction administrée à Saint-Just.

— Il a voulu jouer au caïd, c'est qu'une merde. T'as eu raison, petit.

Il m'offrit son amitié et sa protection. Dès lors, nul ne s'avisa plus jamais de me regarder de travers. Même Auché, le taciturne qui partageait ma chambre et passait pour être le numéro deux dans la catégorie poids lourds, m'accepta comme n'importe quel autre ancien, et Banquet cessa illico de me traiter de bleubite.

Ficelé à ma pouliche

Ma mère était venue un samedi, pourtant jour sacré de la semaine chez Alexandre de Paris, coiffeur des célébrités pour qui elle travaillait comme manucure et pédicure. Monsieur Noos avait cédé. Il acceptait de me garder au Moulin à Van. Cependant, à la moindre incartade, c'était le renvoi définitif et sans appel.

Quel soulagement, je devais une fière chandelle à ma mère.

Puis, elle avait rendu visite à Saint-Just à l'hôpital, lui apportant des chocolats et un livre sur les chevaux. Elle fut stupéfaite en découvrant le visage tuméfié de l'apprenti. Que moi, *son* Rico, j'eusse été capable d'une telle violence la dépassait. Elle vint me chercher à la sortie de l'écurie et m'emmena déjeuner chez Monsieur Jean, la meilleure table de Chantilly, située à deux cents mètres de l'hôpital des Jockeys.

Je commandai un pavé de sanglier. Dès la première bouchée, j'eus une pensée pour Saint-Just qui souffrait également, selon ma mère, d'une fêlure de la mâchoire. Cela me procura un petit bonheur sadique.

Après déjeuner, elle me fit conduire sa 4 CV dans la forêt. Je lui montrai les pistes où s'entraînaient les « Williamson » et, près d'un bosquet de noisetiers, sur un lit de feuilles sèches, je fis une sieste sous son regard inquiet, mort de fatigue mais ne voulant pas lui avouer.

A mon réveil, et avant de reprendre le travail de l'écurie du soir, je lui présentai Typhèle, ma douce, l'unique raison de ma persévérance dans le métier.

Combien de fois avais-je failli, durant ces premières semaines, rebrousser chemin ? Et chaque fois, le devenir de Typhèle, qui sans moi me paraissait incertain, m'avait fait serrer les dents, tenir jour après jour, malgré les frayeurs, les brimades, les corvées, les accidents. Bien sûr, la vision de mon père triomphant s'il apprenait ma capitulation, m'aidait à ne pas craquer, mais c'est l'avenir de Typhèle qui m'importait le plus. Si je partais, vaincu, à qui Meyer confierait-il ma baie ? A Grolander, à l'Allemand, à Tort ? Horreur ! Je lui avais autorisé trop de choses interdites. Après tous nos échanges de tendresse, elle ne survivrait pas à la moindre brutalité, ne comprendrait pas qu'on puisse ne pas la voir, ne pas lui dire de mots doux, ni jouer avec elle. Je ne pouvais pas l'abandonner. Impossible de lui faire cette trahison. D'ailleurs, à chaque fois que je pensais renoncer, le chagrin m'enveloppait, car, réflexion faite, je l'aimais trop, elle me manquerait, ma culpabilité serait trop grande.

Ma confidente posa le menton au creux de mon épaule. Je la caressai tout en expliquant à ma mère qu'en dehors du box, lorsque j'étais sur son dos, elle était loin d'être aussi câline.

Facétieuse, Typhèle abusait de mon inexpérience, se moquait de mon poids plume et de mon absence de muscles. Elle profitait du moindre affolement parmi la file des coursiers pour opérer des écarts, des demi-tours façon toupie, des coups de cul, voire des sauts de mouton.

D'une nature lymphatique quand d'autres la montaient, moi sur son dos, elle se prenait pour une pouliche de grande lignée que trop de sang bleu électrise. Nullement freinée, Typhèle manifestait sa joie de vivre.

J'étais sa récréation. J'avais beau essayer de la retenir ou de la talonner afin de la punir, elle n'en faisait qu'à sa tête et parvenait régulièrement à se débarrasser de moi. Chaque matin, quand le lot de chevaux s'élançait au canter, cette dodue de la croupe se déchaînait, prenait exemple sur les cancres au physique athlétique pour tenter des figures de rodéo. Ainsi s'était-elle habituée à se cabrer dans l'aire de départ. La première fois, emportée par son élan, elle fut toute verticale. « Tire pas sur les rênes, t'cho ! Accroche-toi à sa crinière ! », criaient mes voisins de selle.

Las, Typhèle avait un gros cul pommelé, trop imposant pour ses jarrets : elle s'était retournée comme une crêpe. Projeté à terre, souffle coupé, j'avais eu le pied coincé sous la selle. Par chance, la maladroite avait roulé à l'opposé d'où je me tortillais pour se relever. Puis, elle avait détalé, ravie, au triple galop, étriers au vent, la queue sur le dos et le trou du cul pétaradant des pets ronds comme des bouchons de champagne.

A l'écoute de ce récit, le visage de ma mère s'assombrit.

— Tu ne veux vraiment pas arrêter ? C'est dur et si dangereux.

J'enserrai l'encolure dans mes bras, déposai un baiser sur la joue de Typhèle :

— Mais non, c'est ma chérie. Elle est un peu concon parfois, mais c'est parce qu'elle est encore bébé.

— Mais toi aussi tu es un peu con-con et bébé, et têtu comme une mule bâtée.

Ne jamais rester sur une chute

— Hé ! t'cho ! Ça va, tu m'entends ?

Je ne voyais pas le visage qui me parlait. Enfin, comme tamisés par des tissus de gaze effilochés, les traits d'Alain Turc m'apparurent lentement.

J'avais très mal à la tête. La horde de chevaux attendait près de moi, j'étais à terre sur l'allée sablée, et tout me paraissait flou.

— Je suis tombé ?

— Tu peux le dire ! Ton cheval a fait demi-tour, et t'es tombé droit comme un *i*, tête la première. Tu peux remonter en selle ?

Je n'en avais pas le désir.

— Je crois.

— C'est bien mon garçon, faut jamais rester sur une chute.

Il m'aida à me relever et me remit sur le dos de Boeing. Roulis, haut-le-cœur, l'animal était immense, les arbres autour, menaçants, les couleurs, agressives. Je me plaçai derrière le cheval de Turc et m'agrippai au pommeau de la selle, envie de vomir, les yeux fixés sur l'encolure noire aux reflets bleu nuit, fin balancier sur le doré du sable où l'automne s'égouttait.

Je ne me souvenais pas de ma chute. Moins d'une heure plus tôt, j'avais fait canter, et depuis, avais mené la longue file des chevaux vers l'écurie. Plus qu'une centaine de mètres et tous retrouveraient leur box. M'étais-je relâché, bercé par la fatigue de ce deuxième lot consécutif? Les gars évoquèrent un coup de vent, des feuilles tourbillonnantes, l'imparable demi-tour de Boeing.

Après avoir dessellé et brossé mon cheval avec peine, alors que je m'apprêtais à ranger la selle, Emile Meyer me dit de préparer Armature.

— Je suis tombé, monsieur, je me sens pas bien.

Un brin dédaigneux, il me jaugea :

— Qu'est-ce qui m'a fichu de pareils arpets? Ça veut jouer les Saint-Martin, et au moindre éternuement, ça tombe. File donc laver les torchons de selle!

Les carrés de tissu rêche s'empilaient jusqu'à mi-hauteur du local à mash. Une forte odeur emplissait la pièce, un mélange de pipi de chat, d'église et de fond de bottes. Je m'accroupis sur le ciment, les genoux dans le bain de lessive, et frottai avec une brosse en chiendent les torchons souillés par la sueur et le poil des bêtes, et parfois tachés de sang.

Le bruit de l'outil me perçait le crâne, le sol valsait, les murs se gondolaient, les chevaux rugissaient au fond de leur box et les hirondelles hurlaient.

Le troisième lot de retour, dessellé et pansé, il fallut encore balayer la cour avec les autres et distribuer l'avoine pour clôre cette matinée. J'héritai de la dernière ration, celle de Grandier. Les dents du redoutable animal claquèrent à mes oreilles, mais j'étais tant fixé sur sa mangeoire, elle dansait à des kilomètres, qu'il ne me toucha pas.

Bacs à avoine rangés, local fermé, écurie déserte, enfin, je pris le chemin de la sortie et, avisant le poteau électrique près de la porte en fer forgé, je m'y adossai, assis contre, dans l'attente du car pour le Moulin à Van.

Quelqu'un me demanda si cela allait. Je le rassurai et ôtai mon anorak pour me protéger la tête des gouttes de pluie.

Je m'endormis aussitôt, projeté dans un monde minéral, clos, noir, une sorte de galerie charbonneuse, identique à celles décrites par Jules Verne dans *Les Indes noires*, ma lecture du moment. Par endroits, de l'eau surgissait des parois. Je rampai dans la fange, sentis sur mes doigts la course affolée d'antiques insectes. M'avait-on enterré vivant ? Je me traînai jusqu'à une source de lumière, aussi ténue qu'une larme, y glissai l'index, puis la main, les bras, la tête, et m'extirpai des entrailles de la terre pour prendre pied sur une vaste pente caillouteuse, flanc d'un cirque dont les hautes falaises crayonnaient un ciel d'azur. En bas, en de multiples bras, l'énorme éboulis pénétrait une forêt qui épousait une rivière. Le ruban scintillant serpentait jusqu'à un horizon de collines bleues. Je voulus rejoindre ces herbes fraîches gorgées de soleil et piquetées de vergers, mais une main me secoua.

— Oh ! oh ! p'tit père, ça va pas ?

On souleva mon anorak, on me secoua. J'entrevis un chapeau ridicule de pêcheur à la mouche, une moustache gauloise, tiens, on dirait le visage de monsieur Gaëtan.

Je voulais dormir encore un peu, juste un peu...

— Viens, je t'emmène à l'hôpital.

— Non, mon car... arrive...

— Tu l'as loupé, il est quatorze heures. Allez, viens mon garçon.

Et monsieur Gaëtan me prit dans ses bras, me porta vers son Ami 6 pourrie (là, je sus que c'était lui), m'allongea à l'arrière parmi un fatras de chiffons, de journaux, d'outils, dont un tas de crics rouillés, et une tronçonneuse qui perdait son huile.

Je vomis et me rendormis alors que l'automobile tanguait et couinait.

Plus tard, au cœur de la nuit, une blouse blanche me réveilla, maintint mes paupières ouvertes et dirigea un faisceau lumineux dans mes pupilles comme si elle désirait sonder mes rêves. Elle sortit sans avoir dit un mot. Je caressai les draps de mon lit : rêches et propres. Je n'avais aucune énergie, et si mourir était si doux, pourquoi pas, j'étais à point.

En rouvrant les yeux, je vis d'abord du blanc, rien. Puis, la silhouette de chevaux surmontés de leur cavalier. Je trouvai chouette ce premier aperçu du paradis. J'étais en fait dans l'une des chambres de l'hôpital des Jockeys, en bordure des pistes d'entraînement des Aigles. Les chevaux émergeaient du brouillard.

Deux jours après ma chute, une ambulance me transporta à Clermont pour y subir un encéphalogramme. Le Nord si proche, les locaux, les ustensiles médicaux, le produit passé au pinceau dans mes cheveux, l'infirmière au visage sec d'institutrice, le carrelage aux murs, l'écho mortel de ces pièces froides, l'architecture des bâtiments similaire à celle des casernes, tout transpirait les années cinquante. Je vis par la fenêtre quelques visages troublés, des âmes en peine qui dérivaient derrière les carreaux. Sur le crâne, badigeonné de poix, j'avais des sortes de bigoudis, et des fils électriques qui me donnaient l'air d'un sapin de Noël. On m'annonça que je souffrais d'un traumatisme crânien. Je craignis d'être enfermé dans l'asile contigu. On me rassura, l'arrêt de travail suffirait.

Je partis pour La Salle, hameau accroché sur les hauteurs de Serre-Chevalier où Ginette, la meilleure amie de ma mère, vivait sa retraite en écrivant une histoire d'amour pour la collection Harlequin.

Durant un mois, j'arpentai la montagne, m'enfonçai dans les noires forêts, escaladai les rochers, pistai blaireaux et renards, sommeillai sur les sommets, suivis les ressorts invisibles que décrivaient les aigles dans leur ascension vers la lumière. J'étais insatiable. Mon enfance filait, je voulais faire une cure de grands espaces, ne pas gâcher ce répit, ce plein bol de nature, loin des hommes.

J'aurais aimé rester là-haut sur la montagne, au pied de l'ultime arbre qui dominait la vallée, à planer sur la crête du relief, à rêver sans trop songer à l'avenir. J'écrivis un mot d'amour sur un papier d'argent destiné à celle que je ne connaissais pas encore, et me promis de revenir ici avec elle, un jour...

Du tronc de ce vieil arbre solitaire qui narguait les vents et le vide, en ce jour indéfini et lointain, elle délogerait le papier d'amour et lirait ces trois phrases où il était question d'attente, de voyage enfin possible, d'un envol. Ces trois phrases devaient permettre à son âme de décoller d'un trait vers là où les aigles tournoient et encerclent d'infaillibles vertiges, de me rejoindre, à jamais.

Avec la nuit, et la certitude que derrière chaque sapin un ours me guettait, une meute de loups me pistait, je redescendis vers le hameau, le cœur à l'envers.

Le lendemain matin, le train m'emportait vers Paris, un autre vers Chantilly, et un troisième enfin à Clermont pour un nouvel encéphalogramme. Le médecin de l'hôpital des Jockeys m'autorisa à remonter à cheval.

La poule de Raoul

Je me levais toujours plus tôt que nécessaire, à quatre heures du matin, pour m'occuper de Typhèle, ma flemmarde. Je devais aussi réveiller Nicolas et Van Hoolen, les apprentis jockeys maison, deux excellents cavaliers qui montaient en course, de cinq ans mes aînés. Vers cinq heures trente, je grimpais l'étroit escalier de la remise à balais, prenais le couloir de guingois qui sentait fort la pisse et l'abandon, et poussais la porte sans poignée, avant d'abaisser l'interrupteur qui, chaque fois, transmettait un peu de courant, du 110 bricolé.

Quel triste spectacle ! Le sol concave et moutonné de poussière menaçait de s'effondrer. A la place des vitres, du papier journal était tendu sur les fenêtres, des *Paris-Turf* ou des *Sport-Complet*. Le mobilier : deux armoires éventrées, une table basse où s'éparpillaient une demi-douzaine de cendriers étouffés sous leur pyramide de cendres et de mégots. De chaque côté de cette table, des lits informes, salis, aux ressorts détendus sous les sommiers, et sur lesquels, Nicolas d'un côté, Van Hoolen de l'autre, dormaient profondément.

J'avais l'ordre de rester jusqu'à ce que Nicolas soit debout. L'affaire était dangereuse car il me fallait le secouer, et le jeune jockey, pourtant demandeur, n'appréciait guère d'être bousculé en cette heure matinale.

Il grognait, gueulait, tirait les draps gris de sa couche par-dessus son crâne dégarni tout en menaçant de me cogner. J'attendais en fixant le plancher où se trouvaient pêle-mêle bottes, chaussettes, pantalons, chemises et pulls, parmi une mosaïque de brins de paille, de grains d'avoine et de journaux spécialisés. Assuré qu'il ronflait, je le secouais plus fort et reculais aussitôt, car alors Nicolas envoyait un coup de pied dans ma direction.

Je devais insister, telles étaient ses consignes. Une fois assis sur le bord de son lit, il attrapait son paquet de Gitanes sans filtre, en allumait une, paupières gonflées et suintantes, bouche pâteuse, et, se grattant les couilles à travers son slip, le regard enfumé par sa cigarette, il me disait : « C'est bon, j'suis réveillé », le ton plein de reproches.

Parfois, en descendant l'escalier, je croisais la poule de monsieur Raoul, lequel vivait à l'étage au-dessus avec sa femme et leurs deux enfants. La poule, chérie comme un animal familier, était blanche et ressemblait à s'y méprendre au fils de Raoul, trois ans et loin d'avoir toutes ses dents et sa raison. A cette heure, elle picorait les épillets d'avoine entre les lattes disjointes du plancher, et se risquait parfois dans la chambre de Nicolas qui lui balançait une de ses bottes ou, s'il était chaussé, un coup de pied. Les caquètements du volatile déclenchaient les vociférations de madame Raoul, surnommée la Baleine : « Laisse notre poule ou je t'emplâtre ! »

Et Nicolas, pas des plus charmants de bon matin, de répondre illico :

— Si elle bougeait pas autant quand on l'encule !

Grandier lâché au cul des amoureuses

Damioca et L'Anest étaient inséparables. Une ouverture avait été créée dans le mur mitoyen de leurs boxes afin qu'elles puissent se voir et se faire du naseau à naseau jour et nuit. Jument baie aux reflets mandarine, Damioca était une grande gigue osseuse des plus nerveuses. Elle jetait son front au plafond pour un rien et trépignait comme si le sol s'était enflammé. A peine posait-elle un sabot au-dehors, l'écume à sa robe s'épaississait. Elle passait pour avoir un gros vélo dans le crâne, et L'Anest la chaperonnait depuis son arrivée. Sans elle, Damioca se serait tuée. Elles s'entraînaient donc ensemble, et Damioca se pressait littéralement contre sa copine, au point de s'user le cuir à l'endroit des épaules et des flancs. Ainsi collées, elles se provoquaient chaleurs sur chaleurs. Elles se tenaient toujours à l'écart des autres chevaux, on les appelait les gouines et elles avaient leur cavalier attitré, Eric et Niolet, les deux meilleurs amis de la Petite Cour.

Un matin, marchant comme à leur habitude côte à côte par les allées de traverse, Damioca et L'Anest se frottaient. Sur leur dos, profitant de leur isolement, Eric et Niolet fumaient leur clope, accordés de façon drolatique à leur monture. Le premier était grand et osseux, le second, court sur jambes et râblé. Et il en allait de même pour Damioca et L'Anest, l'une tout en os, nerfs et eau, dégingandée, l'autre basse des jarrets, un brin gourgandine et plutôt potelée.

Les jeunes hommes parlaient de leur préoccupation majeure, les filles. Ils avançaient ainsi, une de leurs jambes comprimée entre les flancs des pouliches, détendus, émoustillés par le programme de leur soirée. Ils envisageaient de sortir avec quatre copines et, tout à leur discussion qui était de savoir comment ils les caseraient dans la Fiat 500 de Niolet, ils ne virent pas qu'au loin, un cheval au grand trot venait au-devant d'eux. Port d'encolure vertical, il scrutait la forêt, obsessionnel.

Un détail essentiel échappa aux deux garçons : il manquait un cavalier à ce cheval.

Le lâché, ainsi appelait-on un animal en liberté, arrivait, décidé, les étriers battant sur les quartiers de la selle, le toupet relevé, l'œil fou, avec cette idée fixe qui lui faisait sonder les sous-bois : saillir une femelle. Rapide et souple, obnubilé par sa quête, il croisa les deux pouliches, à cinquante centimètres près, sans même les voir !

A son passage, elles dansèrent sur leurs fines jointures, agitées. Un bruit avait alerté leur perception du danger, un grincement plutôt, corollaire de l'étalon, celui de ses couilles vives et pleines qui vers les reins actionnaient une sorte de mécanique à air. Elles faisaient *grimmch-grommch* au rythme de son allure conquérante. Autre détail remarquable du bai brun, sa verge pointait, hardie, vers l'arc de ses côtes. Il continua son chemin durant une centaine de mètres et, soudain, stoppa des quatre fers, volta et se figea, réalisant son erreur en détaillant les deux pouliches. En simultané, Eric et Niolet se regardèrent, stupéfaits. Dans leurs yeux écarquillés, un nom : Grandier !

Sans même jeter leur cigarette, ils s'élancèrent au galop, suivis par le champion de l'écurie.

En selle sur Boeing et chargé de partir à la recherche du fugitif, je me cramponnai aux rênes : ils arrivaient sur moi. Je savais Boeing sur le point de faire demi-tour, sa botte imparable. Propulsés dans une course dramatique, coudes en dehors, Eric et Niolet excitaient leur pouliche à plus de vivacité, Grandier à leurs trousses, verge au vent. Le trio passa à nos côtés, et Boeing effectua son demi-tour. Je respirai, je n'étais pas coupé en deux, et toujours en selle.

Bébé me raconta le final de la poursuite : les deux comparses avaient percuté l'arrière des « W. Jr. » et provoqué une sarabande sans nom. Des juments ruaient, se cabraient, des cavaliers chutaient. Gueule ouverte, Grandier ne savait plus où donner de la tête et, malgré les ruades et les coups de cravache, enjambait tout ce qui bougeait. Un autre que lui, plus avisé, aurait rebroussé chemin. Mais il n'était pas raisonnable et bandait, dynamitait la horde. « Les chevaux grimpaient aux arbres », me dit Bébé. Enfin, Nicolas, la liquette trempée par d'incessants allers et retours sur le sable des pistes, réussit à saisir les rênes de Grandier en évitant ses antérieurs qui boxaient l'air. L'ordre fut rétabli et, miracle, on ne dénombra aucun blessé. Sauf Grandier, dans son amour-propre.

Monsieur Bob

Enveloppé de buée, et profitant de ce dimanche où j'étais seul dans la salle d'eau pour me délasser, je me douchai. L'eau était chaude, douce, réparatrice. Contraintes, pressions, agressions et autres bras de force de la semaine s'éclipsaient. L'eau emportait tout, seules restaient mes rêveries.

Pas de chance, on ouvrit le rideau de la douche. Je sursautai : monsieur Bob me faisait face, son éternelle cigarette maïs à la bouche, lèvres dessinées par un demi-sourire inquiétant. Vraiment pas de bol. Je refermai le rideau. L'éducateur l'écarta. Il me détaillait, ma serviette entre ses doigts.

Gêné, je masquai mon sexe, mains en coquille dessus. Je voulus me retourner, la mine gourmande de monsieur Bob m'en dissuada. Je me sentais coincé et tirai le rideau pour la seconde fois. Lorsqu'il empoigna le bord plastifié, je bondis hors de la douche en le bousculant, et courus jusqu'à ma chambre.

Je m'habillai en vitesse, sortis en essayant de deviner si l'adulte avait gagné un repli ou s'il se tenait encore dans la salle d'eau. Je ne le revis pas, mais par précaution, je passai le reste de la journée à l'extérieur des bâtiments.

Le soir même, je sollicitai un entretien avec le directeur. Il me reçut le lendemain à l'heure de l'ouverture de la cantine. Je savais qu'une trentaine d'élèves « de la primo génération » devaient bientôt rejoindre le centre d'apprentis jockeys-lads de Chantilly, avenue de Joinville. Je demandai à être des leurs. Monsieur Noos voulut connaître mes motivations. Devant mes propos hésitants, il refusa, précisant que ce premier déménagement était réservé aux plus anciens de mes camarades :

— Il te faudra rester avec nous quelques mois de plus.

— Mais le centre de l'avenue de Joinville est juste à côté de mon écurie.

— Je sais, Bastide. Désolé, c'est ainsi. Allez, va déjeuner.

Je restai face à lui, incapable de bouger. Il m'observait :

— Autre chose, Bastide ?

— Oui, monsieur...

— Je t'écoute.

— Je pense que monsieur Bob est de trop ici.

— C'est bien la meilleure, s'esclaffa-t-il. Tu es le premier à me dire que nous avons trop de personnel d'encadrement. Je crois plutôt le contraire, et des personnes de sa trempe me font défaut.

— C'est pas ce que je voulais dire...

— A la bonne heure. Eh bien ?

— ...

— Alors ? J'attends, exprime-toi, tu as toujours un livre à la main. Tu as perdu ta langue ?

— Il est tout le temps sur moi.

— Comment ça, sur toi ?

— Aux douches, à l'heure de se mettre en pyjama, le matin quand je m'habille. Il me regarde bizarrement. Il me colle. L'un de nous est de trop.

— Il t'a touché ?

— Non, enfin si, il a essayé, à l'infirmerie. Je voudrais pas que cela se finisse comme avec Saint-Just.

— D'autres que toi sont au courant ?

— Des gars disent qu'il cherche à peloter, que la nuit dans les chambres, il soulève les draps.

— Bon, surtout, n'en parle à personne. Je m'en occupe, et pour Joinville, je vais voir ce que je peux faire.

Moins de deux mois plus tard, par un bel après-midi de juin, je descendis du car en compagnie d'une trentaine de camarades, valise à la main, et foulai le gravier du centre d'apprentis jockeys-lads de l'avenue de Joinville.

Mon dortoir, une chambre de douze, six lits superposés, était vaste, et le mur le plus long mitoyen avec celui de mon écurie, ce qui m'offrait trente minutes de sommeil supplémentaire. Hormis Banquet, avec qui j'avais partagé ma chambre au Moulin à Van, je connaissais à peine les autres apprentis. Ils travaillaient pour Carver, Maschio, Andretto, Sanoner, Clout ou Boutin, et leur patron croyait en eux. Ils jouaient tous au foot, sport préféré du directeur, dont la chambre se trouvait juste à côté de notre dortoir. Ils passaient pour être ses chouchous, et quelques élèves moins bien lotis médisaient sur cette proximité. Comme je n'aimais pas le foot, je fus vigilant durant les premières semaines, jusqu'au jour où je découvris, ravi, l'existence de l'épouse du directeur. J'étais rassuré, car à quelques kilomètres de là, à Gouvieux, le Moulin à Van ne s'était pas débarrassé de monsieur Bob.

La vie s'accéléra. Le matin à l'entraînement, les demi-trains avec les derniers deux cents mètres « sur la main » devinrent un exercice habituel pour moi. Bientôt, Jeannot W. Jr. me fit participer à un galop, puis un autre, jusqu'à en comptabiliser une vingtaine, si bien que lorsqu'il ne m'appelait pas pour cet exercice grisant, je pensais l'avoir déçu et me mettais à douter.

Retour à Deauville et revue d'effectif

A la fin du mois de juillet, on m'annonça un événement : j'accompagnerais trois chevaux au meeting de courses de Deauville. Je resterais au moins une semaine sur l'hippodrome de la Touques, logé et nourri dans l'antenne locale de l'Association pour la formation du personnel des courses.

Pour ce voyage, j'apprêtai ma brune Armature et deux hongres, Crucible et Smoke, ce dernier entraîné par le père Williamson. Dès six heures tapantes, jour du départ, ils étaient pansés, curés, le poil lustré, la crinière démêlée et peignée, le visage épongé, les sabots graissés. Et leur filet de foin copieusement garni.

J'étais heureux de voyager avec ce trio vers le Calvados, car ce bout de Normandie était la terre estivale de mon enfance et le lieu de naissance des pur-sang. Avant d'embarquer, j'allai embrasser Polka la timide et Chanson Douce, mon autre brune aux longues chaussettes d'hermine.

Typhèle avait regagné le haras depuis quelques mois. Je l'avais serrée fort dans mes bras. Elle n'avait pas remporté le prix de Diane ni même jamais couru. Trop lente. « C'est mieux ainsi, lui avais-je glissé à l'oreille, tu seras une poulinière épatante. » Je l'avais bourrée de friandises, caressée sous toutes les coutures avant de la remettre au convoyeur, la poitrine gonflée de chagrin.

Le parcours vers Deauville fut radieux de soleil, l'été était là, le bonheur visible. J'avais ouvert les fenêtres coulissantes du van pour faire entrer les effluves de la campagne. Les voyageurs cloisonnés s'en parfumèrent les naseaux sans retenue.

Revenir à Deauville en tant qu'apprenti jockey, même en herbe, me plut tout de suite. Je partageais une chambre de quatre à l'ambiance joyeuse, et cette euphorie se poursuivait le matin sur les pistes de l'hippodrome, où la plupart des écuries de Chantilly et de Maisons-Laffitte se retrouvaient pour l'entraînement. Que ce soit en ville, pleine à craquer de vacanciers, ou sur le champ de courses les jours de réunion hippique, les gens avaient le teint hâlé et paraissaient bienheureux. Mon patron était de ceux-là. Le meeting lui réussissait, et ses traits, si marqués le restant de l'année, s'adoucissaient dès les premières victoires de ses représentants. Deauville était l'occasion d'un bref séjour sur notre sol pour ses clients américains, et Jeannot Williamson préparait avec soin leurs chevaux afin de les montrer à leur avantage lors des compétitions normandes. Il n'avait pas son pareil, et les turfistes le surnommaient le roi de Deauville.

Autre raison de satisfaction pour Jeannot, les ventes de yearlings, synonyme de renouveau, car ses propriétaires, incités par les victoires de leur casaque, lui confiaient leurs ordres d'achat. L'année à venir, en sorte, s'y échafaudait.

Le travail pour le personnel des écuries y était moins éprouvant. On s'occupait généralement de deux chevaux et il n'y avait que deux lots à monter le matin. Certes, les après-midi de courses, il fallait travailler, préparer un partant, le faire marcher pour le détendre. Une activité constante régnait alors dans la cour de Jeannot, située le long de l'enceinte du pesage. A l'extrémité de la rangée de boxes, un accès sur l'hippodrome permettait aux vainqueurs de se rendre au salivarium. Les professionnels l'empruntaient. Les annonces des haut-parleurs, les diverses sonneries rythmant la réunion, le brouhaha du public, depuis l'écurie, on n'ignorait rien de la réunion en cours. Jean Gabin, qui possédait quelques chevaux, aimait s'y reposer. Le vieil acteur relevait son chapeau sur le front et suivait les pur-sang tournés en main par les lads. Parfois, il me questionnait sur le cheval marchant à mon côté, m'adressait un mot gentil.

Lorsque je présentais un partant dans la réunion, j'étais certain d'apercevoir mon copain Jean-François, accoudé sur le rebord du rond où les chevaux défilaient. Il y avait dans les yeux pétillants d'amitié du fils Chadelat un mélange de curiosité et d'admiration. Il se sentait responsable de ma destinée, craignait peut-être que je déchante, un accident, une désillusion... On se retrouvait près de la piste et nous discutions. Il voulait savoir comment cela se passait pour moi. Je lui racontais le bon côté des choses, seulement le meilleur de cette vie à cheval, les petits matins où les chevaux galopaient sur un tapis de brume, le bonheur de retrouver les trois miens, chaque jour, de les brosser, panser, de voir leur silhouette évoluer, de les câliner, de la joie à nulle autre pareille de faire canter, les crinières, fils de soie flottant et caressant vos joues, les robes qui à chaque aube composaient un patchwork nouveau, fluide et mouvant. Il me voyait heureux et cela le rassurait. Il était fier, avec tendresse, plus encore lorsque je lui parlais de mes notes en hippologie, toutes au plafond. Ces longues journées d'hier passées aux courses avec lui, dans les haras, aux ventes de yearlings, à m'expliquer les arcanes du monde hippique, à me narrer des anecdotes, l'historique, les courants de sang, les lignées, à déchiffrer un programme, des performances, un pedigree, tout cela n'avait pas été vain. Comme une éponge j'avais bu ses paroles, et aujourd'hui, son enseignement, sa passion transmise, me servait. En théorie du moins, car pour ce qui était de la pratique, je ne ramenais pas ma science parmi les anciens qui savaient mieux que personne vous remettre à votre place, soit plus bas que terre, tout petit à côté du cheval roi. D'ailleurs, l'excellence en hippologie ne garantissait pas une carrière de crack-jockey, ni même de débuter en course. J'avais déjà fait le distinguo entre théorie et pratique.

Un après-midi, Jean-François Chadelat me remit une épaisse enveloppe. A l'intérieur, il y avait une trentaine de fiches cartonnées, les pedigrees des chevaux de la Petite Cour. Je les côtoyais chaque matin et cela m'intéressait de connaître leurs origines. Jean-François le savait et il avait effectué un travail magnifique, chaque pedigree remontant à la sixième génération, ce qui représentait un arbre généalogique de cent vingt-six noms. C'était un cadeau merveilleux, réalisé avec minutie, et sur lequel je me pencherais souvent.

Pour le remercier, je proposai de lui présenter les pur-sang dont les origines l'avaient tant occupé. L'idée l'enchanta, et le lendemain, je lui servis de guide aux écuries.

La visite, noblesse oblige, débuta par Grandier. Pour l'avoir souvent vu courir, mon ami le connaissait. Mais devant son box, à distance prudente, l'impression fut autre. Le champion de l'écurie portait une muselière qui lui interdisait de se mordre les flancs, qu'un lourd port de couilles démangeait. L'animal se pointa à la grille, vif, noir et brillant, aussi tendu qu'un cobra juste avant la morsure.

Je ne lui dis pas qu'aux heures de distribution d'avoine, je calculais pour ne pas être celui qui le nourrirait. J'en avais toujours peur. Tel un fauve en cage, l'étalon, dernier à être servi et donc irrité d'entendre ses congénères savourer l'avoine avant lui, se jetait gueule ouverte sur le porteur de son repas, ou boxait des antérieurs, ce qui, dans l'exiguïté de son logis, était une attitude peu engageante. On avait envie de lui balancer le contenu du seau, mais son œil, infaillible, n'oubliait rien, et tous ici se souvenaient du jour où, ayant fait tomber son cavalier, il s'était agenouillé pour lui arracher les parties. Il valait mieux être correct avec lui et ne pas s'attarder dans son box.

Il se trouvait un autre entier de robe baie que nul n'approchait, excepté son lad et cavalier du matin, un Alsacien surnommé l'Allemand, gaillard peu causant. L'homme et le cheval se ressemblaient, grands et forts, visages comme dessinés au cutter, le front porté haut, guère commodes. Seule différence, l'Allemand avait les yeux d'un bleu clinique, tandis que le regard de Fracassant était d'une noirceur luciférienne. A l'heure de s'entraîner, il gagnait seul, tempétueux, les sous-bois en compagnie de son énigmatique lad, parfaite silhouette du cavalier de l'Apocalypse.

Hormis Quizas, un magnifique gris pommelé qui jouait du bec, et Crucible, bel alezan aux tissus fins et aux grands yeux roux, j'éprouvais moins d'affinités pour les mâles. C'est du côté des pouliches, les pisseuses comme les nommaient les lads, que je distribuais mes tendresses. Princeline, reine de l'écurie, était un amour de pouliche. Sage et discrète bien qu'un peu nerveuse, fine, regard et tour de reins doux, on aurait dit une gazelle. Avec la complicité du soleil, sa robe baie prenait les reflets pailletés d'un lit de sable au creux d'un ruisseau clair. Parmi les deux ans, Prime Abord représentait l'espoir de l'écurie. Cette croquignolette baie brune, zain comme charbon, possédait une tête malicieuse de bébé joufflu avec de bonnes lèvres moelleuses, tièdes, une bouille à bisous, irrésistible. Aussi blonde qu'elle était brune, sa voisine de box, Bon Appétit, montrait de belles foulées à l'entraînement, remarquables et remarquées car elle était chaussée de hautes balsanes. Comble de coquetterie, des taches de rousseur piquetaient le lait de sa liste en tête.

Armature, robe d'ébène et coin d'œil blanc, Abracadabrassima, rubiconde aux déplacements de chat, ou Le Prince, alezan brûlé comme du pain d'épice, eurent droit à une caresse et quelques commentaires de ma part.

Je ne pus présenter Maillot à Jean-François, resté à Chantilly. Lorsque je l'avais quitté, le hongre se remettait de l'amputation. Ses plaies désenflées portaient les traces chaulées d'un désinfectant appliqué soir et matin. Il avait la mine triste d'un cheval résigné, le poil terne et la courbe supérieure des naseaux suspicieuse.

Autres absents, les chevaux cruels, insoumis et dangereux, fascinants et incompris. Pour Jean-François, un cheval, comme un enfant, naissait gentil, sans la moindre mauvaise pensée. « Mais il y en a qui sont vicieux dès leur arrivée à l'écurie, protestai-je, les gars disent même qu'ils ont les mauvais gènes de leurs parents ! » Selon lui, l'homme était seul fautif. Par manque de temps, de personnel, on laissait les poulains à eux-mêmes dans certains haras, pour ne s'en occuper qu'au moment de les envoyer, yearlings, à l'entraînement. N'ayant pas bénéficié d'une approche progressive de l'homme, ne sachant rien de ses caresses, de son odeur, de ses mots, les poulains, quasi sauvages, le découvraient d'un coup. Un choc pour eux, où la moindre brutalité pouvait avoir des conséquences irréversibles.

Pour expliquer, Jean-François aimait donner un exemple :

— Si au premier jour d'école, on t'avait demandé un exposé sur la théorie de Darwin, et qu'on t'ait frappé parce que tu n'y serais pas parvenu...

— C'est ce qui m'est arrivé.

— Un exposé sur Darwin ?

— Non, une baffe !

— Alors ?

— J'ai jamais aimé l'école.

Les sirènes du Surcouf

Les succès deauvillais de mon patron m'épataient. Comment réussissait-il à faire gagner des chevaux qui, quelques mois plus tôt, n'avançaient pas ? Cela restait un mystère.

En attendant de connaître le secret de ces victoires inopinées, après avoir entraîné et nourri les chevaux, il me fallait balayer la cour, celle de Deauville devant être aussi nette que celle de Chantilly. Gardon, deux ans de plus, et Van Hoolen, cinq ans de métier, me prêtaient main-forte pressés de boucler cette matinée de travail. Le plus ancien de nous trois, jeune homme d'habitude silencieux et solitaire, sifflotait et plaisantait sans discontinuer. La journée était douce et prometteuse, et nous deux, les cadets, partagions la joie de vivre de notre aîné. Soudain, n'y tenant plus, il claironna : « On va gagner trois courses cet après-midi. »

Dans la réunion du jour, les Williamson présentaient dix partants.

Van Hoolen, réputé flambeur, nomma les futurs gagnants. Il annonça aussi les sommes qu'il miserait et, devant notre mine étonnée, lâcha : « J'vais me faire des couilles en or ! »

Il éclata de rire. On le chambra. « Tiens, si je gagne trois mille francs, j'vous emmène aux putes, les puceaux. »

On s'arrêta de balayer : était-ce du lard ou du cochon ? Comme il avait l'air sérieux, on fut de retour à l'écurie bien avant le départ de la première course. Van Hoolen descendit de sa chambre, cheveux gominés, col de chemise déboutonné sur chaîne en or, gourmette, journal des pronostics en main, mocassins cirés aux pieds. « Allez les branleurs, priez pour moi, si ça veut sourire, ce soir, vous êtes dépucelés ! »

On le suivit des yeux, pleins d'espoir. Il se mêla à la foule des grands jours de courses, public fourni, soleil éclatant, chaleur accablante, chevaux mouillés comme de la soie trempée d'eau claire.

Dès le résultat de « la première » affiché, il passa la tête par-dessus les troènes, des billets en main.

La deuxième épreuve fut remportée par un deux ans de Jeannot, et la troisième, un handicap, par Plon Plon, un alezan du père Jeff. Van Hoolen avait touché les trois chevaux vainqueurs, ainsi que le jumelé dans le handicap. Il était notre héros.

A la cinquième course, il avait plus que la somme promise pour nous offrir le bordel, mais, encouragé par sa chance insolente, ou suicidaire, il nous montra son ticket d'enjeu pour l'ultime épreuve. Il avait misé deux mille francs secs sur un cheval du père Jeff monté par Philipperon. Il y avait vingt partants et Philipperon lambina en dernière position jusqu'à la sortie de l'ultime tournant. Van Hoolen voulait jeter ses tickets, car, disait-il, il était impossible de revenir de si loin, la ligne droite était trop courte. Je le suppliai de n'en rien faire et, miracle, la casaque rouge et verte de nos espérances vint tout en dehors contre la grille du pesage, dans un trou de souris, se mêler à l'emballage final. Il y eut photo générale entre six chevaux, dont celui de Philipperon. Enfin, le speaker annonça un *dead-heat*, soit deux vainqueurs, et le cheval de Philipperon était l'un d'eux. Quel aplomb, quel sang-froid !

« Vous avez plus qu'à bien astiquer vos p'tites bites », dit Van Hoolen en clignant de l'œil.

Le soir, aspergés d'eau de Cologne, le museau brillant, nous étions propres comme des nourrissons, en avance sur l'horaire. « Mais c'est que vous êtes beaux comme des cierges », s'exclama Van Hoolen en nous apercevant.

Notre trio se mit en route, au petit trot le long des palissades blanches de l'hippodrome, vers la Touques, Trouville, son casino... « On y est », dit Van Hoolen au coin d'une ruelle. La nuit s'étendait et, malgré les deux Marie Brizard que je m'étais enfilées durant le trajet pour me donner du courage, je grelottais. « C'est là. » Van Hoolen indiqua la devanture d'un bar aux lumières tamisées par des carreaux émeraude et rubis.

Il sortit de sa poche une liasse épaisse et retira quatre billets :

— Tenez, vous devriez avoir assez. Elles vont sûrement réclamer une bouteille de champagne, dites que vous avez pas plus d'artich.

— Mais... Tu viens pas avec nous ? questionnai-je.

— Non, j'vous attends, je connais ça par cœur, j'en ai ma claque des putes.

— On ne va pas savoir quoi leur dire.

— T'inquiète, elles sauront que vous venez pas pour apprendre la couture.

Je ne compris pas l'attitude de Van Hoolen. Il ne paraissait pas à l'aise et, craignant que notre chance nous échappe, notre mécène étant d'humeur lunatique, je lançai, bravache et excité :

— Allons-y Gardon ! A nous deux, on devrait y arriver !

On s'avança d'un pas décidé. Juste avant de sonner à la porte, Van Hoolen nous interpella :

— Hé ! Si y a la noire, la prenez surtout pas.

— Pourquoi ?

— Parce qu'elle baise comme une panthère !

— Ah ! Et alors ?

— Vous tiendrez pas la route. Elle va vous dévorer jusqu'à l'os.

— Sonne, me souffla Gardon, il dit des âneries.

Une silhouette dansait à travers les carreaux de couleur et s'approcha. La porte s'ouvrit. Une jeune femme nous invita à rejoindre le comptoir au bout du couloir où nous attendaient des tabourets et une deuxième demoiselle, Marilyn Monroe en personne ! Blonde, cheveux bouclés et coupés un centimètre au-dessus des épaules, jolie frimousse aux yeux bleu-vert, à l'air canaille, elle était son sosie. A peine plus haute que moi, elle souriait comme aucune autre ne m'avait souri. Ma voix chevrotait, mes mains palpitaient. Elle portait un pull en mohair pistache, moulant, tricoté d'énormes roses mauves et roses, et disposées de façon si scélérates qu'elles m'attiraient au cœur de son corsage vaste et échancré, rond, plein, odorant.

Vêtue d'une robe simple, noire, bras nus, l'autre jeune femme avait aussi un beau visage, plus mature, une voix chaude et des cheveux auburn.

Elles nous posèrent un tas de questions, prénom, âge, ce que nous faisions dans la vie, poussèrent un « oh ! », un « ah ! », jockeys ? Dur métier, d'après ce qu'on leur en avait dit. Avions-nous gagné des courses, possédions-nous des chevaux ? Et les petites amies, elles ne devaient pas faire défaut ? Face à l'intérêt suscité, je me détendis.

Elles eurent soif. Magicienne, la jeune fille noire apparut derrière le bar : « Qu'est-ce que je vous sers, jeunes hommes ? »

Elle était sublime, immense, avec des cheveux serpentins qui descendaient sur ses épaules nues et son dos décolleté jusqu'aux reins. Elle avait une bouche géante, des lèvres comme des gondoles, un véritable feu d'artifice. Sa robe lui collait à la peau, de la soie qui mettait en valeur ses formes de reine de Saba, bustier et fessier vertigineux, cambrure impensable. Tout velours.

Fasciné, je l'observai à la dérobée. Marilyn n'était pas dupe et se moquait de mes œillades. Elle riait, je voyageais au fond de ses yeux, le long de ses accroche-cœur charmants, sur son nez délicat et sa bouche espiègle, les roses de son pull... Elle posa la main sur ma braguette, cela m'exaspéra car je sentis mon sexe recroquevillé, absent. « Je ne te fais pas d'effet ? »

Oh que si, sûrement un peu trop même.

Je bus un coca-whisky tandis qu'elles sirotaient une coupe de champagne. La fille aux cheveux auburn voulut savoir laquelle d'entre elles nous choisirions. Je ne laissai pas Gardon ouvrir la bouche et désignai Marilyn.

— Tu ne veux pas la noire ?

— Non, merci...

— Elle ne te plaît pas ?

— Si, beaucoup...

— Tu m'aurais dit le contraire, je ne t'aurais pas cru.

— Vous me plaisez bien plus qu'elle.

— Oh, mais t'es chou.

Elle déposa un baiser sur ma joue.

— Tu finis ton verre, on y va ?

Dehors, sous le réverbère, Van Hoolen étudiait le *Paris-Turf* pour le lendemain. Les deux filles remontèrent la ruelle. Leurs talons hauts claquaient sur le pavé, et cette musique ricochait sur les façades aux volets clos, pirouettait vers les étoiles. Elles papotaient tout en riant, se retournaient de temps à autre vers leurs deux nigauds, nous, l'œil chaloupé dans le roulis de leurs hanches. J'avais les mains au fond des poches, à la recherche d'une sensation volatilisée. Elles nous prirent par le bras jusqu'à une porte où Nathalie, le sosie de Marilyn, sortit un trousseau de clés de son sac et l'ouvrit. Je la suivis jusqu'au premier, l'autre belle de nuit continua vers l'étage supérieur en compagnie de Gardon.

Elle me dit de la rejoindre dans le minuscule cabinet de toilette où elle me savonna avant de m'attirer vers le lit. Une lampe à terre éclairait la pièce. Elle se colla contre moi et me caressa. Elle sentait bon la vanille et le biscuit au lait, je voulus l'embrasser, elle m'arrêta : « Non ! Tout est permis, sauf ça. »

Soudain, elle fut à genoux, m'enjamba, et me prit dans sa bouche.

La vue de son sexe à moins de dix centimètres de mon nez me coupa le souffle. Je ne connaissais rien de l'intimité féminine, tour à tour bengali d'Inde ou rose capiteuse dans mes scénarios nocturnes. Et là, au dépourvu, le mystère dévoilé, abrupt, en son frisottis de poils blonds, me regardait dans les yeux. « Lèche-moi, tu veux », me sollicita-t-elle.

J'avais la gorge sèche. Était-ce une obligation, un baiser incontournable ? Il y avait un truc que je ne pigeais pas. Je n'avais pu l'embrasser sur les lèvres, et là, dans le balcon de ses cuisses, je le pouvais. Ma tête grouillait de mots d'amour qui ne réussissaient pas à s'envoler et mon désir jouait du Yo-yo.

Je mouillai mon majeur et l'immisçai dans la fente. Son bassin m'écrasait la main et le visage, l'œillet de ses fesses valsant devant mes yeux. Elle m'encouragea : « Tu n'aimes pas ? Avec ta langue. » Je retirai ma main : « Muhm, muhm. » Elle me barbouillait et j'étais en apnée. « Tu viens ? »

Je me retrouvai sur elle, entre ses cuisses, ébloui par son corps blanc et douillet qui se détachait sur le vert bouteille du couvre-lit, la poitrine haut perchée dans la corbeille de ses bras. « Dépêche-toi mon chéri, ton copain a déjà fini, je les entends dans la salle de bains. »

Je posai mes lèvres dans son cou, là où tressautait un fin collier de perles. Je n'avais jamais rien senti d'aussi bon, d'aussi chaud et, le nez dans ses mèches parfumées, j'émis un cri de loriot bienheureux. « C'est bien », me dit-elle comme on félicite un élève pour un devoir proprement exécuté. Sauf que je n'avais pas rendu ma copie, n'ayant pas eu le temps de jouir.

On se retrouva tous les quatre dans la rue. Elles nous dirent de revenir quand on le voulait et s'en furent d'un côté, nous de l'autre. Ma Marilyn n'avait pas l'air amoureuse, elle ne s'était pas retournée.

On retrouva Van Hoolen au même endroit, avec son *Paris-Turf*. Il nous questionna mais l'on ne se montra guère diserts, il aurait dû venir. Tandis que Gardon rentrait se coucher, j'accompagnai Van Hoolen au Hifi-Club, une boîte de nuit sur la plage de Deauville où je lui demandai pourquoi il n'était pas monté avec nous.

— Parce que la dernière fois, confia-t-il, celle avec qui tu étais m'a refilé des morpions.

— C'est quoi, ça ?

— C'est comme des crabes en plus minuscules qui s'accrochent aux poils et te bouffent jusqu'au sang.

— Merde, t'aurais pu me prévenir avant. Et comment on s'en débarrasse de ces saloperies, avec une épuisette ?

J'allai aux toilettes vérifier mon pubis. Je ne vis pas de crabes, ni d'écrevisses. Quand même, imperceptiblement, je me mis à marcher en écartant les cuisses et à me gratter les parties.

J'ingurgitai assez de whisky-Coca et de gin-orange pour oser inviter une jeune fille qui jusqu'alors n'avait refusé aucune danse. Elle s'appelait Véronique et ses joues présentaient d'innombrables taches de rousseur. Le slow aidant, je la pressai contre moi en pensant à ma Marilyn. Véronique avait dix-huit ans et m'entraîna sur la plage pour une interminable séance de baisers et de caresses. J'enlevai mon pantalon car j'étais très en forme, mais quand je voulus la pénétrer, elle me repoussa sous prétexte qu'elle était, par ma faute, pleine de sable et qu'elle en souffrirait. La marée montante avait trempé mon pantalon. Je me rhabillai et lui donnai rendez-vous pour le soir même. Elle était d'accord et, le nez dans les étoiles je rentrai vers l'hippodrome.

J'avais juste oublié une chose : je devais repartir dans l'après-midi pour Chantilly.

La première course

J'étais dans le bureau du patron, ma première fiche de paie en main. Cela faisait vingt-cinq mois que j'étais dans le métier. Salaire brut : cent francs, plus cinq francs d'heures supplémentaires (on en effectuait une vingtaine par mois).

Le secrétaire des Williamson me fit signer le registre.

— Ah, au fait Bastide, tu débutes samedi à Fontainebleau, pense à venir prendre une selle de course.

Sur le coup, je crus à un poisson d'avril, car ce samedi en question était le 1er avril. Je cherchai le regard bleu pâle et froid du secrétaire.

— A Fontainebleau...

— Oui, samedi. Tu montes Padocri, une pouliche de la cour de Lamorlaye. Jean-Claude sera là-bas, il te donnera les ordres.

— Bien, monsieur.

Je balbutiai un merci et sortis avec ma fiche de paie, peu soucieux de ce qu'elle représentait au regard de Padocri.

La veille du jour J, j'achetai le journal : ce n'était pas une blague. A la page du programme de Fontainebleau, dans la colonne des jockeys, mon nom était imprimé dans la troisième course, associé à Padocri, une fille de Piq'arrière et de Chasse à Cour. Vague souvenir d'une longue alezane avec liste en tête. Je ne l'avais jamais galopée ni même montée. Domi, le troisième apprenti de Jeannot qui travaillait à la cour de Lamorlaye, me confirma que ce n'était pas une rapide : « Je connais même des arbres qui vont plus vite qu'elle, mais pour débuter, c'est une chic jument. De toute façon, le patron ne va pas te mettre un gagnant dans les mains pour ta première monte. »

Je découpai dans le journal la course me concernant et collai le papier dans un vieux cahier Corvette à qui il manquait la majeure partie des pages. J'écrivis : « 1re course, prix des Gazelles, 1 600 m. »

Je téléphonai à ma mère pour l'informer de mon bonheur. Elle travaillait samedi et ne savait pas si elle pourrait se libérer.

Je la priai de prévenir mon père. J'appréhendais sa venue – serais-je à la hauteur? – et l'espérais, pour qu'il me voie et soit, peut-être, fier. Qu'il admette aussi s'être trompé sur mon compte : j'avais non seulement tenu au-delà d'un an, mais en plus j'allais revêtir la casaque de soie. Je me félicitai de ma persévérance, d'avoir contraint mes parents à m'écouter. Si rien n'était acquis, assumer ses choix était payant, car cela me procurait un sentiment de liberté exaltant.

Prof d'éducation physique au centre de l'avenue de Joinville, monsieur Larménéen s'était proposé pour me conduire à Fontainebleau avec deux autres apprentis devant également monter. Nous partîmes juste avant midi. La troupe était joyeuse. Un plaisir indéfinissable, mélange d'excitation et de trac, me prenait à bras le cœur depuis le jour où le secrétaire m'avait annoncé l'heureuse nouvelle. Cette sensation de vertige grandissait à mesure que les heures s'écoulaient. Impatient, je redoutais aussi le moment d'entrer en scène. Mon sac de course dans le coffre arrière, j'en avais vérifié cent fois le contenu : une paire de bottes, un breeches en satin, un collant, du talc, un slip et un tee-shirt blancs, des élastiques, une broche, un foulard en satin, un casque, une selle, un tapis de plomb et une paire de lunettes américaines. Et, cerise sur le gâteau, la casaque vert pâle, la toque gros bleu, soie pour la première, velours pour la deuxième, sans oublier la cravache dont l'extrémité sortait du sac.

Nous venions de franchir la Marne quand la Renault 6 du surveillant s'arrêta, moteur coulé. Face à l'incompétence mécanique du chauffeur, nous décidâmes de le laisser se gratter la tête seul et, propres et peignés comme des communiants, postés en rang d'oignons, nous levâmes le pouce à la circulation.

Après dix minutes d'attente, un effroyable crissement de pneus nous fit tourner la tête. Une voiture bleue à bandes blanches apparaissait en sortie de virage, de travers, pistons hurlants. Le conducteur passa devant nous et freina de manière subite sur le bas-côté, soulevant un nuage de poussière et de branchages. Le véhicule était une R8 Gordini aux pneus arrière inclinés. Elle ronflait, fulminante. Nous attrapâmes nos sacs pour nous engouffrer à l'intérieur.

Le plus ancien expliqua : nous allions à Fontainebleau, nous étions jockeys, et pressés, car attendus dans la troisième course. « J'peux vous avancer », dit le conducteur tout en démarrant et se jetant sur la route.

Une voiture l'évita de justesse et klaxonna. Quelques mètres plus loin, il la redoublait sans se soucier des appels de phare des autres voitures en sens inverse. Il portait une blouse blanche déboutonnée et avait le visage très abîmé, l'orbite de l'œil droit apparent et déformé, comme si on avait tenté de l'énucléer, et de multiples cicatrices, à ce point vilaines et repoussantes qu'il était difficile de le regarder sans éprouver des haut-le-cœur.

Nous regrettâmes de lui avoir confié notre empressement. Il conduisait comme on joue à un jeu vidéo. On minimisa notre retard, mais le pilote fou roulait à tombeau ouvert et se contrefichait des autres véhicules, enchaînant les queues-de-poisson, insoumis aux règles du code de la route. « J'suis infirmier à l'hôpital de Melun, dit-il très sérieux. Le prochain carrefour est terrible, on lui doit le record de clients. On nous les amène avec des bouts de tôles, des morceaux de pare-brise dans les poumons, la boîte crânienne défoncée. Souvent, ils ont le volant en travers du corps, c'est coton pour leur ôter cette merde, ça dégueule de partout. »

Blêmes, nous fixions l'aiguille du compteur bloquée à 160 km/h et les voitures en face dont les conducteurs révoltés ne savaient comment manifester leur détresse. Pour le pilote-infirmier, le carrefour de la mort n'existait pas, la circulation non plus. Il était Dieu !

Quand ce grand malade nous déposa trente kilomètres plus loin, nous étions sans jambes, et décidâmes dorénavant de sélectionner nos cochers. Une grosse berline s'arrêta. A l'avant, un couple d'apparence pépère. Lui était brun, fort, visage violacé, elle, blonde inexpressive, excepté de grands yeux praline qu'elle jetait comme une biche aux abois.

Nous nous installâmes tous les trois sur la banquette arrière. Conduite souple, confortable, moelleuse, touristique. Mes compagnons discutaient avec le conducteur et, lorsque l'air de rien la femme défit l'un des boutons de son chemisier pour se caresser l'épaule, leur conversation s'appauvrit. On voyait la bretelle de son soutien-gorge. L'homme au volant posa une main sur sa cuisse avant de glisser quatre doigts sous la jupe épinard. Nous ne pipions mot, un peu gênés, mais les yeux ronds.

Par le rétroviseur, le conducteur nous regardait et souriait. Il plongea une main dans le corsage de la femme et joua un instant avec ses seins.

— Si ça vous dit les jeunes, Madame sera ravie de passer à l'arrière pour vous distraire. N'est-ce pas chérie ?

— Je suis peut-être trop vieille pour eux ? dit-elle en nous adressant une œillade.

L'apprenti au milieu de la banquette s'avança et porta un bras vers sa nuque. Je lui mis un coup de coude dans les côtes :

— On va louper notre course.

— On s'en fout, je bande comme un bouc.

— T'as qu'à rester, moi je descends !

Le chauffeur nous déposa. Avant de refermer la portière le plus hardi s'excusa :

— On est désolés, m'sieur, mais le devoir nous appelle.

— C'est ça les p'tites bites, allez vous faire mettre par vos canassons !

De nouveau sur le bord de la route :

— T'es qu'un pédé Bastide, tu te rends compte ?

— T'as envie de louper ta course ?

— Et alors ? On a une excuse, la panne de Larménéen. On s'ra pas mis à pied.

— Toi t'as déjà monté en course. Moi pas, et je sais pas si mon patron me fera remonter.

— Ce qui est sûr, c'est que t'es pas près d'avoir une occasion comme celle-là... Oh ! Putain ! C'était une vraie salope, j'suis sûr qu'elle avait pas de culotte. Z'avez vu ses nichons, mazette ! Oh, la trique que je me trimbale mes aïeux, j'vais jamais réussir à faire le poids, j'vais avoir deux kilos de trop sur la balance. T'es qu'un pédé, Bastide. Je l'oublierai pas. T'as de la chance que je monte pas dans ta course, je t'aurais fait manger !

Une Daf stoppa sur le bas-côté. C'était un couple de retraités qui, par chance, se rendait sur l'hippodrome de la Solle. Le mari était enchanté de pouvoir disposer de tuyaux de première main. Il ne dépassait pas le soixante à l'heure et nous arrivâmes sur l'hippodrome alors que les concurrents de la première revenaient aux balances.

Je courus aux vestiaires me déshabiller, enfilai slip, collant, breeches, talquai l'intérieur des bottes et les chaussai. Puis je mis un tee-shirt, passai la casaque, pris la selle et le tapis pour le plomb et me pesai. Quarante-sept kilos. Ce n'était pas suffisant, il me manquait six kilos, Padocri devait porter cinquante-trois kilos. Je glissai des plaques de plomb dans le tapis, dus en emprunter d'autres pour atteindre le poids officiel. Ensuite, un collègue confirmé m'aida à fixer la toque sur le casque, je nouai le foulard de satin blanc à mon cou et fermai le haut de la casaque avec la broche avant de passer les élastiques aux poignets des manches et les lunettes autour de la toque.

Les apprentis de la troisième course furent appelés pour la pesée officielle. L'aiguille de la balance indiqua le poids voulu. Je saluai l'homme préposé à la tâche et remis la selle et le tapis de plomb au garçon de voyages des « W. », Terrois, puis j'essayai de me concentrer lors des dix minutes nécessaires à la préparation des chevaux.

Lorsque je sortis du vestiaire en compagnie de mes dix rivaux, mon cœur était très agité. Dans le rond de présentation, les chevaux tournaient sous un soleil printanier. J'avais froid, j'étais pâle.

Personne pour me donner les ordres. Terrois me mit en selle, je réglai mes étrivières, fermai les couteaux de celles-ci, vérifiai la sangle et fis un nœud aux rênes. J'étais paré. En apparence seulement. Cache ta Joie n'étant toujours pas arrivé, Fernand Terrois me donna les ordres avant de me lâcher sur la piste :

« Sors bien des boîtes, reste à la corde et fais pour le mieux. Cherche surtout pas à gagner, ta jument n'en est pas capable, et toi non plus. Monte propre. »

Padocri avait tendance à lever la tête pour un rien, mais elle était confortable. Avec le numéro trois à la corde, je fus l'un des premiers à pénétrer dans les boîtes de départ. A ma droite, un jockey au nez cassé avec des manières de voyou me dit : « Si tu m'emmerdes en partant, j'te bute la gueule aux vestiaires. » Cela limitait les options tactiques des premiers mètres de course, et signifiait qu'une épreuve, le poteau d'arrivée franchi, pouvait se poursuivre.

Effarouchée par le bruit des portes libérant les concurrents, Padocri s'élança avec deux longueurs de retard. Je la stimulai, cependant le peloton creusait l'écart. Loin devant moi, les croupes détalaient. A mi-parcours, dans le long et ultime tournant, les jockeys se penchèrent sur leur monture, à la corde, la soie de leur casaque irradiant sous les rayons obliques.

Entrée de la ligne droite : vingt longueurs de retard ! Et je n'avais plus de souffle, mon corps me tiraillait. Il me fallait pourtant pousser, demander le maximum d'effort à ma pouliche. Devant, deux jockeys battus s'étaient relevés, désintéressés par le résultat. Je vins les coiffer sur le poteau comme s'il s'était agi du Derby d'Epsom, satisfait de ne pas finir à la dernière place qui échouait au jockey menaçant.

Quand le lad récupéra Padocri, le garçon de voyages me dit que je m'étais endormi : « Faut te réveiller mon garçon, une course c'est pas un canter. »

J'haletais plus que ma partenaire alezane. En sautant de selle, je faillis me retrouver les fesses à terre, mes jambes étaient comme du coton. J'eus le plus grand mal à desseller. Cache ta Joie s'approcha. Le bras droit du patron écouta mon compte rendu d'une oreille distraite et s'en fut. Je me demandai si mes explications avaient été cohérentes, car en y pensant, je n'avais pas vu grand-chose du parcours. Tout avait été si vite.

J'aurais voulu recommencer de suite, remonter une autre course, un autre cheval... J'étais excité, un peu attristé aussi. Mon père n'était pas venu.

Les galops du petit matin

Deux à trois fois par semaine, il y avait les galops d'entraînement, et le mardi, jour traditionnel du champ de courses, s'effectuait le travail sérieux. Les « W. » s'y donnaient rendez-vous au lever du jour et, lorsque les chevaux surgissaient de la forêt et foulaient l'un derrière l'autre les pistes, le spectacle était grandiose. Rendez-vous réussi, parfaitement orchestré par les hommes du petit matin, partis de leurs écuries respectives avec l'obscurité.

L'excitation des chevaux, lisible dans leur silhouette dansante et découpée par le contre-jour, croissait à chaque foulée. Un pressant besoin de galoper les taraudait. Echine électrique, les angoissés mouillaient d'écume leur robe, encensaient sans répit, quand d'autres, l'œil rond, s'acharnaient sur le mors, le faisaient grincer dans l'étau de leurs molaires ou tiraient d'un coup sec sur les bras de leur cavalier. Tous salivaient sur les étendues impeccables de gazon, du velours scintillant de rosée, tant les responsables le bichonnaient à longueur d'année.

En attendant l'arrivée du patron, la soixantaine de chevaux tournaient en rond derrière le poteau d'arrivée, au centre de la piste en forme de raquette appelée la piste du Jockey-Club. Entourés par la masse imposante des Grandes Ecuries du duc de Condé, les toitures et les flèches du château, les tribunes en bois, blanches et désertes, ils évoluaient dans un décor de rêve, féerique, en dehors du temps.

Jeannot Williamson arrivait, accompagné de Cache ta Joie, des jockeys Fillion et Ramus, et de quelques apprentis vedettes du Père Jeff, Castilla, Trio, Coudrier ou Castro.

Chapeau tyrolien sur le chef, W. Jr. avait toujours la même tenue : pantalon de velours côtelé, gabardine et bottes en plastique. Le sourire rare, les poches du noctambule sous les yeux, il ne fallait pas le chatouiller. Il tenait un papier en main avec l'inscription des couples qu'il comptait faire galoper ensemble. Il appelait les gars les uns après les autres et leur indiquait le cheval à travailler. Malheur à l'endormi qui n'avait pas saisi le nom de l'animal. W. Jr. avait des colères noires et le pouvoir d'attribuer le plus problématique des pur-sang, histoire de réveiller le mou de la feuille.

Dès l'instant où il appelait les hommes, débutait un véritable ballet. Les lads sautaient de selle, échangeaient leur monture avec les jockeys qui tendaient la jambe gauche afin d'être hissés sur le dos des bêtes. On ôtait les couvertures, les cavaliers raccourcissaient leurs étriers, fermaient les couteaux de leurs étrivières, écartaient un mollet pour soulever un quartier de selle et resangler, élaboraient un nœud à l'extrémité des rênes.

Hippopo-Cache ta Joie aidait aux changements de montes, le patron restait le nez dans ses fiches avec parfois un cheval en main qui le suivait. Puis, quatre ou cinq groupes de sept pur-sang s'en allaient vers la piste du Jockey-Club pour 1 600 mètres ou 2 000 mètres libérateurs. Ils s'élançaient les uns derrière les autres, laissant cinq à six cents mètres d'espace entre leurs foulées.

Je ne chaussais pas encore mes étriers aussi courts que les jockeys confirmés, car je ne possédais pas leur assiette, cet équilibre de singe qui un jour me permettrait de raccourcir les étrivières au point d'avoir les jambes ramassées en Z. Durant les galops, je lorgnais leur position, enviais leur finesse, leur « touché » en selle, la puissance de l'animal lancé sous eux, entre leurs mollets, et maintenue du bout des doigts. C'était fluide, harmonieux, amoureux. Ainsi, en examinant leur posture, leur « coulé », je soupesais le poids du métier et, par petites touches, apprenais un peu plus à chaque galop. Mais les informations étaient si fines et nombreuses à se jouer devant mes yeux, que des mois passeraient avant d'en bénéficier, sans m'en rendre compte.

J'aimais ces moments d'intenses cavalcades, exercice préféré des chevaux de course. Mon cœur s'agitait bien avant de sentir l'énergie de l'animal m'emporter dans les airs, sensation à nulle autre identique, bien avant de gagner au canter, en suspension, l'endroit où les pur-sang s'élanceraient, exaltés, la crinière furibonde. L'excitation m'étreignait dès l'aube, en arrivant dans la cour de l'écurie, vêtu de mon breeches en coton et chaussé de boots noires, plein d'espoir. A mesure que je nettoyais les litières, toilettais et sellais le cheval du premier lot qui me porterait vers l'hippodrome, elle ne faisait qu'augmenter. Alors, la vie m'apparaissait vertigineuse, aventureuse, peuplée de mystères, d'émotions fortes et de splendeurs, en fait, tout ce qu'il y avait de condensé dans un pur-sang. Et mes nuits se coloraient de rêves où, tour à tour, poursuivi et poursuivant, je chevauchais d'idéales et féeriques montures, brunes, bleues ou blanches, qui me déposaient seul en tête sous les lauriers, seul au plus haut des cieux.

Les courses suivantes

Deux semaines plus tard, je retrouvai Padocri sur le même hippodrome, avec deux cents mètres de course supplémentaires et vingt-deux concurrents. J'avais tiré le numéro vingt à la corde et parmi les jockeys, quelques-uns, tels Barclay, Josse, Desaint, Carver, Sauvaget, Windrif ou Paquet, bénéficiaient d'une certaine notoriété.

Je fus dans tous les mauvais coups, ballotté et bousculé à l'arrière d'un peloton dynamité, et me classai dans le lointain parmi les vaincus.

En mai, je montai deux courses à Rouen, et une aux Andelys. Sur l'hippodrome dont on voyait dans la ligne droite les ruines de Château Gaillard, je me classai deuxième à la lutte sans avoir concédé ni la corde ni le moindre terrain. C'était le bonheur, presque une victoire ! Ma mère et ma sœur étaient présentes, et j'avais le sentiment d'avoir enfin vu ce qui se passait dans un peloton. Le soir après les courses, on fit comme si j'avais gagné, restaurant et champagne. J'étais euphorique et chantonnais dans ma tête la chanson de Johnny, *Pour moi la vie va commencer...*

Anne me regardait, m'écoutait, riait, touchée par cet espoir qui m'azimutait, par ma joie de vivre. Ma sœur était belle, tendre et radieuse, et ma mère, ma chère

Berthe, qui ne serait plus jamais absente, et qui en fait ne l'avait jamais été, n'était pas la moins heureuse. Je les aimais, et elles m'aimaient, et il n'y avait rien de meilleur, excepté peut-être, les chevaux que j'adorais.

A la fin de ce même mois, alors que je pénétrais dans l'écurie pour le travail du soir, je croisai mon maître d'apprentissage au volant de sa grosse berline. Il me fit signe d'approcher et baissa la vitre :

— Tu montes Le Petit Chose dimanche à Elbeuf.

— Ah ! Merci...

J'aimais bien ce solide bai à la taille imposante, doté d'une grande action. Je le galopais depuis quelques semaines, chaque mardi, et maintenant, je savais pourquoi mon patron me l'avait confié. Je l'aurais embrassé.

— Ne sois pas dur avec, me dit Jeannot Williamson.

— D'accord, monsieur.

— Ne cherche pas à finir dans les trois premiers.

— Ah ? Très bien...

— Tâche de bien partir et reprends-le à l'arrière du peloton pour venir sans te précipiter après l'entrée de la ligne droite. Donne-lui une course sage, ne finis pas dans les trois premiers, d'accord ?

Je hochai du bonnet, W. Jr. démarra, aimable.

C'était la première fois qu'il s'adressait à moi avec une mine satisfaite. Plus ça allait, et plus je lui trouvais un air de ressemblance avec mon père. Ses ordres me paraissaient curieux, mais le jour de la course, je les appliquai à la lettre et terminai à la quatrième place.

Une semaine plus tard, mon nom était accolé à celui du même Le Petit Chose, pour les courses de Chantilly, réunion nationale avec PMU. *Paris-Turf* le certifiait.

En me dirigeant vers le rond de présentation, je pris garde à ne pas me laisser divertir par les quolibets des camarades du centre agglutinés aux barrières, tous secrètement envieux. Près de mon maître d'apprentissage, se tenaient le propriétaire du cheval et André Léonin Gambin, un autre de ses clients. « Monte-le comme la dernière fois, me dit Jeannot Williamson. Pars bien et reprends-le. Après le haut de la montée, déboîte et viens finir aux bras sans chercher à terminer parmi les trois premiers. »

Je fis signe du menton, baissai les paupières, compris. En fait, je n'y pigeais que fifre. Pourquoi empêcher Le Petit Chose de gagner s'il en avait la capacité ? A l'évidence, cela ne me regardait pas, et puis, ce genre d'ordres était facile à exécuter, sans pression, il suffisait d'être attentif et d'assurer pour ne pas trop en faire.

De nouveau, cela se passa comme mon patron l'avait voulu. Je terminai cinquième. Le cheval n'était pas essoufflé et je savais que j'aurais pu gagner la course si on m'avait laissé faire. W. Jr. et ses clients paraissaient contents de la performance et, surtout, de la monte du nouvel apprenti maison. N'était-ce pas l'essentiel ?

D'ailleurs, quatre jours après, je me retrouvai en selle à Chantilly, associé à Pas si Folle, puissante alezane un peu barje, difficile à manipuler par la faute de son exécrable bouche.

J'avais hérité du plus mauvais numéro de corde et, bien qu'aussitôt porté à l'avant, je ne réussis pas à me rabattre à la corde devant les deux chevaux qui menaient la course. Pas si Folle tirait sur son mors, usait ses réserves et virait dans le grand tournant en troisième épaisseur.

Parce que ses forces l'abandonnaient, elle consentit à montrer moins d'imbécile volonté, mais elle reçut un coup de tampon à la sortie de l'ultime tournant, ce qui la déporta plus encore vers l'extérieur. Ne voulant pas la ramener de manière brusque, je ne contrariai pas son « voyage sur les grands boulevards » et lui laissai le temps de se rééquilibrer et de reprendre son souffle. Ereintés, nous conclûmes à la sixième place.

De retour dans les vestiaires, alors que j'ôtais mes bottes, mon patron fit irruption dans la travée où pendaient les casaques. Il venait droit sur moi. Un taureau ! « C'est la dernière fois que tu montes, hurla-t-il. Tu l'as assassinée ! »

Puis, il tourna les talons, me laissant sans voix. Vexé, j'allai sous l'écran qui retransmettait l'épreuve en différé pour comprendre mes fautes, et masquer ma honte.

Par chance, Williamson junior n'était pas rancunier. Le dimanche suivant, je montai au Touquet un cheval qui, suite à une opération, courait pour la première fois après un an d'interruption, avec des plaques d'aluminium dans les tendons. Parcours expérimental qui nous valut de terminer à la dernière place.

Je retrouvai Le Petit Chose à Bernay et, de nouveau, le patron m'avait ordonné de ne pas gagner. Ne pas gagner m'autorisait à finir deuxième. Ce que je fis. Mais quelle frustration, Le Petit Chose aurait pu remporter la course avec dix longueurs d'avance ! Le vainqueur était un Rothschild monté par Louis Heurteur, ex-lauréat d'un Grand Prix de Paris, qui, quelques semaines plus tard, chuterait lors d'un galop d'entraînement et se tuerait.

Quinze jours après cette prestation malhonnête, Le Petit Chose était engagé à Deauville dans une épreuve handicap. Sur son dos, se tenait le premier jockey de l'écurie Williamson, Georges Fillion. C'était le jour J.

Juste avant le départ de la course, les initiés, pour la plupart des flambeurs faisant partie de l'entourage du propriétaire, misèrent en masse sur ses chances. Sa cote fondit comme neige au soleil. Le Petit Chose l'emporta sans émotion.

Pion de cette farce, je pensai aux parieurs lésés. Mais à quoi bon révéler ce que je savais ? Mon contrat d'apprentissage précisait, sur deux des trois articles le composant, que je devais exécuter tous les ordres de mon patron. Qu'il triche avec le code des courses n'était pas mon problème.

Première règle du milieu, obéir. Deuxième règle, le silence.

Tirer des chevaux pour Williamson, était chose courante. Il y avait un aspect économique à prendre en compte pour le comprendre. Testait-il mon abnégation ? Si telle était sa manière de former, un jour peut-être, comme il l'avait fait avec Pas si Folle, me récompenserait-il en me proposant des montes dont les chances de vaincre seraient réelles. Peut-être...

D'ailleurs, le 13 août, il me confia les rênes de Fleeting Lady lors d'une réunion PMU à Clairefontaine-Deauville. Ce n'était pas une course réservée aux apprentis. Pour la première fois, mon nom côtoyait ceux de Taillard, Swinburn, Léonardos, Head, Fillion, Garcia, Raynal, Philipperon, Moore, Samani et Saint-Martin. Selon les pronostiqueurs, Fleeting Lady avait la cinquième chance de l'épreuve. L'hippodrome des Fleurs était bondé, la journée radieuse et ma partenaire baie, orageuse. En l'apercevant tourner dans le rond de présentation, je compris que la partie ne serait pas aisée : elle était en nage, trempée d'écume, une centrale électrique, dansait sur place, ruait, se cabrait et jetait des regards fous vers la foule. Nous terminâmes au milieu du peloton, entre le cheval de Freddy Head et celui de Maxime Garcia.

Monsieur Zoom Zoom

Après quinze montes, mon cahier Corvette était plein. Je n'aurais pas cru le remplir si vite. Tout y était consigné, annoté, découpé, collé : pages des journaux spécialisés, état du terrain, météo, détails techniques, déroulé de l'épreuve...

En septembre, pour ma seizième monte à Fontainebleau, j'étrennai un nouveau cahier, un Héraclès épais.

Le poulain, Monsieur Zoom Zoom, était un deux ans, demi-frère de Padocri, la jument de mes débuts. Je découvris ce grand alezan lors de la compétition et, juste avant la sortie du dernier tournant, alors que nous nous trouvions en troisième position à l'extérieur, je sentis que nous allions gagner. Ma première victoire ! Le cheval avait belle action, souhaitait s'étendre. Je ne lui avais réclamé nul effort, à l'inverse, mes rivaux montaient déjà aux bras. Il me suffisait d'attendre encore une centaine de mètres avant de démarrer d'un seul coup pour cueillir les lauriers. Ma mère était venue et devait se tenir le long de la grille du pesage, juste devant l'arrivée.

Réussirait-elle à prendre la photo d'arrivée ? Jusqu'à maintenant, elle n'y était jamais parvenue. Ses clichés développés découvraient des poteaux d'arrivée déserts. A l'occasion, un bout de queue ou, au mieux, une paire de naseaux pour égayer la série. Les courses rendaient ma mère malade. Un vrai supplice. Son visage blanc qui tranchait dans la foule colorée était celui d'une morte. Pour les photos ratées, je ne pouvais pas lui en vouloir, elle finirait par s'habituer.

A l'arrière du peloton, j'entendis des cris, le bruit des sabots qui se heurtaient, des injures et des coups de cravache. Ça se bousculait. A la corde, les apprentis Badel et Estienne n'avaient « plus rien dans les mains », leurs chevaux s'essoufflaient. Je sollicitai Monsieur Zoom Zoom afin de le placer à une demi-longueur d'eux. Il le fit sans peine. Il n'y avait plus qu'à patienter, cela ne servait à rien de gagner avec huit longueurs d'avance, les « W. » n'aimaient pas ça et disaient que cela grillait la carrière d'un cheval de handicap. Je me souvenais de ce que Trio m'avait raconté : « Un jour, le père Jeff m'a mis une gaufre pour avoir gagné de toute une ligne droite. Bing ! en plein sur le nez, à ma descente de cheval, il m'a fait ravaler ma joie. Pour lui, le cheval ne gagnerait plus un seul handicap, les handicapeurs l'assassineraient sous une montagne de plomb. J'avais si bien retenu la leçon, qu'à ma victoire suivante, je m'étais planqué derrière les vingt-cinq partants, en dernière position. J'ai attendu, attendu, j'avais peur de venir trop tôt. Paraît que dans les tribunes le vieux était fou, ses propriétaires avaient tous flambé sur moi, je montais un coup sûr. Je suis venu l'emporter dans la dernière foulée, d'un centimètre, sur le poteau ! J'étais plutôt fier. Eh bien, à ma descente de selle, W. senior m'a allongé une cacahuète et il m'a dit : tu sais pas que je suis cardiaque. »

Sur Monsieur Zoom Zoom, je buvais du petit-lait et ne voulais pas me précipiter. Je « pianotais », la ligne droite était longue. Le peloton terminait l'ultime virage, et soudain, les chevaux de Badel et Estienne se heurtèrent. Le plus à la corde percuta la lice et, par contrecoup, cogna les épaules du cheval à sa droite qui, déséquilibré, télescopa Monsieur Zoom Zoom... Il trébucha et je fus projeté à terre, dans le fouillis des membres et des mottes de terre arrachées, aussitôt roulé en boule, en apnée, giflé par les lourds couperets, sabots sifflant à mes oreilles. Ce cauchemar dura le temps d'un long baiser. Le peloton m'abandonna, crotté et tremblant, sans souffle, sur ce bout de terrain labouré par leurs foulées.

J'essayai de me relever, mais une douleur me cloua au sol. Je vis les croupes déployées dans la ligne droite, le moulinet des cravaches, et Monsieur Zoom Zoom, seul en dehors, continuant l'épreuve, brave et joyeux, les étriers battant ses flancs.

Au loin, l'excitation des tribunes enflait. Puis, le silence, presque, car un oiseau gazouillait quelque part dans les branches, et deux larmes ruisselaient sur mes joues. Impossible de les arrêter. Elles n'étaient pas le fait de ma paralysie ou d'une quelconque souffrance, je n'avais plus mal. Elles s'épanchaient parce que j'étais déçu d'avoir perdu ce bonheur d'une première victoire à portée de ligne droite, perdu cette sensation de puissance, de liberté et de légèreté, parce que j'avais le sentiment d'avoir raté le plus grandiose de mes rêves.

L'ambulance pénétra sur la piste. Je séchai mes larmes et sentis mes jambes me picoter, puis les reins. Je pus m'asseoir et voulus me redresser en pensant à ma mère qui au loin devait se faire un sang d'encre, se déchirer les entrailles à fixer le rose à terre de ma casaque. Une douleur me scia les lombaires et les secouristes me portèrent sur la civière.

Elle m'attendait près de l'infirmerie, son visage ravagé par l'angoisse, plus souffrante que je ne l'étais moi-même. J'eus presque envie qu'on l'examine avant moi.

Nous étions le 16 septembre, Monsieur Zoom Zoom avait été ma seizième monte dans une course réunissant seize partants. Il portait le numéro 16, et avait tiré le 16 à la corde. Ne surtout pas devenir superstitieux. Sur mon cahier, j'inscrivis la maxime hippique : Ne jamais rester sur une chute. Se remettre en selle sans attendre.

Une punition nommée Quasimodo

Retenu à Longchamp par une réunion classique, le patron avait eu vent de ma chute. Terrois, le garçon de voyage, s'en était chargé, et sa version m'accablait. Pour me punir, Jeannot Williamson m'imposa de monter Quasimodo, la tache de l'écurie, chaque matin, pour une période indéterminée.

Quasimodo était un deux ans. Par ses origines, cet alezan à la peau de pêche valait son million de francs. Mais il suffisait de l'examiner pour qu'il ne vaille plus un seul centime. Quasimodo était un monstre, une erreur facétieuse de la nature qui, malgré son jeune âge, ressemblait plus à un bœuf adulte qu'à un pur-sang. Énorme, pesant plus de six cents kilos, panard, court-jointé, il n'arrivait pas à supporter le poids de sa bucéphalique tête au bout de son interminable encolure. Quelle que fût son allure, il butait, se marchait dessus, empêtrait ses immenses sabots, se croisait les membres et piquait du nez jusqu'à s'affaler à terre. Sur son dos, le malheureux cavalier éprouvait les sensations d'un cornac et devait sans cesse soutenir l'animal pour éviter la chute et le risque d'être écrasé. Épuisant.

Je préférais l'appeler Babar, car il était un chic cheval, sans le moindre vice, hormis sa conformation et son excusable maladresse. Vilain canard engendré par une vipérine sorcière, il faisait peine à voir, et me touchait dans ses efforts pour ne pas se laisser décrocher par l'allure de ses congénères en pleine santé.

Trois semaines durant, je m'éreintai à « le porter », un calvaire qui, au pas, nouait les muscles. Nous chutâmes plusieurs fois de concert, mais jamais Quasimodo, hors d'haleine, ne se sauva. Il se relevait tant bien que mal et attendait, l'œil contrit, d'être conduit près d'une butte d'où je ressautais sur son dos.

Quand il lui fallait galoper sur le gazon avec les moins rapides de l'écurie, ces derniers l'épaulaient pour le maintenir debout, l'aider à trouver un tempo, mais, après une centaine de mètres, ne pouvant conserver cette allure sénatoriale, ils filaient. Abandonné d'un coup sur l'espace verdoyant et vertigineux, Babar dérivait, perdu, et soufflait comme dix locomotives à vapeur aux carneaux ébréchés. Le mener au galop de chasse au terme de la distance était un labeur harassant. Je m'y échinai, me fis les bras et tous les autres muscles, et des frayeurs aussi, car épuisé, à bout de souffle, Babar vacillait sous le poids de sa masse et s'emmêlait les pinceaux, m'éjectant dans les pâquerettes.

Quasimodo, alias Babar, s'en fut un beau matin du mois d'octobre. Un van était venu le chercher. Bien entendu, il avait buté et chuté en gravissant le hayon. Placé de biais, coincé dans l'espace exigu, il n'arrivait pas, malgré l'aide des lads, à se relever. Ses grands yeux doux couleur miel les observaient s'affairer autour de lui. Il paraissait embarrassé d'être si gauche, triste de ne pouvoir coopérer. Dépité, le convoyeur dit : « Bon, si vous arriviez juste à le tirer à l'intérieur, là où je l'emmène, pas besoin qu'il soit debout, il peut rester sur le plancher. »

J'avais compris, destination boucherie ! Je fonçai dans le box de Polka, serrai fortement son encolure dans mes bras, et dans le creux de sa veine jugulaire, étouffai des « salaud ! salaud ! », adressés au propriétaire de Babar, un yankee milliardaire.

Une troublante évocation de l'Orient

Jamais je n'avais vu plus belle pouliche. Sa robe était isabelle, c'est du moins la couleur exemplaire qui s'en approchait le plus dans les manuels d'hippologie. En fait, la lumière qui s'y baignait ne pouvait être reproduite car elle n'existait chez nul autre cheval. D'imperceptibles éclats d'or parsemaient sa robe à la nuance cœur de châtaignier vieilli par l'eau et les saisons. Sinon, de vaporeuses pommelures charbonnaient le bas de ses cuisses et de ses épaules. Ses crins étaient noirs, de jais, tout comme le pourtour des yeux et celui des naseaux crénelés qui frémissaient, ses membres aussi, affinés dans un bain d'encre.

Elle se trouvait dans le rond de sable au centre de la cour, un caveçon placé sur le chanfrein, reliée par une longe à Raoul, le garçon de cour. Elle tournait au trot, autour de l'homme, lui-même virant sur place telle la vis actionnant l'aiguille d'un chronomètre. Ses manières étaient souples, aériennes. Une grâce innée. Une âme noble que l'inquiétude épurait jusqu'à la rendre visible.

A une vingtaine de mètres, mon nécessaire de pansage sur l'épaule, j'étais sous le charme. Elle était arrivée trois jours auparavant en compagnie d'une dizaine d'autres yearlings. Je la débourrerais d'ici une semaine. Avant, il lui fallait accepter la selle et son oppressante sangle. En ma qualité de « jockaillon » de l'après-midi, je partageai cette fonction de débourreur avec les deux autres apprentis jockeys de Williamson junior.

Jusqu'alors, j'avais été le cavalier initial d'une soixantaine de yearlings, jeunes élèves tout droit sortis de leurs prés. J'aimais étudier le comportement des yearlings nus et longés lors de leurs premières rondes, cela me permettait d'appréhender leurs réactions à l'instant de les monter et de les contraindre. Les surprises étaient nombreuses, mais, débourrage après débourrage, mon jugement s'affinait.

Comment réagirait cette ravissante et volcanique pouliche quand viendrait le moment de la « déflorer » ? Je me réjouissais d'être son cavalier. Ce ne serait pas coton : elle ruisselait le feu, paraissait susceptible et dégageait une rare puissance. Elle était belle et farouche, insoumise.

Je n'arrivais pas à détacher mon regard de son impétueuse et phénoménale silhouette. Elle avait une longue encolure cylindrique et, amarrée à l'extrémité de ce balancier de diva, une tête somptueuse sans cesse projetée à la verticale. Ce port de tête princier soufflait jusque dans le jeu cadencé de ses hanches, ondulait jusqu'à la pointe de ses sabots.

Un vent brûlant battait ses tempes, creusait ses flancs, longs et serpentins. Tout en elle évoquait l'Orient dans ce qu'il a de plus voluptueux. Elle s'appelait Lady Love.

La DS de mon père

Un dimanche où je ne montais pas en course, mon père vint me chercher à l'écurie. Première visite après trente mois d'apprentissage. « Ça va ? » m'accueillit-il en souriant alors que je me glissais dans sa voiture.

On ne s'embrassa pas, il m'estimait trop grand, et puis, « entre hommes, ça peut prêter à confusion », disait-il.

Fin gourmet et connaissant l'Europe entière grâce à un réseau impressionnant de restaurants, il proposa de m'emmener déjeuner à Noailles. L'auberge devait être une bonne adresse.

Il conduisait et se montra curieux de ma vie à l'écurie, voulut savoir si j'étais monté en course ces dernières semaines. Après quelques échanges, on se tut, occupés par nos rêveries. Je regardais la route d'un œil distrait. J'aimais sa conduite assurée, souple et sportive, sensuelle même. La voiture, une DS, lui ressemblait tant. Depuis l'époque lointaine de la Frégate et des Floride décapotables, il n'avait eu que des DS. Celle-ci était à injection, ce devait être mieux, certainement un plus au niveau pilotage. Si confortable aussi, et luxueuse.

Je dodelinais de la tête, me sentais en sécurité, le tangage m'endormait.

Il alluma une Gold Leaf, et la fumée des deux premières bouffées me chavira. A cet instant précis, je sus que plus tard je fumerais. Pour revivre ce plaisir indescriptible. Pour retrouver l'odeur de ce tabac, liée à jamais à ce moment que je désirais éternel. J'ignorais alors que chaque cigarette fumée serait un chagrin. Chaque bouffée, une larme pour mon père.

Dans l'auberge rustique et cossue, bondée, il souriait, l'air détendu devant mon coup de fourchette : une douzaine d'escargots de Bourgogne, du cerf, un morceau de roquefort, de livarot et de pont-l'évêque, et, pour conclure, un soufflé aux framboises baignant dans une crème anglaise. Je bus un peu de santenay.

Il me fit la conversation, évoqua Verlaine, Baudelaire, Ferré, me donna des nouvelles de ma grand-mère, parla d'un collègue qui misait tous les jours aux courses, raconta quelques anecdotes personnelles et des blagues égrillardes. Il me demanda si avec les filles ça allait. Je lui parlai de Lady Love, cette nouvelle yearling, une apparition, une muse... Il embraya sur Elsa Triolet, Aragon...

En sortant de table, repu, un peu saoul, je ne me souvenais plus très bien de ses propos concernant la vie amoureuse des poètes, mais j'étais taraudé par ce qu'il avait dit à mon sujet. Il m'appréciait beaucoup, tels avaient été ses mots, non pas comme son fils, car il se défendait d'avoir l'instinct paternel, mais il m'estimait au même titre qu'un bon copain. J'aurais voulu lui dire que moi, je le considérais comme mon père, voilà, j'étais désolé, je devais avoir l'instinct « fistonel ». Je ne dis rien, c'était déjà énorme que ce père aimé m'apprécie comme son copain. C'était moins qu'un meilleur ami avec qui on partage tout, mais c'était déjà ça.

On reprit la route et quand celle-ci se faufila entre les fûts d'un bois de hêtres, il me proposa le volant. J'acceptai avec joie car cela faisait des mois que ma mère, quand elle venait, m'apprenait à conduire la 4 CV.

D'emblée, cela me plut de rouler au volant de cette déesse du bitume dont la commande de boîte de vitesses, à portée des doigts, permettait de mieux profiter du paysage.

Après quoi, il me ramena à Chantilly devant la porte de l'écurie. On se salua et la DS gris perle métallisé glissa en direction de Paris. L'après-midi était passé trop vite.

Un débourrage épique

Depuis dix jours, je ne montais qu'un lot le matin, le premier. Ensuite, de huit heures trente à treize heures, je débourrais les yearlings. Séances de rodéo entrecoupées par des balayages de cour sous l'œil critique de Meyer qui râlait avec une belle constance et détestait tout le monde, moi y compris, pourtant aussi attentif, soigné et respectueux qu'au premier jour de mon apprentissage.

Le premier garçon vieillissait mal. Il éprouvait le blues de la soixantaine et, excepté le sol de la cour qu'il préservait du moindre bout de paille, plus rien ne l'intéressait, pas même les soins à donner aux chevaux, art où il excellait, et qu'il avait délégués.

Pour lui, les arpètes qui portaient les couleurs l'après-midi devenaient des petits coqs arrogants. Alors, il empoignait son balai et, à l'assaut des paillettes blondes, sempiternels envahisseurs, il maugréait face à ses combats perdus d'avance.

Qu'il m'ait dans le nez parce que je grandissais, « boosté » par les chevaux, me tracassait de moins en moins. Meyer, comme tant d'autres dans cette écurie, ne m'avait rien appris. Et si ma démarche était davantage assurée, mon regard aussi, si j'anticipais mieux, portais droit le front et voyais plus loin en selle, tout cela, et le peu que je savais, je le devais aux seuls chevaux. Ils me construisaient. A la base de notre relation, il y avait l'amour que je leur portais et qui facilitait nos dialogues.

Plus en confiance, je pouvais à mon tour rassurer les plus fragiles, les aider à affronter et supporter le stress de la compétition. Je les voyais comme des orphelins, obligés de vivre dans un milieu hostile, cloîtrés chaque jour vingt-deux heures durant dans une geôle, trompant l'ennui à la lucarne. Pourtant, ils étaient conçus pour la lumière, les grands espaces, les ciels étoilés.

J'éprouvais une infinie compassion envers eux, et m'efforçais de soulager leurs maux et d'égayer leur solitude.

Après dix matinées passées à débourrer, deux chutes, un coup de boule en pleine mâchoire et un poignet foulé, j'étais au mieux de ma forme, les cuisses solides, un étau. Débourreur, rien de tel pour se mettre en bonne condition, se muscler. J'étais vermoulu de courbatures, mais ressentais au fil des jours une excitation plus grande à chevaucher ces jeunes indomptés pétants de vigueur, aux mouvements saccadés, emportés et imprévisibles.

Ce matin, je venais de débourrer un yearling bai et dodu, conciliant et vite essoufflé. Restait la belle Orientale qui m'avait hypnotisé l'autre jour.

Sanglée d'une selle dépourvue d'étriers, elle tournait en longe, voltigeait plutôt, gracieuse, sa crinière d'ébène s'enflammant sous le soleil à chacune de ses foulées. Elle jetait loin ses membres dans un galop bondissant, et l'aisance avec laquelle elle les dégageait du sable profond ne saupoudrait sa course que d'un peu de farine. Rien à voir avec le précédent yearling bedonnant dont le balancier soulevait de lourdes pelletées.

Elle évoluait sans peine autour de Gaëtan et Raoul, les deux hommes à l'extrémité de sa longe, expirait guère plus qu'un zéphyr, chose vérifiable à ses naseaux dont le rebord n'était pas révulsé. Son corps, long, fuselé, aux points d'ancrage élastiques, avait un profond passage de sangle.

Lady Love. Elle portait bien son nom.

Elle s'était jetée plus d'une fois sur la droite, si fort qu'à l'autre bout de la longe Raoul s'était fait surprendre.

Le garçon de cour, dont le seul boulot devait être l'entretien de l'écurie, avait même eu les genoux à terre et la pouliche avait failli s'échapper. Clairvoyante et habile, elle ne répétait jamais deux fois la même figure lors de ses tentatives d'insubordination. Inspirée aussi : ayant deviné que l'homme au centre du rond de sable était un pleutre, elle avait fait mine de le charger. Dès lors, Raoul la craignit. Elle n'abusa guère de cet ascendant, car intuitive, elle réservait ses bottes secrètes pour plus tard.

L'œil zan de la belle surveillait la chambrière tenue par Gaëtan, et les lourdes pognes de Raoul à son côté, crochetées sur la longe. J'avançai au bord du cercle. « Ho, ho... Hopopop ! chantonna Gaëtan, tandis que Raoul, campé sur ses jambes, raccourcissait la longe. Tu peux venir Bastide, elle est à toi. »

Elle se laissa approcher en relevant la tête, suspicieuse. Ses révolutions dans l'épaisseur du sable n'avaient pas altéré sa tonicité.

Je posai la main sur son épaule et sentis frémir son cœur. Je lui susurrai des mots doux. Elle était tendue comme une corde d'arc. « Accroche-toi, petit, elle m'a l'air spéciale », me dit Gaëtan en m'empoignant le bas de la jambe gauche. A la tête de la jument, Raoul tremblait plus qu'elle.

Je serrai le fin collier de cuir passé à la base de l'encolure tandis que mon autre main glissait sur le troussequin de la selle pour agripper le côté droit. Gaëtan me souleva d'un même mouvement lent et, alors que mon thorax ne reposait pas encore sur la selle, la jument volta et se cabra. Raoul s'arc-bouta de toutes ses forces pour la ramener vers le sol, mais elle se débattait et se renversa, voulut se relever aussitôt, longe emberlificotée dans les membres, et trébucha, empêtrée dans le lien.

On ne pouvait pas entamer débourrage de plus mauvaise façon. Gaëtan décida de s'occuper de la longe et il tendit la chambrière à Raoul.

Ce changement de rôle ne me séduisait pas. Les coups de chambrière de Raoul pour porter de l'avant la pouliche seraient violents, vicelards et, quand je lui donnerais la jambe afin qu'il me hisse en selle, il le ferait de manière balourde, ne sachant pas faire autrement. La pouliche sentirait l'épaisseur de sa trouille, tenace et mauvaise, je m'attendais au pire et préférais qu'il me projette d'un coup sur la selle. Certes, la yearling exploserait, risquerait de se renverser et de m'écraser, mais l'affaire était si mal engagée que je voulais éviter une escalade d'erreurs et d'énervements. J'avais confiance en mes capacités, je tiendrais en selle et l'amadouerais, nom d'une pipe ! J'étais prêt. Gaëtan à la longe, un costaud, c'était préférable.

Je fus à plat ventre en travers de la selle et passai aussitôt la jambe droite par-dessus la croupe sans la frôler. Lady Love fit un écart et se battit avec Gaëtan. Au lieu d'être portée en avant par le coup de chambrière reçu aux jarrets, elle se cabra en boxant des antérieurs. Pendu à son encolure, je lui fis un appel de langue. Elle allait y répondre lorsque la lanière du fouet cingla le bas des cuisses. Elle se figea. Raoul courut derrière, mais elle maintenait son chanfrein pointé sur le porteur de chambrière et obligeait Gaëtan à se déplacer aussi avec la longe.

Elle bondit et galopa à main gauche, comme folle. Je tâchai de me composer un rôle de passager clandestin, concentré sur les vagues heurtées, les épousant au mieux. Elle allait entamer une deuxième révolution, mais, voyant Raoul devant, elle fit un écart tête en bas, suivi d'un demi-tour ahurissant de vitesse. Je versai et me cramponnai au pommeau de la selle. Elle entreprit une série de coups de cul, le bout du nez tiré vers l'intérieur de la piste. Le sable projeté par ses ruades cinglait le tronc des arbres et j'espérai qu'elle se fatiguerait bientôt.

Elle m'étonnait, variait le rythme, l'intensité de ses coups de cul, cherchait dans le poids du cavalier la faille, jouait de mes déséquilibres, faisait mine de stopper sa course pour accélérer de plus belle. Sa robe écumait, sa vitalité s'émoussait. Elle céderait bientôt, m'accepterait, résignée, mais non, elle planta ses antérieurs, souleva sa croupe dans les airs, et ses oreilles disparurent entre ses membres. Je décollai et retombai sur le pommeau de la selle. Souffle coupé, je m'agrippai à la crinière, l'intérieur des cuisses et des mollets chauffés à blanc par ses incessants sauts-de-mouton.

Elle avait tant de force et de colère que les deux hommes à terre tenaient la longe ensemble. Et le lien cassa ! A peine croyable. Lady Love stoppa et se raidit. Avait-elle pris conscience du retournement de situation ? Hébété, je fixai le minuscule bout de longe tranché qui pendouillait à l'anneau du caveçon. Dans le rond, Gaëtan et Raoul firent de même et, impuissants, me dévisagèrent. Ils ne savaient que dire et, désolés, me souhaitèrent bonne chance dans la langue des sourds-muets, car je n'avais ni mors, ni bride, nul gouvernail.

Lady Love pointa son adorable museau vers le passage de la Grande Cour et, d'un bond, fonça. Je serrai pommeau de la selle et collier à son encolure, prêt à galoper sur le goudron, où tout changement brutal de direction ou de rythme, la moindre hésitation nous projetteraient à terre ou contre un mur.

En plus d'être inconfortable, ma position était ridicule, tout comme ce sentiment de supériorité affiché la minute auparavant dans le rond de sable. En un éclair, je me retrouvai dans la position du dominé, moins fier qu'une crotte. Cela me servirait de leçon.

Nous passâmes, d'un trait, entre le local du maréchal-ferrant et le box du féroce Fracassant qui, fou de rage, mordait son grillage.

Surprise par le nouvel espace de la Grande Cour, Lady Love hésita une seconde sur la direction à prendre, port d'encolure rehaussé, oreilles pointées. Elle choisit l'option paddock sablé, délaissant l'allée goudronnée dans l'enfilade des boxes. Elle allait grand train sur la barrière en ciment, comme si elle n'existait pas, freina en deux foulées, voulut la sauter et, réalisant son erreur, vira d'un coup, me catapultant vers l'obstacle. J'allais me briser les reins sur la barrière. Mais non, relié à Lady Love par son collier, j'eus son encolure dans les bras et m'y agrafai. Décidément, nous étions inséparables. Elle reprit son rythme rock n'roll autour du paddock, entre haie et barrière. Je lui parlais, des trémolos d'angoisse dans la voix, et ma supplique dut la détendre, car elle tempéra son allure, prit le temps d'examiner alentour, et se libéra de sa peur primaire.

Les lads affairés dans la cour du père Jeff lâchèrent leurs outils et se postèrent aux ouvertures du paddock pour lui barrer les sorties, l'interpellant en mesurant leurs gestes. Enfin, l'un d'eux se trouva à sa tête et la caressa. Un autre gars apporta une corde pour la glisser dans l'anneau du caveçon. Je pus descendre de selle. Mes jambes me portaient à peine, ses côtes se soulevaient fort. Je pris la corde et la ramenai vers la Petite Cour où, n'écoutant pas Raoul qui ordonnait que je la rentre au box, je la fis marcher sur le sable du rond des débourrages tout en lui parlant : « Tout ira bien maintenant, c'est fini, oui, tu es belle, et folle, tu me plais beaucoup, vraiment beaucoup. » Ses oreilles pivotaient et ses immenses yeux de déesse égyptienne plongeaient dans les miens. Je lui chantonnai un air de Colette Magny, *Melocoton et boule de gomme*, la caressai toujours et lui fis réintégrer son box où je la bouchonnai par petites touches prudentes. Sa peau était d'une finesse extrême, électrique, chatouilleuse, et se hérissait sous les pressions du bouchon de paille. Elle décochait de temps à autre un postérieur dans la litière, percussion sèche, similaire à celle d'un coup de feu tiré dans l'épaisseur d'un matelas.

Lorsque je la caressais, elle se figeait, à l'écoute des longs mitraillages successifs qui ondulaient à la surface de sa robe.

J'ôtai son licol et, comme elle regardait au-dehors, voulus lui déposer un baiser entre les naseaux. Elle détourna son visage, fit un pas de côté et me fixa.

Je la quittai et lui dis « à demain, jolie reine ».

Premières armes

A l'image du débourrage de Lady Love et des séances en longe qui suivirent, son apprentissage en extérieur fut digne d'un rodéo. Lors de notre première sortie en commun dans les allées sablées de la forêt, je n'en menais pas large. Au moindre incident, du vent dans les branches, le passage d'un train, une pirouette d'un de ses camarades, elle bondissait ou se figeait, détalait en sens inverse ou se cabrait. Un véritable calvaire, mains moites, l'une sur les rênes, l'autre au collier ou crispée sur le pommeau de la selle, fesses serrées et cuisses contractées. La ressangler ou remonter la fermeture éclair de mon blouson, gestes usuels et bénins, déclenchaient une sarabande de figures libres. Je m'appliquai à être le plus discret possible, modéré dans mes gestes, hyper attentif aux mouvements et sons de la forêt, avec l'espoir de devancer ses perceptions. L'indiscipline, les frayeurs, la joie de vivre des autres yearlings ne me facilitaient pas la besogne, et la situation après les huit premiers jours de sorties sylvestres se solda par dix chutes.

Ces yearlings en groupe donnaient l'image joyeuse et attendrissante d'une école maternelle, version piscine. Leur bouche, aussi fragile qu'une couvée de passereaux, molle comme du marshmallow, était munie d'un mors en caoutchouc qu'ils croquaient avec vigueur. Cette épaisse barre en latex permettait de leur faire « le bec » en douceur, allégeait les traumatismes dus aux cavaliers brutaux, ceux dont on disait qu'ils avaient des crochets à foin à la place des mains. Meyer devait veiller à ce que les hommes en selle fussent les meilleurs. Mais Meyer balayait, jour et nuit, ne causait plus... Monter les yearlings demandait de la patience, de la loyauté, de la confiance, d'avoir une bonne main, de posséder une bonne assiette, de solides cuisses, et un grain de folie, car, guider ces boules d'énergie imprévisibles exigeait un cœur bien accroché.

D'autres écuries procédaient de façon différente avec les yearlings, et bannissaient la sortie en groupe où les risques étaient plus importants. La méthode la plus courante consistait à laisser un homme en main à la tête du poulain monté lors des premières sorties forestières, le temps de le familiariser à cet univers aussi effrayant qu'enivrant.

Les gars de chez Williamson se gaussaient de cette recette adverse. Trop de chevaux chez le père et le fils, on préférait la méthode cow-boy, parfois agrémentée d'un t'cho coup de gnole, calva de préférence. Chez les « W. », on pensait qu'il n'y avait rien de mieux qu'utiliser l'instinct grégaire des chevaux pour leur apprendre les bonnes manières. Si la sortie groupée provoquait du chaos, les moins émotifs et polissons finissaient par canaliser leurs joies ou leurs craintes et ils montraient ainsi le chemin de la discipline aux cancres et autres infernaux. Et puis, un cheval de course, on ne le maintenait pas dans le coton, on le brusquait plutôt, lui secouait la couenne... On n'avait pas à faire à des chevaux à mémère, on n'était pas dans le concours hippique, à les tripatouiller toute la sainte journée, à les rendre beaux comme des horloges de salon ou à s'horrifier dès le moindre pet. La compétition, disait

Terrois, « bon sang, c'est la guerre, le sang, la peur, Waterloo, les batailles, un truc violent, antique, où les héros marchent sur les cadavres éventrés ». Et le vieux jockey vous assenait un coup de poing digne du champion du monde de boxe des super-lourds.

Pour ces lots « champagne », un « vieux » cheval, quatre ans d'âge minimum, connu pour son calme et sa gentillesse ouvrait la route aux jeunots pressés contre sa croupe, quand ils ne lui montaient pas carrément dessus ou le percutaient, lancés à plein galop. Ce « maître d'école » devait être un modèle pour les écoliers sabotés, exemplaire. Mais, lui qui d'habitude était aussi sage qu'eau dormante, manifestait le jour de sa nouvelle fonction une joie de vivre, une ahurissante bêtise, des trouilles qu'il n'avait jamais éprouvées en d'autres circonstances. Bref, il devenait plus dingo que les yearlings et leur dévoilait quelles facéties les débarrasseraient de leur cavalier.

Quand le lot se dispersait en folles ruades, demi-tours, bonds et autres expressions d'insubordination, je craignais pour Lady Love, la plus expressive d'entre tous, mais aussi la plus insaisissable dans ses écarts. J'avais peur qu'elle ne se blesse, et moi avec. Elle grimpait littéralement aux arbres, se cabrait, verticale, à la limite du point de rupture, sautait sur les talus et piquait sans sourciller parmi les pièges de la forêt, effectuait les demi-tours les plus vifs.

Lorsque le groupe d'insoumis s'essayait à un galop de chasse désordonné, elle ne pensait qu'à foncer, coûte que coûte. J'évitais de me battre avec elle et tâchais de la caler derrière d'autres croupes, mais elle tirait tant, qu'elle m'obligeait à la déporter, ses congénères décochant des ruades à la moindre occasion. Alors, elle les doublait tous, ce qui les excitait un peu plus et me valait un wagon d'injures de la part de mes camarades. Quand il y avait assez de distance entre elle et eux, elle m'accordait un peu d'attention, et se calmait, un bien grand mot, proportionnel à son extrême nervosité.

Au box, nos rapports s'améliorèrent. Je lui parlai sans cesse, la flattai, lui chantonnai des refrains, la gâtai de friandises, et afin de ménager sa peau de grande chatouilleuse ne la nettoyai qu'avec un chiffon doux. Elle était d'ailleurs une pouliche distinguée qui, toujours, déposait ses besoins au même endroit de sa litière pour s'allonger au sec.

Encore sur la défensive, elle devint plus attentive à ma voix, oreilles en alerte, ses yeux d'odalisque guettant chacun de mes gestes. Je l'approchais avec précaution pour poser mes mains sur elle, ce qu'elle appréciait plus que tout. Elle se figeait alors, vibrante, à l'écoute, absorbée par les chatouillis qui ruisselaient sur sa robe. Parfois, je la surprenais en plein transport, les paupières mi-closes, l'encolure abaissée à l'horizontale pour recevoir le moindre attouchement, l'un de ses membres postérieurs touchant à peine le sol, reposant sur la pointe de la pince de son sabot, le jarret relâché.

Je terminais mes séances de papouilles par un énorme câlin, enserrant dans mes bras la longue épaule, une main glissée entre les antérieurs, l'autre par-dessus le garrot, mon ventre collé au bas de cette épaule, mon torse et ma joue tout contre elle. Nous restions ainsi à nous chuchoter des choses silencieuses, sans nom, en attendant de nous séparer, car d'autres chevaux m'appelaient, elle le savait. Alors, elle se pressait un peu plus contre moi ou tournait son joli profil vers mon visage pour humer mes cheveux, et les parfumer d'un chapelet de soupirs oasis, arômes de son souffle tropical.

Copernic

Europe 1, toutes les nuits.

Je venais d'emménager au « Château », en fait une bâtisse bourgeoise et décrépie, située à l'angle de la Petite Cour. Les Williamson y logeaient leurs gars âgés de seize à dix-huit ans.

Dès vingt heures, Urbain, l'un des deux apprentis qui partageaient ma chambre, se glissait sous les draps et allumait son poste posé sur la chaise à côté de la tête de lit. Europe 1. Fidèle à la station et à ses horaires, Urbain. Qu'il y ait de la lumière ou pas, du bruit ou non, une fête, des bagarres, à vingt heures tapantes, il était au lit, tout nu, hormis son slip qu'il conservait pour dormir, les deux oreilles dans son poste minuscule. Garçon râblé, Urbain n'était pas causant. Pas le type à faire des histoires, même lorsque certains se moquaient de son patronyme en l'appelant PMU. Trop massif, il n'entretenait plus l'espoir de monter un jour en course. Il retournerait chez ses parents, et dans l'attente de la fin de son contrat, trois ans encore, il faisait son boulot sans dire mot. Le reste du temps, il écoutait Europe 1 entre le déjeuner et l'écurie du soir, aux heures de sieste, et la nuit, chaque nuit.

L'après-midi, je lisais, Bram Stoker, Kessel, Chester Himes, Faulkner, Bazin, Stendhal, Jim Thompson, Baudelaire, des nouvelles et des biographies, des récits d'aventures, mon préféré étant celui du chasseur anglais, Jim Corbett, et son *Mangeurs d'hommes dans l'Himalaya*, tout cela dans le plus parfait désordre, sans oublier la lecture de *Paris-Turf, Courses et Elevage, L'Actualité hippique* ou *L'Abrégé des courses*. Je m'échappais d'Europe 1. Mais la nuit, impossible. Musiques, mots des animateurs, annonces publicitaires, en boucle, seulement interrompus par le passage des trains qui trouaient l'obscurité à une vingtaine de mètres de la fenêtre. Le poste radio berçait l'ennui d'Urbain, son sommeil, il ronflait...

Qu'allais-je devenir ? L'hiver, saison où les pur-sang font relâche pour laisser la place aux trotteurs de Vincennes, avait été morose. Des heures et des heures passées à cheval sous la pluie, le crachin glacé. Fin février, ma licence n'avait toujours pas été renouvelée. Gros coup de blues. Le bilan de ma première année de compétition ne me remontait pas le moral. En vingt montes, et malgré quelques places obtenues, je ne voyais que trois choses : un parcours exécrable à Chantilly sous l'œil du patron, une chute à Fontainebleau et aucun gagnant à mon actif, bref, pas de quoi se pavaner ou établir le début d'un palmarès. Je me sentais nul, incapable, idiot. Quelle idée aussi de me pencher dans les tournants à la manière des pilotes moto. J'avais pris cette habitude dès ma première monte lorsque, avec Padocri, loin du peloton, j'avais cru voir mes confrères inclinés de cette façon. Cela m'avait valu de chuter à Fontainebleau. Personne pour rectifier l'erreur. J'avais espéré de mon patron des conseils, des explications, un minimum de formation. Rien.

Au premier jour du printemps, mon mental reprit des couleurs. J'avais une licence toute neuve, et une course à La Capelle avec Copernic, un trois ans avec qui j'avais clôturé ma première saison de montes en le débutant. C'était un bai foncé sympathique. Bien dans sa tête, vaillant, tonique et heureux de galoper, il possédait un bel équilibre physique. C'était le genre de cheval sur lequel on était bien installé, du solide entre les jambes, un animal incapable de vice, attentif. Après l'avoir sellé, je le suivis dans le rond de présentation où son lad le menait. Le public se trouvait à l'intérieur de ce rond de présentation. J'aimais cette proximité avec les gens, cette ambiance bon enfant. Certains vous demandaient si vous possédiez une chance de l'emporter, et leur curiosité n'avait rien d'agressif. C'était un public pacifique, amateur, spectateur.

Il y avait une quinzaine de partants dont un cheval que j'avais vu engagé dans un gros tiercé à Longchamp. Mony-Pajol, son entraîneur, devait l'estimer. Mais une fois en selle, j'étais confiant grâce à ce doux Copernic, malléable, bien dans son corps, le front étoilé, ce qui, vu son patronyme, était la moindre des coquetteries.

Le départ s'effectuait aux élastiques, et comme souvent ce fut la débandade. A la corde, le cheval de Mony-Pajol, casaque abeille, s'élança rapidement. Nous fûmes, avec notre numéro 14 à l'extérieur, relégués à l'arrière du peloton, encerclés. Un premier tournant arrivait très vite et je ne désirais pas demander un effort prématuré à ma monture. Le train était rapide, le peloton s'étirait, des attardés me doublaient par crainte d'être distancés. Je les laissai faire et en profitai pour me coller à la corde, parcourir le moins de terrain possible. Copernic suivait l'allure sans sourciller, discret, un peu lymphatique. C'était son tempérament, et je ne voulais pas le contrarier même si les leaders étaient loin devant nous. Avant l'ultime tournant, je vis que nous étions avant-dernier. En tête de la course, le rythme s'accélérait. Mon partenaire ne tirait pas, pire, il sommeillait encore. Je m'appliquai à conserver la corde pour le décaler à l'entrée de la ligne droite où le cheval de Mony-Pajol démarra d'un coup, prenant trois longueurs d'avance sur le peloton, soit une dizaine sur moi. A cet endroit du parcours, la piste grimpait, je laissai donc à Copernic la chance de s'équilibrer. Ce faisant, il dépassait des chevaux battus et cela lui donnait du moral. Au sommet de la pente, il restait deux cents mètres jusqu'à l'arrivée, et, hormis la casaque abeille qui filait le long « du rail » vers le poteau, mon cheval était plus fort que les autres. Maintenant, lui criai-je aux oreilles. Seul au centre de la piste, il eut un coup de reins superbe et allongea ses foulées. Nous volions et rattrapions le fuyard sur lequel son jockey frappait comme un sourd. Moi je poussais et poussais en serrant les dents, un œil sur l'adversaire, l'autre sur le disque rouge final qui, à mon avis, arrivait trop vite.

Une fois réveillé, Copernic était généreux. Il ne relâcha pas son effort, augmenta sa vitesse, et, tel un météore, vint sur le fil toiser le coriace. Photo à l'arrivée ! J'avais l'intime conviction d'avoir réussi.

En retrouvant son cheval, le lad me confirma cette impression, j'avais gagné d'une tête. Tout s'était déroulé comme dans un rêve, sans le moindre trac, sans angoisse, un parcours millimétré aux petits oignons, une course d'attente à la Deforge, oublié au fin fond du peloton pour surgir dans les derniers mètres et l'emporter sur le fil.

Vers l'enceinte des balances, des enfants m'applaudirent, un papy me dit bravo petit, et j'étais comme un oiseau, le roi des cieux, sur un nuage, un piédestal d'où je désirais ne plus descendre. Ma première victoire. Copernic et moi étions trempés, ça avait été une vraie course. Je souriais, tout me paraissait plus beau, doux, excitant. Je n'étais plus le mêmc.

Que rêver de meilleur ? Revivre d'autres victoires, les moissonner à l'identique.

Jessie

Je ne vis d'abord que ses yeux moqueurs, bruns, antiques, dessinés à l'égyptienne. Des éclats de soleil s'en échappaient par brassées et me saupoudraient le visage, m'éblouissaient.

Elle se tenait debout le long du véhicule, le front incliné, moi penché par la vitre du conducteur, la figure dans ses mirettes, rêveur.

C'était l'époque où je prenais des leçons de conduite en vue du permis auto. Mon copain Dom était à la boulangerie pour acheter deux baguettes garnies d'oursons en chocolat, notre quatre heures préféré. Et pendant son absence, je m'étais glissé derrière le volant en la remarquant de loin qui remontait l'avenue. Elle flânait.

Je lui avais dit bonjour et elle s'était approchée, élastique, le sourire espiègle, un brin narquois.

— Tu veux que je t'emmène quelque part ?

— C'est pas ta voiture.

— Qu'est-ce qui te fait croire ça ?

— Je l'ai déjà vue plusieurs fois à la sortie du lycée, c'est jamais toi qui es au volant.

Elle disait vrai : depuis quelques semaines nous guettions les lycéennes avant d'aller panser les chevaux. On aimait, l'heure était bruyante, fraîche, bariolée, enivrante, et nous offrait un coup de grand large avant de retourner bosser, le cœur balancé par la houle. On y allait aussi pour voir à quoi l'on avait échappé. Je n'étais pas mécontent d'être apprenti, mais j'éprouvais un léger complexe vis-à-vis de celles et ceux qui poursuivaient leurs études, sans me rendre compte de l'avance prise dans d'autres domaines. Dom m'assurait que les lycéennes, même les plus intellos, étaient comme toutes les autres filles, curieuses des garçons. Je l'accompagnais pour vérifier s'il disait vrai, et, jusqu'à présent, elles paraissaient plutôt indifférentes à nos venues quotidiennes. Elle exceptée.

Je me sentis bête, ne sachant pas comment m'y prendre.

Ses boucles blondes tombaient en accroche-cœur de chaque côté de ses joues. Elle souriait et ses dents brillaient comme des moutons fraîchement tondus. Sa voix rauque et sa poitrine piquante, haute et pleine, m'émoustillaient.

Elle me dit s'appeler Jessie, avoir seize ans et qu'elle

serait à la fête samedi soir, près du lycée, en bordure de bois.

— Je tâcherai de venir...

Quand Dom m'eut rejoint, je sus que j'y serais. Jessie était debout à mon côté, une main toujours posée sur le rebord de la portière. Elle se dandinait, amusée, mystérieuse, et tapotait la commissure de ses lèvres avec le petit doigt de la main gauche.

Grâce au rétroviseur, je l'entrevis encore quelques secondes : elle marchait au beau milieu de l'avenue, et la lumière du soir swinguait à ses hanches.

Un reste de bleu pâlissait le ciel à l'ouest lorsque j'arrivai le samedi devant l'estrade dressée dans le renfoncement du cirque feuillu. Des musiciens y jouaient des airs entraînants et variés. Un peu partout, guirlandes et lampions enluminaient la fête. Il faisait doux, presque chaud, et des couples dansaient. Il y avait un comptoir à boissons où s'agglutinaient de nombreuses silhouettes, un autre proposait frites et hot dogs, mais nul n'y stationnait longtemps.

Je l'aperçus dans la foule, elle me remarqua dans la seconde suivante et s'approcha. Elle était vêtue d'un chemisier transparent et d'un jean. Entre les deux, son ventre doré, distingué à la dérobée.

Nous échangeâmes des banalités tout en poursuivant nos regards en coin. Je notai le manège de son auriculaire, il titillait sa lippe inférieure. J'avais envie de mordre cette lèvre modelée comme le rouleau d'une vague.

Après un long silence, elle s'excusa et s'éloigna. Je l'attendis un moment, bus une bière et quelques sodas avec des copains, regardai les couples qui tournoyaient sous les lampions. Une heure passa, je pensais à aller me coucher lorsqu'elle fut à mon côté, comme si elle avait deviné mon ennui. Elle avait le front perlé de sueur, le ventre aussi, et souriait tout en se mordillant la lèvre. Un enchantement.

Je ne me souviens plus qui de nous deux avait pris la main de l'autre, peu importait, nous nous retrouvâmes en lisière de forêt, aimantés vers les ombres. On s'embrassa le long d'un chêne avant de glisser sur le sol, nos mains bouillantes sous les tissus.

Pourtant, quand je voulus lui enlever son pantalon, Jessie protesta au creux de mon oreille :

— Non, pas maintenant, s'il te plaît.

— Pourquoi ?

— Je ne l'ai jamais fait.

Elle dut percevoir ma déception, car elle ajouta :

— Bientôt, quand mes parents ne seront pas chez moi, on le fera.

Cette perspective me détendit. Nous poursuivîmes nos étreintes au son de l'accordéon lointain.

Plus tard dans mon lit, avec le parfum de ses baisers à ma bouche, le croquant de ses lèvres, je pensai à sa promesse. Elle me grisait, bercerait mes nuits à venir.

Tender Boy, ou la tactique du bigornage

Bigorner un cheval exigeait un minimum de savoir-faire de la part des jockeys. Ils préféraient ne pas s'étendre sur cette pratique interdite par le code des courses qui consistait à « empêcher un cheval de défendre ses chances de gagner ». Les sanctions étaient lourdes, les commissaires veillaient. Nul ne devait depuis les tribunes se rendre compte de leurs sombres manœuvres. Si tel n'était pas le cas, le jockey suspecté de malhonnêteté s'insurgeait, contestait, s'offusquait, expliquait ou justifiait son comportement, tout ce qu'il voulait, mais surtout ne pas avouer, ne pas dénoncer les ordres de l'entraîneur, en somme un employeur, personnage sacré, à protéger coûte que coûte. Et si certains entraîneurs donnaient à leurs jockeys des ordres contraires à l'éthique du sport, ils agissaient « dans l'intérêt » de leurs clients, les propriétaires, lesquels se satisfaisaient de ce délit d'initié, quand ils n'étaient pas eux-mêmes les instigateurs, la plupart étant d'invétérés joueurs.

Ordonner à un jockey, mais plus souvent à un apprenti, de « tirer un cheval », visait à masquer le potentiel réel de ce cheval aux yeux du public et à ceux des handicapeurs, officiels des sociétés de courses dont le travail consistait à établir une valeur cotée de tous les chevaux ayant couru. Cette échelle leur permettait d'attribuer un poids à chacun des partants d'un handicap, calculé en fonction de leurs performances passées. Le handicap est une épreuve en théorie équitable où tous les engagés sont censés avoir la même chance de l'emporter, les meilleurs devant porter plus de charge, les plus modestes, moins. Bien entendu, les chevaux « freinés » durant leurs prestations étaient sous-estimés par le handicapeur qui, trompé par la farce, leur allouait un poids plus léger, donc, une chance supplémentaire de l'emporter.

Cette année-là, après ma victoire avec Copernic, mon patron m'avait demandé de plus en plus souvent de tirer des chevaux. Cela se passait sur des hippodromes de province où, les compétences étant plus rares, il y avait moins de risques de se faire repérer. Williamson me confiait « les ordres » la veille ou l'avant-veille de la course, car lui-même ne se déplaçait pas sur ces hippodromes aux enjeux dérisoires : « Tu lui donnes une course sage. Tâche de ne pas finir parmi les trois premiers. Compris ? »

Je comprenais. La tactique du patron était répétitive : je bigornais deux ou trois fois, puis le jour J, un simple handicap en région parisienne, le cheval jusqu'alors « promené » trouvait le premier jockey de l'écurie sur son dos. Et, neuf fois sur dix, il signait une victoire à très belle cote.

La pratique était humiliante. Mais d'un autre côté, si le patron me permettait de remporter des courses de temps en temps, le dédommagement était estimable. Cependant, j'aurais apprécié avoir plus souvent entre les mains des chevaux sémillants à mener sans frein.

A l'entraînement, je montais maintenant tous les galops en compagnie des jockeys vedettes, et sur le dos des meilleurs coursiers de la maison, preuve pour moi de l'estime de Jeannot. Je n'étais pas le seul, Bébé et Dom, les deux autres apprentis à porter la casaque l'après-midi, participaient à tous les galops du matin. Les autres cavaliers du « travail poussé » restaient les anciens, tels Van Hoolen, Nicolas, Turc, et d'ex-jockeys devenus responsables des cours Williamson. Le mentor essayait de temps à autre un apprenti de ma génération, histoire de le faire patienter, de l'entretenir dans l'espoir, mais, à l'évidence, j'étais pour lui le plus prometteur de ses jeunes pousses, son premier apprenti, sérieux, attentif, plutôt fin en selle. Surtout, je montais aux ordres, même lorsqu'ils étaient, d'un point de vue moral, discutables.

C'était le printemps, et je retrouvais pour un cinquième rendez-vous Tender Boy, sur l'hippodrome d'Amiens. Et pour la cinquième fois, j'allais le tirer. Tels étaient les ordres. Dans quinze jours, le cheval était engagé dans un handicap, son premier, avec, à la clé, un poids favorable. Je n'étais plus dupe : le jockey maison serait alors associé à ses chances de vainqueur potentiel.

Mais Tender Boy, que j'avais débourré, n'avait pas été un cheval de tout repos. Poulain fourbe, solitaire, refusant tout dialogue – il n'y avait rien de plus décourageant –, j'avais longtemps cru ne jamais parvenir à le civiliser.

Yearling, il avait envoyé à l'hôpital deux autres apprentis et j'avais hérité de son éducation, travail éreintant, risqué. A chacune de mes chutes, un ange avait su jardiner d'ingénieux miracles pour les amortir et m'éviter le pire. Ce que réussissait de façon imparable Tender Boy, la dérobade soudaine, et ce quelle que fût son allure, était facilitée par une bouche d'une force exceptionnelle annexée à une encolure d'une souplesse diabolique.

C'était un cheval sec, étroit, mais tout en longueur, musclé et nerveux. D'une hauteur de garrot modeste, il compensait son mètre cinquante-cinq par une encolure infinie et serpentine. Il galopait la tête en bas, les naseaux à quelques centimètres du sol, farouchement appuyé sur le mors. Même ainsi, rien ne lui échappait, il voyait et sentait tout. Il était capable de projeter son encolure à la verticale et de vous assommer, comme de vous mordre la botte à pleine vitesse. Il était d'une violence inouïe, mais s'il jetait son cavalier à terre, il ne s'acharnait pas contre lui, n'étant pas du genre viandard ou haineux. A force de patience et de cœur bien accroché, il était devenu un assez chic cheval, toujours secret et capable de vous jouer un sale tour si vous utilisiez à mauvais escient « les boutons intimes de ses commandes ».

Ses débuts en compétition, à l'automne de ses deux ans, osés vu son peu de sociabilité, avaient été prometteurs. Du bon boulot. Certes, il avait couru avec une paire d'œillères noires assez fermées, un collier pour l'équilibre du cavalier, tandis qu'une brosse piquante sur la branche droite de son mors l'avait canalisé vers la corde, mais avec cet attirail, le poulain s'était comporté de manière policée. Les courses suivantes, il avait amélioré son geste, son assurance, et sa confiance envers moi s'était accrue.

Ses démons de jadis pouvaient très bien ressurgir en plein jour J. Or, je comptais bien miser sur ses chances dans quinze jours à défaut de les chevaucher, et réduire les risques de perdre de l'argent : dès aujourd'hui, je vérifierais ses bonnes dispositions en lui administrant une claque avec le cuir de la cravache, un acte que je m'étais jusqu'alors interdit.

A l'instant de monter sur son dos pour cette dernière course de préparation en nocturne, je m'en voulais du coup de cravache à venir. Après tout, c'était l'une des tristes réalités du turf, et Tender Boy l'apprendrait dans deux semaines quand le premier jockey de la maison envisagerait la victoire. Si ce coup de cravache test se révélait catastrophique, il serait toujours temps de différer sa future et très attendue victoire.

Le cheval prit le meilleur départ et je le freinai jusqu'à fermer la marche du peloton à qui, durant mille mètres, je laissai prendre du champ. En pénétrant dans la dernière ligne droite, je lui fis un appel de langue. Volontaire, Tender Boy changea de jambe et bondit, accélérant de façon impressionnante pour combler son retard. L'espace de deux foulées, le coup de cravache immérité le laissa dubitatif, puis, rageur, il poursuivit, rectiligne, sa progression jusque dans les croupes de ses rivaux qui passaient le poteau d'arrivée. Il leur était dix fois supérieur et aurait pu l'emporter de toute la ligne droite.

Quinze jours plus tard, Fillion le découvrait dans le handicap à Saint-Cloud. Le jour J. Aux vestiaires, le jockey m'interrogea. Je ne lui avouai pas qu'il avait été un cheval compliqué, dangereux, et qu'il valait mieux le maintenir à l'intérieur du peloton, bien encadré par ses concurrents. Je ne désirais pas l'inquiéter, sinon, il aurait pianoté, gâché ses chances et son inspiration. Je précisai seulement que sa pointe de vitesse était redoutable et qu'il fallait éviter de le cravacher.

J'avais prévenu ma mère, mon père : vous pouvez le jouer, c'est un coup sûr !

Dernier à l'entrée de la ligne droite d'un peloton de vingt-sept partants, Tender Boy vint l'emporter dans l'ultime foulée, d'une tête, au terme d'un finish éblouissant, seul en dehors. Champagne !

Depuis la salle des balances, je vis Fillion poser pour les photographes auprès de Tender Boy. Les propriétaires et mon patron l'entouraient et le félicitaient, radieux. Puis ils allèrent fêter la victoire, fruit de presque deux ans de travail.

Un rival inattendu

Journal ouvert à la page des courses du lendemain, Chantilly, je remarquai les quatre déclarés partants de W. Jr. Ils étaient tous montés par Fillion, excepté celui de la dernière course, Borène, pouliche de deux ans qui, face à six concurrentes, avait une très bonne chance de l'emporter. Un inconnu, José Venturi, lui était associé. Le journal faillit m'en tomber des mains.

Jeannot n'étant pas son maître d'apprentissage, ce Venturi ne bénéficiait que de deux kilos et demi de décharge, alors que j'avais droit à trois kilos et demi de décharge.

Pourquoi mon patron me faisait-il cet affront, cette trahison ?

Dotée de 65 000 francs, l'épreuve s'adressait aux deux ans n'ayant pas encore gagné. C'était le cas de Borène, deuxième lors de ses débuts, une défaite due à son inexpérience. D'ailleurs, *Paris-Turf* la proposait comme favorite et « cheval du jour ».

Le soir à l'écurie, j'obtins de maigres renseignements sur ce José Venturi, cet étranger, nouveau venu parmi les « W. ». Jeannot venait de l'embaucher. Il travaillait depuis deux jours dans la cour de Lamorlaye. Il arrivait du Sud-Ouest.

Dès le lendemain matin, je le croisai pour la première fois, à cheval, lors des galops sur l'hippodrome de Chantilly, théâtre où il monterait l'après-midi même pour W. Jr.

D'emblée, sa position en selle me surprit. Il chaussait les étriers plus courts que Freddy Head, en somme, un exploit. Il frime, pensai-je, joue à faire jockey, se prend pour un artiste, à l'image d'un Piggott ou d'un Saint-Martin. Mais par l'intermédiaire des chevaux qu'il travailla ce matin, je compris qu'il possédait une sacrée assiette. Ses montures étaient fraîches, dansaient sur place, provoquaient de violentes descentes de rênes, levaient la croupe, pleines de feu, et Venturi conservait son calme, décontracté, ses deux cuisses collées l'une à l'autre, les genoux portés haut, imbriqués sur le dessus du pommeau de la selle. Cette assiette lui arrondissait le dos, mais il maintenait ses bras lâches, coudes le long des hanches, et ses mains, posées sur ses genoux, laissaient des rênes à la bouche du cheval. Il portait un blouson bleu au tissu léger qui sous le vent lui claquait dans le dos à la manière d'un drapeau, et sur le crâne, une casquette à carreaux très british, style joueur de golf des années cinquante. Tenue impeccable avec breeches beige et boots noires. Tout cela sans ostentation. Belle cravache aussi, longue et fine, un joli stick.

Au galop, sa position, dos comme un œuf et épaules plus basses que les hanches, lui faisait pointer le cul au ciel. Ce n'était pas très esthétique, mais ses chevaux évoluaient librement. J'attendais quand même de le voir en selle sur des tireurs, ces pur-sang qui empoignent leur mors comme s'il s'agissait de leur ultime bouffée d'air, persuadé qu'il ne pourrait pas les tenir.

Quand il lui fallait accompagner sa monture dès la mi-montée de la ligne droite, il se ramassait en boule et, ainsi abrité sur le garrot, il étendait ses bras le long de l'encolure. A l'évidence, il savait, efficace, empoigner un cheval lors d'un finish.

Il avait les yeux clairs, bleu-vert, le bout du nez rond et les lèvres gercées. Il me salua. Sans être glaciale, ma réponse ne fut pas des plus chaleureuses.

L'après-midi, je ne pus assister à la victoire de Borène et José Venturi, la course était la dernière du programme et je devais rejoindre l'écurie pour le travail du soir. J'entendis le résultat à la radio, et d'après José Covès, spécialiste hippique, la pouliche avait gagné par quatre grandes longueurs, de bout en bout sur les mille mètres du parcours rectiligne.

Elle avait été une bonne monte, un coup sûr. Il suffisait d'avoir ses fesses dessus et de maintenir les rênes. Je savais faire...

A l'écurie, on parlait du nouveau. On racontait qu'il avait été apprenti chez son père, entraîneur du côté de Toulouse. Il montait les pur-sang depuis l'âge de dix ans. Il en avait dix-sept maintenant et, comme moi, connaissait la compétition depuis plus de deux ans. Seule différence, il n'avait jamais monté d'épreuve PMU avant sa victoire cantilienne, qu'il pouvait désormais ajouter à sa dizaine de victoires provinciales.

Je ne totalisais que deux victoires. Quelques mois après Copernic, Top au Lit, une alezane crémeuse, m'avait offert ce bonheur de vaincre sur l'hippodrome des Fleurs de Clairefontaine-Deauville. Et de nouveau, le sentiment d'avoir mené une course exemplaire, fine, tout en douceur, jusqu'à l'instant décisif où les corps se brutalisent. Comme avec Copernic, j'étais venu de l'arrière-garde pour ajuster mes rivaux dans les ultimes foulées, n'hésitant pas à m'infiltrer dans un trou de souris pour décrocher la timbale. Le rêve ! Et cette sensation d'avoir chevauché le vent, d'être un instant le meilleur, avait la même saveur que lors de la première victoire.

En quittant l'écurie, j'eus le pressentiment que les semaines à venir seraient plus difficiles.

De multiples corps à corps

Peu m'importait le mauvais caractère de Meyer qui chaque matin me confiait les plus carnes de l'écurie. Peu m'importait les vexations subies, la victoire de Tender Boy ou la venue de ce Toulousain, accueilli royalement par une monte gagnante alors que personne ne savait s'il méritait cette confiance.

J'encaissai tout, car il y avait Jessie.

Jessie qui tenait ses promesses : une nuit où ses parents étaient partis en week-end, nous avions dormi ensemble. Notre première nuit, entière. Je m'étais préparé à cette longue perspective, et avais multiplié caresses, baisers et autres patientes douceurs, déterminé à la déflorer avec légèreté, moelleux comme nuage. L'aube picorait les persiennes de sa chambre lorsque je parvins enfin à mon but. Ensuite, elle me fit l'aveu d'un mensonge dont le but était de me faire patienter du bal à cette première nuit : elle l'avait déjà fait ! Avec un lad de chez Head.

J'étais donc son deuxième fiancé. Cela n'avait aucune importance, j'avais apprécié le creux de ses bras, et ne demandais qu'à m'y retrouver. Sur ce point, nous partagions les mêmes élans et, si l'appartement bourgeois des parents était rarement libre, dès que nous le pouvions, nous nous retrouvions pour nous enlacer et « le faire », même lorsque le temps nous était compté.

Jessie était ronde de partout, croquante, craquante, et le plus informe des pulls, le plus banal des pantalons, mettait en relief ses rondeurs, invitait à la détailler davantage. Rieuse, curieuse, naïve et gourmande, les jeux du sexe lui mettaient le corps en fête, étoilaient ses yeux. Elle me triturait, pinçait, griffait, mordait, et si je me répandais, succombant à ses étreintes, elle ne tardait pas à se faire plus chatte, osait d'insolites caresses, me couvrait d'amour pour enterrer au plus vite ce sursis.

Quelle que fût la durée de nos rencontres, nos ébats l'occupaient pleinement. Ils eurent pour cadre les voitures, les bois, les rues de Chantilly, sous des porches ou des escaliers, entre deux portes, les tribunes de l'hippodrome, les greniers à paille de l'écurie, le capot du camion à fumier, écartelés sur toute sa surface, ou debout contre la calandre. On s'entortilla dans la chapelle de l'hôpital des Jockeys, sur le terrain d'entraînement des Aigles, au beau milieu de ses cinq cents hectares de gazon, sur le sable de la piste des Lions, y laissant un slip en dentelle blanche accroché à une branche, afin qu'à l'aube, et en selle, le souvenir de cette nuit m'asticote.

Faire l'amour était la chose la plus importante. Enfin presque, car à choisir, je préférais encore gagner des courses. Mais nous en avions sans cesse envie et, lorsque les parents de Jessie s'absentaient, nous prenions notre temps, nous accordant aux heures douces de la nuit, enlacés sur le canapé, nos corps à corps inspirés par la voix en boucle de Leonard Cohen et le va-et-vient perpétuel d'une vague enfermée dans un rectangle de verre, hypnotisant gadget.

Jessie avait beaucoup d'imagination, et des désirs à concrétiser : elle voulait « le faire » dans un hôtel, en laissant la porte ouverte, ou dans le couloir ; dans un train, couchettes et couloir, et toilettes, et compartiment ; au restaurant, où elle nous voyait barbouillés de homard, de mayonnaise ou de profiteroles ; sur un parking, entre deux camions, rétroviseurs dirigés vers nos silhouettes amarrées...

Et puis, elle aimerait se faire prendre dans le box d'un pur-sang, un étalon, comme Grandier, « pour le voir fou de désir, ça me rendrait dingue ! ». Cette dernière envie n'était pas réalisable. « Pourquoi ? Dis-moi ? Tu te dégonfles ? »

Non, je ne me dégonflais pas, mais Grandier... « Par-derrière, dis, ça te plairait pas ? En levrette ? »

Si, cela me disait... Mais je détournai la conversation ; le travail, les chevaux, les hommes. Elle affectionnait cet univers mystérieux dont le cœur était le quartier du bois Saint-Denis, fief des écuries de courses et but de ses promenades pour tromper son ennui, aimantée, faisant fi des mises en garde de sa mère à propos des lads, « des voyous, débauchés, ils sont sales et puants, lubriques ». Elle, les trouvait drôles, insouciants, mignons, à croquer. Ils avaient de l'épaule, de larges mains, des cuisses dures comme des étaux, en cerceaux, et ils portaient bien le blue-jean, me dit-elle un jour en rougissant, mutine. Ils sont sexe, avait-elle ajouté en se mordant les lèvres, me les cédant bientôt.

La vengeance de Butch Cassidy

Ce dimanche de mai à Evreux, les trois courses plates du programme m'attendaient, les autres épreuves étant réservées aux trotteurs. Mes partenaires : deux deux ans, une pouliche nommée Violette des Bois, un mâle, Zutalor, et entre les deux, un trois ans, Butch Cassidy, que j'avais déjà monté lors de ses trois premières courses, avec l'obligation de le tirer. Les ordres étaient similaires : ne pas gagner. Obtenir la deuxième place devenait la meilleure alternative.

Mais je n'avais nullement l'intention de monter aux ordres. Aujourd'hui, j'étais décidé à gagner. J'avais le cheval pour, et je gagnerais ! De plus, Butch Cassidy me rappelait Copernic, mon premier gagnant. Après cette victoire, Copernic avait gagné un handicap, haut le paturon. Il avait ensuite disputé une épreuve plus importante, mais, en abordant l'ultime ligne droite, il s'était écroulé dans le peloton, victime d'une embolie pulmonaire, jour funeste de fortes chaleurs.

Butch Cassidy progressait de course en course. Selon l'expression chère aux turfistes, il était sur la montante. La dernière fois, malgré une troisième place contrainte, il avait affiché une nette supériorité sur ses rivaux.

J'étrennai mon permis de conduire au volant de la 4 CV, accompagné par deux passagères, ma mère et Ginette, sa meilleure amie, toutes deux endimanchées.

A cette collègue de travail, coloriste chez Alexandre de Paris, j'avais dit, sans préciser les recommandations contraires de Jeannot : « Je vais gagner avec Butch Cassidy ! Mise ta fortune sur nous. »

Pour rester déterminé, je pensais à Venturi. Le Toulousain venait de signer une autre victoire pour W. Jr., à Longchamp, Mecque des hippodromes.

Avec deux forfaits de dernière minute, la compétition de Butch Cassidy ne réunissait plus que six partants. Dans ces conditions, il devenait difficile, même avec beaucoup de doigté, de tricher sans être aperçu, pensai-je pour me déculpabiliser. Solide poulain bai, Butch Cassidy était du genre volontaire et brillant.

Dès le lâcher des élastiques, je pris d'autorité la direction de l'épreuve et tassai le peloton au premier tournant pour régler le train à ma guise, pépère, dans une allure d'entraînement. Dans la ligne opposée aux tribunes, un seul concurrent paraissait en mesure de me suivre. Les autres ahanaient, battus. Léger, vif et heureux de galoper, Butch Cassidy était le plus fort. J'avais le soleil dans les yeux et la crinière me battait les joues. Je rendis doucement des rênes, ma monture accéléra, trop contente d'avaler l'air à pleine vitesse, et nous filâmes, léchant la lice du dernier tournant, seuls en piste. C'était gagné ! Les autres avançaient comme des rats morts.

A une centaine de mètres du poteau, je me retournai : le maigre peloton patinait à l'entrée de la ligne droite ! Je saluai la foule dispersée dans les vieilles tribunes en bois, et, à leurs robes printanières, je reconnus ma mère et Ginette, elles sautaient de joie. La mienne était indescriptible. Je trouvais très excitant de vivre les événements tels que je les avais imaginés. Chaque seconde se dégustait, le paradis sur terre ne pouvait pas être ailleurs que sur le dos des chevaux.

Je lui flattai l'encolure, l'embrassai en jouant avec l'une de ses oreilles, et nous posâmes, joue contre joue, pour l'unique photographe de la réunion. En nous cadrant, il me demanda lequel de nous deux était le plus heureux. « C'est ton patron qui va être content et fier de toi », me dit ma mère qui ignorait les consignes de W. Jr.

Un sauveur impromptu

Je ne vis le patron que le surlendemain de la victoire de Butch Cassidy. C'était jour de galops, premier lot sur les pistes ombragées des Lions.

Les « W. » tournaient en rond, dessinant l'ovale d'un manège. Les mors cliquetaient dans la touffeur du petit matin, les cuirs grinçaient, quelques cavaliers s'observaient en tournant. Au centre, le patron avançait, accompagné de Hippopo. De mauvais poil, il feignait de ne pas remarquer le salut de ses employés. Il en appela plusieurs en couplant leur nom à celui d'un cheval, dont moi : « Bastide ! Millenium ! »

Je passais juste à ce moment derrière son dos sur Tender Boy, sautais de selle pour l'échanger contre Millenium. Jeannot m'intercepta :

— Qu'est-ce que t'as fait dimanche à Evreux ?

— Quatrième avec Violette des Bois, débordée durant tout le parcours, elle soufflait beaucoup après, troisième avec Zutalor, bien couru, mais il a été lent à trouver le rythme, et Butch Cassidy a gagné, facile.

— Gagné ?

— Oui, j'aurais pas pu l'empêcher...

— Tu es satisfait ?

— Pas vraiment...

— Tu n'es pas le seul.

— Il était au-dessus du lot, monsieur, c'était une course de chiens, on n'a pas dépassé le canter.

— Dépêche-toi de te mettre en selle, dit-il cassant.

Il paraissait sceptique et je savais qu'il bondirait quand il lirait le résultat dans le journal. La distance entre Butch et son suivant immédiat n'avait pu être mesurée en longueurs tant elle avait été importante. Les commissaires de courses avaient noté « Loin », soit plus de quinze longueurs. En réalité, il y avait eu près de deux cents mètres d'écart.

La sanction ne tarda pas : je ne revêtis pas les couleurs durant trois semaines et, lors des galops, Williamson me confia les chevaux à problèmes. En somme, il me faisait payer mon audace.

Je pensais que c'en était terminé de mes espoirs, lorsqu'un matin Bébé m'apprit que je monterais le dimanche suivant à Lyon un nouveau pensionnaire de l'écurie, Pow Sils, un sprinter. Devant mon étonnement, Bébé dit :

— Tu peux remercier Venturi.

— Et pourquoi ?

— Le jour où t'as gagné avec Butch, Venturi devait monter à Elbeuf, Picquesous. Tu te souviens ?

— Oui, son cheval s'est blessé dans le van, il a pas couru...

— Eh bien, Venturi a été aux courses d'Evreux et il t'a vu gagner.

— Ah... Alors ?

— On était ensemble dans le bureau du patron pour recevoir les ordres et, comme il cherchait quel jockey lyonnais pourrait monter Pow Sils, Venturi a soufflé ton nom. Le patron grogne, « pas question », tu le connais, et dit que tu ne l'écoutes plus. Sur ce, Venturi répond que tu ne pouvais pas faire autrement sur Butch Cassidy, les commissaires auraient vu que tu le bigornais.

— C'est sympa de sa part.

— J'crois que c'est un chic type, poursuivit Bébé en pansant son cheval : il est droit.

— Ça change du taulier.

— A propos, en déclarant ta monte, il a dit : « Je lui donne une chance de se rattraper. La dernière ! » Fais gaffe, Rico Bastide, si le patron est pas du genre à dire ce qu'il fait, il fait toujours ce qu'il dit.

Le dimanche, sur l'hippodrome de Lyon-Parilly, vêtu d'une casaque rose à épaulettes marron, je remportai d'une courte encolure l'épreuve la plus importante de la réunion.

Mais la routine reprit, les ordres étant, une fois sur trois, de donner un galop d'entraînement public aux pur-sang qui m'étaient confiés, façonnage discret en vue d'un handicap choisi, où les initiés feraient de gros paris, peu risqués et juteux.

Les Aigles et la flèche

Lady Love entamait l'été de ses deux ans. Elle avait gagné quelques centimètres au garrot, s'affinait. Sa robe isabelle, au poil fin et ras, s'enluminait de bronzes et d'ors entremêlés. Elle fleurissait, débordante d'énergie.

Depuis les premiers temps où d'autres l'avaient montée avec plus ou moins de déboires, j'étais devenu son unique cavalier et son lad attitré. Cette exclusivité était pour moi la source d'une grande fierté. Non seulement sa beauté tranchait sur les autres, mais j'avais su utiliser son caractère entier et farouche, ce qui impressionnait la galerie.

Ainsi, j'en avais fait la plus parfaite cabreuse de l'écurie. Une pression sur un point connu de moi seul, et hop, Lady Love s'élevait d'un coup dans les airs, telle une danseuse étoile, un astre, verticale, au point extrême de basculement vers l'arrière, tête projetée par-dessus son encolure. Hilare, je toisais les autres cavaliers qui n'aimaient pas nous savoir auprès d'eux, car nos figures imprévisibles semaient la zizanie, provoquaient chutes et incidents. Ils m'injuriaient, disaient de me casser avec ma chèvre, ma pisseuse ou ma brêle. Vexé, je les chambrais, les traitais de chiasseux, et retournais en bout de file, persuadé que Lady Love et moi, si bien accordés, suscitions l'envie. D'ailleurs, lorsque nous croisions une écurie adverse, je saisissais les regards des cavaliers, où s'entremêlaient convoitises, compliments et approbations. Lady Love attirait l'œil, emballait les cœurs, tous les cœurs.

J'étais de plus en plus toqué d'elle, et elle n'était pas loin de l'être autant de moi.

J'étais moins fiérot quand il s'agissait d'aller galoper les deux ans sur le gazon des Aigles, au lieu-dit « Les Drapeaux », et son bosquet d'arbres isolés au centre de l'immense étendue de verdure. Je n'avais jamais aimé cette piste, surtout avec les deux ans, chevaux joueurs, indisciplinés pour la plupart. Le parcours présentait de nombreux risques. Nous passions par le quartier du bois Saint-Denis, remontions ses rues bitumées, en selle, impression savonneuse lorsque les poulains se prenaient des lubies, puis traversions la nationale après quelques attentes épiques car il était ardu de policer la circulation. Ces obstacles franchis, les poulains pénétraient sur le terrain des Aigles et son immense steppe gazonnée. L'apparition de cet océan d'herbes rases où tous ne tarderaient pas à galoper les rendait ivres.

Cependant, les gamelles les plus mémorables survenaient quand il fallait rejoindre le bosquet d'arbres au centre du gazon perlé de rosée. Les jeunes pur-sang n'y tenaient plus et composaient des figures libres aussi créatives qu'aléatoires. C'était le passage de la mort, la ligne Maginot des cavaliers en herbe, le moment où chacun rallongeait sa longueur d'étrivières.

Ramassé sur le garrot de sa monture, seul un cavalier restait imperturbable, ne changeait rien à sa monte extrême : José Venturi.

Cette aisance à cheval me décontenançait. J'espérais qu'il serait désarçonné, mais un truc invisible le scotchait à la selle. Irrité, je relevais le défi et raccourcissais mes étrivières de trois trous, même sur le dos de Lady Love dont la révolte, ces matins-là, était atomique. Elle se blanchissait d'une écume onctueuse, les naseaux dilatés, mauve et lie-de-vin, pupilles dardées aux huit vents.

A tourner trop longtemps autour de l'îlot d'arbres dans l'attente du patron, je redoutais de la voir griller son influx. En réalité, elle brûlait son énergie dans la première partie du galop. Il lui fallait tout donner dès les premières foulées. Arc-bouté sur elle, j'avais beau la retenir, elle se battait contre ma main, voulant coûte que coûte devancer ses rivales, filer loin devant. Ainsi, butée sur le mors, il était impossible de la raisonner. Elle tirait comme un treuil, l'expression lui allait comme un gant, et si je parvenais à ce qu'elle ne jette pas tout son jus en un suicidaire élan, quel arrache-cœur, car à l'instant de l'effort final, elle était comme dissoute, épuisée par son combat avec moi. Je l'aurais bien laissée galoper à son envie, mais je craignais de « l'user », qu'elle perde son cœur à l'entraînement, qu'elle ne vaille plus un clou pour la compétition.

Une fois, pour voir, je ne l'avais pas contrainte. Quelle jouissive sensation cela avait été de la laisser glisser face au soleil levant comme si elle désirait l'atteindre, ses longues foulées d'encre, compas diabolique qui déchirait le matelas de brume assoupi, et l'affolait à l'arrière de sa croupe en de tourbillonnantes volutes. Sentiment de chevaucher un bolide, un avion de chasse, brûlant de vie, destructeur.

Au retour de ces courses éreintantes, quand je la bouchonnais avec son chiffon de feutre préféré, je l'interrogeais : pourquoi es-tu si folle, si têtue ? Quels sont tes cauchemars ? Ses oreilles pivotaient, m'écoutaient, elle me regardait et, d'un coup, relevait la tête, captée par un point au loin, indéfinissable. Reprenant le pansage, je la tirais de sa rêverie, électrisais sa robe qui s'enflammait sur le béton terne du mur.

Un matin, après avoir fait un demi-train ensemble, José Venturi sur Casse-Noisette, moi sur Lady Love revenions au pas vers le groupe des « W. ».

Je m'étais battu avec la bouche de ma jument. Elle sautillait, nerveuse, en soufflant de grandes salves vers le sol.

— C'est une pure, ta jument ! Qu'est-ce qu'elle est belle, dit Venturi, admiratif.

— Pure et sauvage, t'as raison. Mais à travailler en paquet, c'est un enfer.

— Une fois, tu l'as laissée galoper. Tu nous as tous enfumés.

— Je le fais plus, je veux pas la tuer.

Venturi avait les yeux mouillés par la vitesse et le bout du nez aussi rouge que le pompon de sa casquette.

— A propos, merci pour ce que t'as dit au patron au sujet de Butch Cassidy.

— Oh, c'est rien, j'ai dit la vérité.

— Merci quand même, t'étais pas obligé.

— J'aime pas l'injustice.

Des colonnes de fumée s'échappaient des naseaux dilatés et des flancs levrettés de nos deux pouliches. Nous marchions côte à côte, sans les empêcher de se frotter l'une à l'autre.

— Je peux te dire quelque chose ?

— Hum...

— C'est à propos de ta jument.

— Vas-y toujours.

— Tu devrais la laisser galoper, c'est une dominante. Laisse-la les rênes dans le vide, elle n'ira pas plus vite, au contraire, elle t'écoutera.

Je ne dis rien, séché par son analyse, un peu agacé qu'il me dise ce que je devais faire. Il avait le cheval dans le sang, et de l'œil. Mais merde ! pensai-je, jaloux, c'était ma pouliche, moi seul savais ce qui était bon ou pas pour elle. Est-ce que je me permettais de lui donner des conseils sur sa monte, à mon avis trop courte ? Lady Love, il ne la connaissait pas, il ne l'avait même jamais montée. Pouvait pas aller balayer devant son box !

Ouvrir la porte

Jour de courses à Fontainebleau : nous montions dans la même épreuve, moi pour Williamson, Venturi pour Maurice Zilber.

Mon cheval, Nikiforos, avait été acheté l'an dernier aux ventes de yearlings par W. Jr., trois cent mille francs. Après six courses obscures, on savait qu'il ne rembourserait pas le dixième de cette somme. Joliment fait et médiocre, cet alezan à la peau de pêche ne pensait qu'à faire l'idiot. La partie s'annonçait rude : vingt-neuf partants, et Nikiforos avait tiré le vingt-trois à la corde.

Il ne voulut pas rentrer dans sa stalle de départ, n'apprécia pas d'être poussé par les hommes de main, fit l'imbécile, se cabra, secoua les starting-gates, voulut passer dans la stalle voisine occupée par une pouliche et, lorsque les portes s'ouvrirent, il y resta quelques secondes de trop. J'en profitai pour le dévier vers la corde où il put regagner de nombreux rangs dans le dernier tournant.

Au début de la ligne droite, la bataille faisait rage, les vingt-neuf partants se bousculaient, cherchaient leur jour et, Nikiforos, calé à la corde, progressait toujours. Je commençais à y croire lorsque le passage le long de la lice se ferma. J'étais coincé, entouré de chevaux battus. Pour une fois que Nikiforos était décidé, ce n'était pas de veine. Devant nous, je reconnus la casaque portée par José Venturi. Il poussait sa monture comme un beau diable mais celle-ci paraissait être au bout du rouleau. Je ne pus m'empêcher de crier : « José, José, ouvre ! J'suis plein de gaz ! »

Et Venturi déporta son cheval vers la droite, « m'ouvrant la porte ».

Aussitôt, je fis un appel de langue aux oreilles de Nikiforos : il s'engouffra dans l'étroit passage, dépassa le cheval de Venturi, et fila à la poursuite des fuyards – il avait mangé du lion – qui luttaient pour la victoire.

Nous finîmes à la vitesse du vent, il y eut photo à l'arrivée.

Alors que les chevaux ralentissaient, Venturi vint à mon côté :

— T'as gagné ?

— Non, deuxième, il m'a manqué une foulée.

— Ah, merde ! De derrière, je croyais que tu avais pu le faire.

— Merci de m'avoir ouvert la porte.

— Normal, t'en aurais fait autant. Ça m'aurait fait plaisir que tu gagnes pour W.

Je le regardai. Nul sourire, aucune mimique. Il paraissait sincère. Comment pouvais-je encore en douter après cette deuxième preuve de bonté ? Je m'en voulais de l'avoir détesté au début, d'avoir été injuste.

Dans les vestiaires, je l'observai. Il était sur le banc, changeait de casaque, puis il se pesa avec la selle, ajusta sa toque, sa broche, et se rassit à sa place, isolé, ne prêtant aucune attention aux jockeys qui s'agitaient ou plaisantaient à ses côtés. Il étudia le programme, et, quand il releva la tête, ses yeux clairs étaient lointains. Il se comportait de la même façon qu'à l'écuric, silencieux, effacé, triste. Dans un peloton, je l'avais constaté, il était tout aussi discret, mais savait si besoin jouer des coudes et prendre de vitesse ses rivaux.

Il s'aperçut que je le considérais et, malgré son air de chien battu, esquissa un sourire. La seconde d'après, ce garçon énigmatique avait le regard absent.

Après la réunion, je l'invitai à venir dîner chez ma mère. Le trajet jusqu'à Paris fut assez morne. Il regardait la route, le paysage, peu enclin à discuter.

— T'es de Toulouse ?

— Ouais.

— T'es né là-bas ?

— Non.

— Je croyais.

Deux kilomètres plus tard :

— T'es né où alors ?

— A Fumel.

— Fumel ? C'est où ça ?

— Pas très loin d'Agen.

— Comme Saint-Martin, alors ! Et t'as grandi à Fumel ?

— Non.

— Ah !

— ...

— Ben alors, où t'as passé ton enfance ?

— En Dordogne.

— Où ça ?

— Tu peux pas connaître.

— Dis toujours.

— Au Got.

— Ah ouais, ça me dit rien.

— Normal. Personne connaît.

— Y a une gare ?

— Oui, enfin, un passage à niveau plutôt. C'est un trou. Fumel, à côté, c'est New York !

— Alors y a une gare à Fumel ?

— Ben ouais, qu'est-ce que t'as avec les gares ?

— Je sais pas, j'aime ça, les trains, l'odeur des cailloux sous les rails, les passages à niveau, les panneaux qui disent « attention, un train peut en cacher un autre ».

Je lui racontai que plus jeune, comme les Indiens, je posais mon oreille sur le rail pour entendre la venue des trains. Je montais aussi dans ceux restés à quai. Je visitais les compartiments vides, restais des heures à fixer les photos de la France encadrées au-dessus des sièges, et, lorsque je me lassais de voyager sur place, je montais dans les trains de marchandises, fermais le wagon, et attendais qu'il démarre pour ouvrir de nouveau la porte coulissante et contempler, bercé par le roulis, la campagne qui défilait.

— Comment tu revenais ?

— Oh, je sautais du train quand il roulait doucement, sinon j'attendais qu'il s'arrête. Dans les gares de marchandises, ils manipulent beaucoup les wagons.

J'adorais. Je jouais à l'espion, prenais garde de n'être pas vu par les cheminots. Une fois, je me suis retrouvé dans un train de marchandises lancé à fond. Impossible de sauter. Je suis descendu dans une gare à cinquante kilomètres de chez moi. Ce sont les gendarmes qui m'ont ramené.

— Et tes parents, qu'est-ce qu'ils ont dit ?

— Je sais plus trop bien. Mon père, j'crois qu'il s'en foutait un peu, il bossait et voulait pas que je sois dans ses pattes. Il avait un salon de coiffure.

A table, comme d'habitude, ma mère se montra curieuse. Elle interrogeait mon nouveau camarade. Je craignis qu'il la trouve trop indiscrète, mais lui ne se démontait pas, toujours laconique dans ses réponses, même quand il était question de ses parents.

— Un papa entraîneur, c'est bien lorsqu'on veut devenir jockey ?

— Hum.

— Et il est connu ?

— Non, à peine.

— Ça peut venir.

— Je crois pas.

— C'est pour ça que vous êtes venu à Chantilly, vous n'aviez pas trop de perspectives sur Toulouse ?

— Oh ! Mais on dirait que t'es de la police, interrompis-je ma mère. Laisse-le, il peut même pas manger.

— Mais je m'intéresse, c'est si dur de percer dans ce métier. Pardonnez-moi...

— C'est rien, madame. Mon père n'a qu'une quinzaine de chevaux, ils ne sont pas très bons. Je suis venu chez Williamson pour monter en course plus souvent, m'améliorer. Chantilly, c'est le haut niveau.

Sur la route de retour, il me dit qu'il avait trouvé ma mère drôlement sympa.

— Je vais pas te contredire. Elle est super avec moi, juste un peu trop inquiète et curieuse.

— C'est normal. Tous les parents sont comme ça.

— Mon père, non, il s'inquiète pas pour moi.

— Tu le regrettes ?

— Non. Enfin, oui, un peu, c'est pas que je voudrais qu'il s'inquiète pour rien, tu comprends, qu'il ait peur...

— Pour rien ?

Les phares des voitures en face balayaient son visage. Il me fixait avec intérêt.

— Pas comme ma mère je veux dire. Quand je monte, ma mère est malade. Ça me retourne l'estomac de la voir dans cet état.

— Et ton père ?

— Il vient pas aux courses mon père. Il m'a jamais vu en casaque. Toi, tu as de la chance, il a vu toutes tes courses.

— Non, pas une seule.

— Comment ça ? Tu m'as dit qu'il était entraîneur...

— C'est pas mon père. Juste mon beau-père.

— Ah ! Et ton beau-père, il est fier que tu sois chez Williamson ?

— Je crois pas. C'est moi qui suis parti de chez lui.

— Pourquoi ?

Il ne me répondit pas. Il regardait la route, ou la nuit, les platanes sur la droite, je ne savais pas. Il était ailleurs, seul dans ses pensées.

Je le déposai devant la cour du Haut, là où était sa chambre au-dessus des boxes. Au moment où il allait refermer la portière, je me penchai et lui dis :

— Bon, j'ai un peu fait la gueule quand t'es arrivé...
— ... ?
— Ouais, j'étais jaloux, mais aujourd'hui, je suis content que tu sois chez les W
Il m'observa, puis sourit.
— Moi aussi, je suis content de te connaître. A demain.

Le sourire de Deforge

Au cœur de l'automne, les tribunes bleutées du champ de courses d'Evry donnaient un air lagon à cette journée morne, humide et brumeuse.

En arrivant dans le rond de présentation pour recevoir les ordres du patron, je la vis au premier coup d'œil. Son toupet et sa crinière fraîchement taillés lui donnaient un petit air Louise Brooks. Lady Love était toute vibrante, le garrot et le col dressés, ouvrant ses grands yeux noirs aux alentours.

Le patron me demanda de la monter à l'arrière-garde, « bien calé le long du rail puisque tu as l'As à la corde. Apprends-lui à respirer, à comprendre ce qu'on attend d'elle. Ne cherche pas à finir dans les trois premiers ». Ça devenait une rengaine.

Je me dirigeai vers elle. Elle me regarda, ou plutôt, les scintillements de ma casaque. Je lui caressai les naseaux et dis : « Là, ma belle, c'est moi, tu es très très jolie aujourd'hui. » Elle me renifla tout en me dévisageant. Je glissai la main le long de son encolure, la portai sur le pommeau de la selle et hop, je fus sur son dos. Aussitôt, elle sautilla en dansant sur place. « Fais-la marcher », ordonnai-je à José qui la tenait en longe. Je lui avais demandé d'être son lad et il avait accepté. Lady Love, ma belle, ma reine, était un peu mouillée à l'encolure. Elle débutait et j'étais son jockey. Je n'en revenais pas. Le rêve. « Mon cœur, mon cœur, ne t'emballe pas », dis-je en mon for intérieur.

Ma pouliche s'élançait des boîtes à une vitesse foudroyante, je l'avais éprouvée lors de ses trois essais à l'entraînement. Si le fait de débuter ne perturbait pas ses automatismes, elle giclerait de même, alors, je la laisserais galoper et ses concurrents ne la reverraient pas. Je n'imaginais pas le contraire, car quelques jours auparavant, pour son travail avec Pastèque, une excellente trois ans menée par Venturi, nous avions échafaudé un scénario trompeur. Il y avait un brouillard à couper au couteau, et personne pour nous voir. Au lieu de nous élancer ensemble, j'avais laissé à Pastèque une centaine de mètres d'avance. Six cents mètres plus loin, Lady Love l'avait rejointe et j'avais eu le plus grand mal à ne pas la perdre en chemin. José et moi avions été sidérés par autant de vitesse et de précocité, et par le fait qu'elle soit supérieure à une pouliche d'un an plus âgée qu'elle. Grâce au brouillard, José et moi étions les seuls à le savoir.

A mesure que nous marchions, j'entendais les commentaires du public : « Oh, c'est un joli nom ça, Lady Love » ; « Montée par un apprenti, ça doit pas valoir grand-chose ! » ; « Hé, Bastide, t'as une chance ? » ; « Mon Dieu, ils sont tous beaux ces chevaux ! ».

Nous fûmes les premiers à fouler le gazon de l'hippodrome. C'était une vraie chance, car il y avait vingt-sept partants, et Lady Love, découvrant la piste pour elle seule, ne tirait pas pour se rendre au départ. Voilà, nous étions unis, lâchés vers notre destin. Le dialogue subtil tissé tout au long des mois passés se poursuivait dans une nouvelle aventure commune, la plus violente et pure qui soit. La connaissance que nous avions l'un de l'autre nous donnait un avantage sur la concurrence. Les autres couples avaient peu de temps pour s'accorder au micux, s'écouter, se rassurer, se gonfler le moral, et cette brièveté faisait tout le sel de la relation, car ce qui s'y nouait ou pas, avait parfois des incidences déterminantes sur le résultat de la course.

J'aimais ces minutes qui précèdent les départs. Dès le moment où nous étions lâchés sur la piste, même si je savais ma casaque observée depuis les tribunes, plus personne ne pouvait intervenir sur notre couple. Bercés dans le staccato de nos cœurs à l'unisson, nos peurs et nos espoirs n'appartenaient qu'à nous, n'avaient rien à voir avec ceux des propriétaires, des entraîneurs ou des turfistes. Canter d'échauffement, intense allure où j'éprouvais le sentiment d'être seul maître à bord, dégustant la puissance du partenaire, sa musique imparable et profonde, palpitante. D'autres fois, je vivais la sensation d'être emporté dans un tourbillon où je n'agissais sur rien, passager clandestin d'un rêve grisant dont j'espérais le terme heureux.

Avec son numéro de stalle le plus proche de la corde, Lady Love fut la première à pénétrer dans les starting-gates. Devant ses oreilles pointées : les douze cents mètres de la distance à parcourir, gazon vierge, souple à point, un vrai billard. Elle trépignait sur place, sursautait d'être à l'étroit, d'entendre le bruit des portes que l'on refermait, palpait cette inquiétante et merveilleuse montée d'adrénaline qui précède l'épreuve.

Les hommes en blouse grise qui aidaient à la mise en place des acteurs plaisantaient avec les jockeys. Excepté les profils de déménageur dont le travail consistait à « pousser » les chevaux récalcitrants au fond de leur stalle, les autres, une longe en main pour conduire et précéder les pur-sang dans leur couloir, étaient d'anciens jockeys, ou plus souvent d'ex-lads, des hommes de métier. A chaque départ de course, ils retrouvaient ces mômes qu'ils avaient connus quelques années auparavant quand ils débutaient dans la profession de jockey. Leur existence n'était plus la même, leurs espoirs non plus. Mais les souvenirs de travail en commun qu'ils évoquaient avec ceux qui aujourd'hui portaient la tenue soyeuse de centaure restaient intacts. Leurs propos et leurs plaisanteries ponctuées d'éclats de rire sonnaient un air tendre de nostalgie. Ceux qui dorénavant seraient toujours à terre n'avaient plus les mêmes attentes, mais ils savouraient les craintes ou les bonheurs perçus dans les yeux des jockeys qu'ils menaient par la bride. Ils vivaient une part de leur rêve d'antan.

Puis, il y avait cette seconde de silence gonflée à bloc, pesante et vertigineuse à la fois, qui survenait juste après que le dernier concurrent eut pénétré dans son couloir de départ. L'ultime homme de main s'extrayait de sous les portes avant des starting-gates, courait se mettre à l'abri et, la seconde d'après, le starter délivrait les chevaux avec un bruit assourdissant, celui des portes s'entre-cognant. Jaillissements simultanés de robes et de casaques chatoyantes, dix mille volts de muscles tendus soudainement déployés, une envolée aux couleurs de la vie, tranchante, violente, nous étions libres, enfin.

Gazelle et panthère à la fois, Lady Love avait giclé à m'en couper le souffle. D'un coup d'œil, j'évaluai notre avance, une demi-longueur sur la ligne de poitrails lancés. Un seul adversaire, à l'opposé de cette ligne de pur-sang, s'était éjecté aussi vite qu'elle. Ses couleurs, bleue à toque bleu ciel, casaque Wildenstein et parure de Saint-Martin. Mon cœur s'emballa : dans les vestiaires, la multiple cravache d'or avait dit à l'un de ses confrères qu'il débutait une future championne. Paolina était son nom.

Ce n'était pas le moment d'être impressionné, je me concentrai sur ma jument, son encolure, la lice blanche qu'elle léchait, et le disque rouge à près de mille mètres de là, en somme pas grand-chose, une cinquantaine de secondes tout au plus. Lady Love découpait l'air, sifflait un son jamais entendu jusqu'alors, et m'emportait sur son dos, brûlé par le vent, ce zéphyr qu'elle inventait. Elle était folle, farouchement folle, limpide et sauvage, belle, tendue, flèche d'amour et de mort. Dévastatrice, elle déroulait le gazon à ses sabots, en accéléré, et jusque dans mes mains, le cœur de la terre résonnait, chantait le tendre de l'existence.

Je perçus les naseaux de Paolina à sa croupe. Le grand talent d'Yves Saint-Martin opérait : le crack jockey était parvenu en un minimum de temps à se rabattre vers la corde sans gêner ses concurrents. Cela corsait mes affaires. Il s'était emparé de l'abri rêvé à l'arrière de Lady Love. Sa pouliche devait réellement être très bonne. Associée au meilleur cavalier, cela faisait un joli couple, redoutable.

Il restait six cents mètres de course à couvrir et je sentis que le premier jockey des Wildenstein allait faire démarrer sa partenaire de loin, sûr de son fait, confiant en ses possibilités. Mais je me tenais prêt pour la réplique, mon cœur volait, ma Lady s'en chargeait à merveille.

A peine venions-nous d'effacer le poteau indicateur « 500 mètres », que les naseaux de Paolina s'inscrivirent dans mon champ de vision, son chanfrein juste à la hauteur de la sangle de Lady Love. J'exerçai une pression plus ferme sur les rênes et, sans prendre la peine de me ramasser sur la selle, j'émis un baiser sonore aux oreilles de mon isabelle. Elle s'étendit aussitôt. Le chanfrein de Paolina disparut, mais le bruit de ses foulées cognait toujours à mes oreilles. Il restait moins de deux cents mètres à parcourir. Fin renard, Saint-Martin attendit encore une bonne vingtaine de foulées avant de porter l'ultime attaque, incisive, fine et virile : l'épaule de Paolina fut contre mon pied. Je fis deux appels de langue, Lady Love changea de jambe et abaissa son encolure à l'horizontale. A chacune de ses foulées, Paolina reculait d'un cran. La pouliche Wildenstein n'abdiquait pas, mais elle était dominée. C'était au tour de Saint-Martin de constater à quelle drôle de rivale il avait affaire. Sagement, il se releva à quelques mètres de la ligne d'arrivée, Lady Love la franchissant déjà, propulsée à près de soixante-dix kilomètres heure avec, sur son dos, le nez dans ses crins, mézigue souriant, éperdu de bonheur, le corps empli d'azur par cette chevauchée fantastique.

Je venais de vivre l'éclosion d'une véritable championne, comme jadis mon idole, Jean Deforge sur Soleil. J'en étais maintenant assuré. Et cette étoile filante, je la considérais comme mienne.

Je la laissai galoper pour la décontracter et éviter que des chevaux finissent leur course dans sa croupe, tout en lui disant des mots doux, « ma merveille, mon miracle ». Je ne cessais pas de la remercier. Je la mis au trot, puis au pas. Élevée sur ses membres de cristal noir tel un point d'exclamation, une calligraphie dans les airs, elle dressait ses oreilles, et son profil épuré transpirait l'étonnement. Ses flancs se creusaient et s'arrondissaient, elle expira un grand coup, soupira une fois, elle soufflait à peine.

Il me fallait faire demi-tour, regagner au canter les tribunes, l'enclosure, la place des vainqueurs où nous attendait Jeannot Williamson, à coup sûr furieux. Sans parler des badauds, des journalistes hippiques, des grognons et des méprisants, l'éternelle clique des grimaçants et autres critiqueurs. Je chassai cette vision durant l'ultime canter de retour, repris ma Lady pour savourer notre union. Elle m'arrachait les bras, prête à recourir, et dans ses crins, j'enfouis mes joues rougies, ma face trempée de sueur éclairée par un sourire plus pimpant qu'une tranche de pamplemousse.

Le lendemain, je ne me lassai pas de lire et relire le compte rendu de la réunion d'Evry dans le *Paris-Turf*, les quelques lignes sur notre victoire : « ... *Dans l'épreuve réservée aux pouliches maiden de deux ans, on attendait avec impatience les débuts de la représentante Wildenstein, Paolina, jolie baie précédée d'une rumeur flatteuse. Or, ce fut une autre inédite, Lady Love, de l'entraînement Williamson fils, qui remporta ce sprint de bout en bout. Pilotée par un apprenti, cette fille d'Abdos et My Sweet Love a résisté avec brio à l'attaque de la partenaire d'Yves Saint-Martin. Mais si la première n'avait pas bénéficié des 3,5 kilos et demi de décharge due à la monte de son jeune jockey, le résultat n'aurait-il pas été inversé ? Quant au reste du peloton, il n'en fut pas question, Charming Dream s'emparant de la troisième place à dix longueurs des deux premières qui nous ont révélé un joli brin de classe. »*

Je détaillai la photo d'arrivée. Lady Love y déployait une foulée de géante. Ma position était correcte, mais celle de Saint-Martin, même battu, était sublime, le dos absolument plat, chevillé à sa monture, le regard au loin, une position inimitable, parfaite.

Au pari mutuel, Lady Love avait rapporté 35 francs gagnant et 9,50 francs placé. J'avais joué 200 francs « à cheval » au PMU, en tremblant, car les jockeys n'ont pas le droit de jouer. C'était la première fois que je misais sur mes chances et cela me rapportait 4 450 francs supplémentaires. Ce serait la dernière fois aussi, car je compris vite que le patron, après Butch Cassidy, et maintenant Lady Love, ne m'offrirait pas une nouvelle occasion de le tromper. Pour lui, désormais, je ne montais plus aux ordres, n'en faisais qu'à ma tête, m'y croyais déjà, arrivé dans la cour des grands. Il ne pouvait prendre le risque de me confier d'autres pur-sang. Et si je lui étais utile pour préparer de futurs vainqueurs de handicaps, il n'avait pas besoin de moi pour gagner des courses. Avec Fillion et Ramus, il pouvait compter sur deux jockeys parmi les plus confirmés. Je n'avais ni leur talent, ni leur expérience, ce qui était compréhensible, mais que je n'aie pas leur sérieux était impardonnable. Puisque je me rebellais, je ne revêtirais plus l'habit de lumière. Lad, voilà tout ce que je méritais, c'est ce que j'avais lu dans son regard à ma descente de selle.

Je m'en fichais. Je n'avais d'yeux que pour ma belle aux parfums d'Orient. Une grande carrière s'annonçait pour elle, je le savais. On parlerait d'elle, elle me vengerait.

Le salaire de la peur

Notre victoire commune me berça tout au long des semaines suivantes jusqu'à ce qu'elle soit engagée à Saint-Cloud sur 1 500 mètres, corde à gauche. Or, elle n'aimait guère galoper à main gauche, du côté de son cœur. Celui-ci avait besoin d'air, de grands espaces, il lui fallait venir à l'extérieur pour marteler le sol à folles enjambées, ne pas sentir la pression d'une lice, d'un autre cheval contre cet organe de feu.

Cinq jours avant la course, Jeannot Williamson avait demandé à Georges Fillion de la galoper. Je compris que le jockey maison serait son prochain partenaire. Et pourtant, le travail sur l'hippodrome n'avait pas été convaincant, Fillion, fidèle à sa monte habituelle, l'ayant maintenue à l'arrière du petit peloton. La pouliche avait tiré comme une démente, gueule ouverte, blanche d'écume, s'était emmêlée les pinceaux, risquant de se faire de sérieuses atteintes aux membres. Le jockey vedette s'était fait peur. N'ayant pas de collier auquel se cramponner, il lui avait tenu les rênes trop courtes, et Lady Love s'était cabrée une vingtaine de fois. Percevant l'incompréhension et les craintes de ce nouveau jockey, elle en avait rajouté, peut-être bien affolée elle-même, et s'était battue avec les mains du cavalier, avait piétiné sur place, reculé, commis nombre d'écarts et transmis à ses compagnons de travail son extrême agacement. En termes de dépense physique et de stress, ce travail préparatoire valait bien une course publique. Il faudrait un certain temps à ces jeunes pur-sang pour se rétablir.

Le jour de l'épreuve, je me gardai bien d'expliquer au premier jockey de W. Jr., les choses à ne pas faire sur le dos de Lady Love. Quant à la façon de la mener, je lui révélai à l'instant où les jockeys se mettaient en selle : « A ta place, je la laisserais galoper comme elle l'entend, même si tu as l'impression qu'elle court au suicide. »

Fillion ne chercha pas à en savoir plus. L'encolure de la jument était munie d'un collier, il se sentait en sécurité. Sous prétexte que cet accessoire lui permettait d'avoir la main plus légère, il l'imposait à toutes ses montes. En fait, cette fine courroie placée autour de l'encolure était pour lui comme une bouée de sauvetage dès que les chevaux exprimaient leur trop-plein de vitalité. Il s'y cramponnait, statufié par la trouille.

Lorsqu'on l'a soi-même côtoyée, la peur est un spectacle fascinant. Quelques pas avant de les lâcher sur la piste, je vis le jockey se saisir du collier, le visage aussi blanc que l'était son breeches. Lady Love renâcla. Fillion n'était pas un mauvais jockey, loin de là. Il montait ses courses avec finesse et intelligence, mais, trop conscient des dangers de son métier, ses frousses lui jouaient de mauvais tours. En fait, connaissant son épouvante, qu'il affrontait chaque jour, à chaque course, je le trouvais très courageux. Cela devait être épuisant. Et sur le dos d'une pouliche comme Lady Love, invivable, même si je ne le plaignais pas.

Après avoir fait des difficultés pour se placer dans sa stalle de départ et retardé de plusieurs minutes l'horaire du programme, Lady Love s'élança comme lors de sa première course, telle une balle, prenant en un bond et une foulée une longueur d'avance. Pendu à ses rênes, Fillion la laissa faire un instant, mais, voyant qu'une concurrente lui disputait le commandement et énervait de plus belle sa partenaire, il choisit de la reprendre pour s'abriter derrière celle-ci. Alors, Lady Love leva la tête au ciel, s'acharna sur le mors et se dépensa en une folle bataille contre la main de son jockey. Au bord de la piste, j'en avais mal au cœur.

Elle se fit rejoindre par le reste du peloton qui bientôt l'enveloppa dans l'unique tournant. La dernière ligne droite était là et elle n'avait plus ses aises. Il lui fallut slalomer parmi les chevaux essoufflés. Elle se fit bousculer deux fois et réussit pourtant, grâce à sa classe, à s'emparer de la deuxième place à une demi-longueur de la gagnante. Nulle autre course n'aurait pu se passer plus mal pour elle.

En la ramenant vers l'enclos réservé aux cinq premiers, j'aperçus le coup d'œil glacial de Jeannot Williamson adressé à Fillion. Le jockey ne tarderait pas à en prendre pour son grade.

Tout en félicitant ma pouliche, je lui caressai l'encolure mouillée par la sueur.

Je passais le voyage de retour à sa tête, l'enserrant dans mes bras, observant dans son œil le soleil rouge qui se couchait, plein cadre dans la fenêtre du van.

La colère

Je venais de monter Auréole au premier lot, le meilleur espoir mâle de l'écurie, un trois ans appelé à disputer au printemps quelques-unes des courses classiques. Ma selle sous le bras, la fourche en bois et le sac de pansage calés sur l'autre épaule, je gagnai le box de Lady Love, ma monte du deuxième lot depuis un an maintenant.

Meyer balayait près du box de la pouliche. Je déposai mon attirail, ouvris les loquets.

— Non petit, tu montes Monomach, dit le premier garçon.

Il continuait de balayer sans me prêter attention. Je fis semblant de ne pas comprendre, attrapai le licol de ma pouliche et m'apprêtai à lui passer autour de la tête lorsque l'adulte dit :

— T'as les oreilles bouchées ce matin ? Je t'ai dit de prendre Monomach.

— Pour quelle raison ?

— Ça ne te regarde pas.

Déconcerté, je le regardai, il balayait, fixé sur son travail.

— Mais si, cela me regarde, c'est ma jument !

— Laisse-moi rire. Va mettre ton cul sur Monomach, c'est Grolander qui monte Lady Love.

— Ah non ! Pas lui ! Surtout pas lui.

Meyer arrêta son nettoyage, posa ses mains l'une

sur l'autre à l'extrémité du manche, un vague sourire aux lèvres :

— Si monseigneur Rico Bastide n'est pas d'accord, il peut aller au bureau des lamentations, chez le patron. Cette jument, tu l'as rendue dingue.

— C'est pas avec Grolander qu'elle se calmera.

Je n'aimais pas Monomach, et il me le rendait bien. Ce pur-sang, au demeurant conciliant avec n'importe qui d'autre, prenait un malin plaisir à me tourmenter, au box comme sur les pistes. Aussi haut que long, il était fort, puissant, tout en muscles secs, d'une extrême violence, intelligent, vicieux. En un mot, diabolique.

Je le préparais en m'efforçant de l'ignorer, ce qui était impossible, car il devenait insupportable, refusait de se déplacer du mur pour me laisser passer, ou me coinçait contre la mangeoire, cherchant à m'écraser, à me mordre ou me frapper. Je serrais les dents pour conserver mon calme, mais Monomach n'était pas dupe, car jamais je n'avais détesté un cheval à ce point, et sans cesse, il me titillait pour tester mes limites. Je vivais ce moment comme une injustice et une punition intolérable.

Dans les sous-bois et sur son dos, parmi les mâles de ce deuxième lot, je n'arrêtais pas de me retourner pour surveiller Grolander sur Lady Love à l'arrière du groupe. Je voyais qu'il la montait comme une pompe à vélo. Trop sur la main, il l'agaçait, l'empêchait de respirer. Elle faisait d'incessantes descentes de rênes, tiquait sur son mors, s'excitait, contrariée, sa robe tachetée de suées. Et avec elle, Grolander se butait, lui donnait des coups secs dans la bouche, poings et maxillaires serrés, jurant dans sa barbe.

N'y tenant plus, je fis demi-tour pour lui parler. Terrois m'ordonna de reprendre ma place parmi les mâles.

En traversant le pont du chemin de fer, les pouliches firent un chahut de tous les diables : demi-tours, bonds, coups de cul, proutant à tout va. Lady Love était au milieu du pont, verticale sur ses deux sabots postérieurs. Grolander s'accrochait à son collier, la tempe rougie par le coup d'encolure qu'il venait de recevoir. Elle se renversa, ils se relevèrent, il lui attrapa la bride rudement et elle se cabra encore. Il la lâcha, mais Gardon, en selle, parvint à saisir ses rênes. Grolander était blême, sauf à l'endroit du « coup de boule » reçu. On l'aida à se remettre en selle et, une fois dessus, sans rechausser ses étriers, il lui administra un coup de cravache sous le ventre. Lady Love cabra et se renversa de nouveau.

Ils se battirent ainsi durant toute la séance d'entraînement. Lady Love était moussue d'écume, trempée de la raie des fesses jusqu'à la pointe du toupet. Elle avait la bouche abîmée, saignait à la commissure des lèvres, jetait des regards effrayés aux alentours. J'avais hurlé et injurié Grolander. Hors de lui, il m'avait répondu que ma jument était une brêle, une chèvre qu'il allait mater. Et il avait continué à la monter en dépit du bon sens, fourbe, même s'il n'avait pas osé exécuter ses menaces. J'étais furieux, voulais lui péter la gueule, malheureux d'assister à cette boucherie sans pouvoir intervenir.

De retour à l'écurie, je dessellai Monomach et trottinai jusqu'au box de Lady Love d'où me parvenaient des bruits inquiétants. Grolander assenait des coups de fourche sur la croupe de ma pouliche. Sa tête cognait la paroi, ses sabots la raclaient comme si elle cherchait une issue pour échapper à l'agression. Elle était en feu.

Je me ruai sur Grolander et le tirai par les cheveux, le renversant d'un coup en arrière. Je fus sur lui à califourchon, mes mains sur sa gorge, et le traitai d'enculé. Il se débattait et se dégagea. On roula dans la litière en se cognant. Des brins de paille voltigeaient autour, la jument tournait sa croupe et ses sabots frappaient le ciment. Les coups de poing et de pied fusaient, à la tête, au foie, aux couilles, dans les genoux. Grolander était plus trapu, plus fort aussi, il prenait le dessus et d'un gauche m'envoya bouler aux postérieurs de la pouliche. Il se baissa pour ramasser la fourche, et quand il la leva pour me frapper, Lady Love lui décocha une terrible ruade. J'entendis le craquement d'une branche qu'on rompt. La fourche était entière, il la lâcha et sortit en se tenant le coude gauche, grimaçant de douleur.

Je retournai à la tête de la pouliche pour la détacher en lui parlant tout bas. Son corps brûlant sursautait et j'avais du mal à la calmer.

— Sors de là !

Meyer était dans l'encadrement de la porte, l'air menaçant, une mèche de ses cheveux en houppe rebelle.

J'ôtai le licol et sortis en surveillant du coin de l'œil le premier garçon. S'il avait levé la main sur moi, j'étais prêt à lui envoyer la chaîne du licol au visage. A quelques mètres, Grolander se tenait le bras en se plaignant d'avoir très mal. On le conduisit à l'hôpital.

Le lendemain matin, en vérifiant le tableau des montes du jour, je constatai, amer, que Lady Love ne m'avait pas comme cavalier. Sa fiche était sur le rang de Kamel. Ce Tunisien d'une vingtaine d'années vivait au-dessus des boxes avec Ali et Mabrouk, les Marocains. Il était bon cavalier, mais lourd et parfois violent. Je ne pensais pas pouvoir attendrir Meyer, mais je lui dis :

— Je veux bien monter cinq lots s'il le faut, mais je tiens à rester sur Lady Love.

Le responsable de la cour releva sa casquette sur le front et me jaugea.

— T'en as fait une pisseuse de ta pouliche. Elle a besoin d'être reprise en main.

— C'est faux. Elle serait inmontable si je n'avais pas fait tout ce boulot sur elle et vous le savez très bien.

— Tu tut, tu monteras Monomach au deuxième lot.

— C'est hors de question.

— Si t'es pas content, la sortie est par là.

Je tournai les talons, vexé. Il devenait complètement siphonné, les heures qu'il passait à balayer la cour lui ramollissaient le ciboulot.

Lors du premier lot, je demandai à parler à Jeannot Williamson. Il avait sa tête des mauvais jours et me dit « plus tard ».

— C'est au sujet de Lady Love, monsieur.

— Que se passe-t-il ?

— Meyer a mis Kamel sur son dos, et hier, Grolander lui a mis une avoine.

— Je verrai ça dans la semaine avec Meyer.

— Vaudrait mieux tout de suite, monsieur. La pouliche est cinglée. Si je ne la monte pas aujourd'hui, je m'en vais.

Il me dit de passer le voir à son bureau dès le retour du lot, ce que je fis. Je lui racontai ce qu'il s'était passé la veille, Meyer qui ne tournait plus rond, délaissait les soins aux chevaux, son manque de psychologie,

Lady Love qui était certes spéciale, mais que je canalisais.

Jeannot Williamson dépêcha son cousin vers la Petite Cour. Hippopo et Meyer discutèrent, le ton monta, des éclats de voix traversèrent la porte vitrée de la remise à pharmacie. Après un moment, Hippopo, rouge de colère, ressortit et m'appela :

— Dis à Kamel de prendre Monomach, et toi tu montes Lady Love. Dépêche-toi !

A partir de ce jour, Meyer ne m'adressa plus un seul mot.

Un amour d'étalon

Nous nous étions glissés dans le box d'Auréole. L'alezan brûlé laissait filer le temps en rêvassant, un brin de paille à la commissure des lèvres. Jessie était émoustillée. Depuis le temps qu'elle voulait faire l'amour dans un box, sentir l'odeur du cheval, voir son regard se poser sur elle. J'avais d'abord guidé ses caresses sur l'encolure de l'animal, sa tête, son dos, ses reins, puis son poitrail, son ventre, et ses couilles noires aux reflets prune. Elle avait gloussé, intimidée, puis, hésitante, les avait soupesées, tâtées, avec douceur, gentillesse, longtemps. Le cheval était calme, laissait faire, patient, attentif, un chic cheval. « Palpe-lui le fourreau, ça devrait lui plaire. » Elle s'exécuta. Elle portait une robe rose pâle dont le bas flottait juste au-dessus de ses genoux ronds. Je suivis le liseré du soutien-gorge qui ondulait sur le haut de sa poitrine.

La verge rose et bleutée d'Auréole glissa du fourreau tel un escargot de sa coquille. Jessie ne la quittait pas des yeux. Ils étaient grands écarquillés, et sous son adorable nez sa bouche dessinait un *oh* ravissant.

Le sexe du poulain était maintenant tendu, dur comme branche de châtaignier. Je lui dis de le prendre. Elle m'écouta, d'abord avec un doigt timide, comme pour en vérifier l'effet, la fermeté du membre, puis elle le pressa dans sa main. L'animal contracta son engin contre son ventre, Jessie prit peur et le lâcha en poussant un cri de mulot et dit : « Ouh ! Qu'est-ce qu'elle est dure et lourde, c'est dingue. »

Elle humecta ses lèvres et poursuivit son exploration. Je me collai derrière elle, lui soulevai les cheveux et l'embrassai dans le cou. Depuis ses épaules, mes doigts glissèrent à son corsage, puis sur la taille, les hanches, le devant de ses cuisses où je soulevai sa robe et, dans l'entrecuisse, glissai le tranchant d'une main. Sa fissure ruisselait, béante, et s'égouttait sur mes doigts.

— Viens !

Je déboutonnai mon jean et m'insérai dans son colibri brûlant, englouti par sa cambrure. J'empoignai ses cheveux et de l'autre main m'arrimai à sa hanche.

— Plus loin, sollicita-t-elle. Plus fort...

Je m'appliquai, serrai les dents, donnai de grands coups de reins, le haut de mes cuisses claquaient contre ses fesses, le cheval bandait toujours, les mains de Jessie le tenaient ferme. Il était adorable, ne bougeait pas d'une oreille, et son érection démesurée dans les doigts graciles de ma fiancée nous excitait. Le profil de Jessie s'écrasait contre le flanc doré, ses seins heurtaient les côtes de l'animal, elle fermait les yeux à chaque estocade, et les rouvrait sur l'énormité de la situation. C'en était trop, nous expirâmes un râle simultané, accordés quelques secondes encore dans nos soubresauts moribonds.

Elle voulut recommencer sans attendre, mais considérant ma moue sceptique, elle s'agenouilla et me prit dans sa bouche. Je lui rendis sa politesse et pus l'attraper debout contre le mur, sous l'œil, désormais indifférent, d'Auréole.

Après avoir refermé le box derrière nous, Jessie demanda si le cheval aurait pu éjaculer.

— Si tu l'avais caressé à fond, oui. Qui te résisterait ?

— On essaiera une autre fois ?

— Si tu veux.

— C'était bien, je suis toute trempée.

— Moi aussi, je suis toute trempée ! répondis-je pour la faire rire.

— T'es con ! Con comme j'aime. Bien, quoi !

— Et toi t'es folle, folle comme j'aime...

Elle m'embrassa dans l'oreille et me dit qu'elle avait encore envie de moi.

Je la regardai, ses boucles en cascade dont une collée à la tempe, un brin de paille à sa frange, son corsage qui balançait résolument à chacun de ses pas, son nez retroussé, coquin, son œil rieur, le rose à ses joues, son allure quelque peu désorientée, le négligé de sa robe, tout cela s'accommodait si bien avec cette journée radieuse, exemplaire.

— Tu me plais.

— Idem, répondit-elle : you're welcome !

Plaisir d'hirondelle

Au mois de mars, alors qu'elle venait d'avoir trois ans, je vis Lady Love engagée à Saint-Cloud sur 1 600 mètres, une épreuve dotée de 80 000 francs au vainqueur.

Ce devait être sa première compétition de l'année, et j'espérais être son partenaire. Cette attente donnait à mon cœur de délicieuses et vertigineuses saccades. Mais la veille au soir, en ouvrant le journal de la réunion, mon désarroi fut sans nom, Lady Love était confirmée dans la quatrième épreuve, et, dans la colonne de droite, celle des jockeys, je lus le nom de son associé : J. Venturi.

Je ne revêtirais plus la casaque. De toute façon, j'avais grandi, et donc pris du poids. J'avais beau courir vingt kilomètres tous les deux jours vêtu d'une combinaison de motard, multiplier les séances de sauna et peser mes feuilles de salade, mesurer ma consommation de laitages, je ne perdais que trois cents grammes, n'ayant pas une once de graisse en trop, d'où d'énormes difficultés à peser moins de cinquante-quatre kilos.

Le seul espoir de la remonter en course tenait dans l'épreuve à venir, que cela se passe mal. Après tout, courir corde à gauche compliquait ses foulées, Venturi ne la connaissait pas aussi bien que moi et, pas encore débarrassée de son poil d'hiver, elle n'était pas au mieux de sa condition physique. Cependant, je souhaitais sa prestation brillante et préférais savoir José sur son dos plutôt que Fillion. Lui m'écouterait. Cela allégeait ma déception. De nouveau, j'avais envie de quitter le métier, mais, comme pour Typhèle lors de mes premiers mois d'apprentissage, je savais qu'il m'était impossible d'abandonner ma Lady. J'en voulais aux hommes, pas aux chevaux.

Le soir, José Venturi toqua à ma porte. Il désirait me parler. Urbain préparait ses affaires pour l'entraînement en écoutant sa radio. On sortit dans le hall.

— Je suis désolé pour Lady Love. Je trouve ça injuste.

— Laisse tomber, José, c'est la vie. La seule façon de me consoler, c'est de gagner avec. Monte-la comme tu m'avais conseillé de le faire, devant, et tu vas gagner.

— Si je gagne, je te reverserai mon pourcentage.

— Ça va pas ! C'est toi qui auras la pression, les responsabilités. Tu me dois rien. Je te demande juste de gagner et de me la ramener intacte.

— Promis.

— Autre chose. Je sais que tu montes les rênes libres, mais si tu veux pas qu'elle se cabre dans les boîtes de départ, ne change rien, ne pose surtout pas ta main à gauche de son encolure, dans le creux près de l'épaule.

— C'est comme ça que tu la fais se lever ?

— Oui, elle est hyper sensible à cet endroit. Le point est juste entre la veine jugulaire et la base de la crinière, à mi-chemin. Quand elle a Fillion sur le dos, y suffit que je lui mette un collier, dès qu'il y porte la main, elle se cabre.

— C'était ton secret ?

— Le nôtre maintenant. Aussi, dans le parcours, parle-lui, encourage-la. Elle adore.

— Merci, Rico. Si on gagne, je reviens te chercher demain soir, et l'on va faire la bamboula.

Durant le trajet vers l'hippodrome de Saint-Cloud, je restai collé à ma belle, ne cessant pas de lui parler et de la regarder. Lady Love me renvoyait mes œillades, léchait mes mains qui jouaient avec sa bouche, je lui pinçais ses lèvres douces et lippues, les couvrais de baisers.

Il me sembla qu'elle avait confiance et qu'elle n'ignorait pas grand-chose de sa destination et de ce qu'elle allait vivre cet après-midi. J'avais décoré son toupet tressé d'un élastique rose, couleur qui se rapprochait le plus de la toque framboise de son propriétaire. Tout au long de l'encolure, sur l'échine, une rangée d'élastiques bleus symbolisait le bleu roi de la casaque. La tache rose sur le haut de son front mettait en valeur la pureté de sa tête, éclaircissait l'isabelle du frontal vers une nuance proche du miel de bruyère. La finesse des oreilles, les yeux noirs, brillants comme des olives dans leur jus, le halo de sensualité et de romantisme qui dorait son visage, je ne me lassais pas de la regarder, belle à me retourner le cœur.

On arriva sur le champ de courses alors que le résultat de la première, une épreuve pour apprentis, s'affichait. Venturi l'avait remportée. Cela s'annonçait bien. S'il réussissait un doublé, à coup sûr, on parlerait de lui.

D'un gris laiteux, le ciel s'assombrit lorsque les partantes de la quatrième course pénétrèrent dans le rond de présentation. Le propriétaire de Lady Love s'appelant Abbadeus, son tapis de selle était frappé du chiffre un. Le numéro deux était une pouliche de l'Aga Khan, tandis que la huitième du lot appartenait à l'écurie Wildenstein, selon une imparable logique alphabétique.

Lady Love s'avança au milieu du public, les oreilles dressées, aux aguets. Elle était calme. Paré de la casaque Abbadeus, Venturi posa le pied dans le rond de présentation en compagnie des autres jockeys, Ramus, Fillion, Gibert, Saint-Martin, Philipperon, Paquet et Samani. Unique apprenti, la casaque bleu roi à toque framboise lui seyait.

Après avoir écouté les ordres du patron, il s'approcha en m'adressant un clin d'œil et porta la main aux naseaux de Lady Love en lui disant « oh que t'es belle ! ». Parfait, il faisait comme il fallait. Puis, il tendit la jambe au garçon de voyage qui le propulsa sur la selle. Aussitôt, je la fis marcher et, à travers mon bras appuyé contre son épaule, sentis sa détermination. Nuque encapuchonnée, elle allait d'un pas vif, décidé. A quelques mètres de la piste, je ne la tenais déjà plus. Je fis glisser la longe et elle gicla, s'envolant sur le gazon.

Avec le huit à la corde, elle fut la dernière à pénétrer dans les stalles de départ mais, lorsque les portes s'ouvrirent, la première à s'en extraire.

Elle mena à une allure rapide, la sienne, et, malgré le peloton à deux longueurs, elle ne tirait pas, José la laissant faire, rênes dans le vide. A l'entrée de la ligne droite, ses rivales se regroupèrent à sa croupe, et là, sans que José ne bouge d'un iota, elle accéléra d'elle-même. Seule la casaque de l'Aga Khan s'accrocha un moment, mais, à quatre cents mètres du but, mon isabelle prit deux longueurs d'avance, puis trois, quatre, au final cinq longueurs, sans que son jeune jockey n'ait eu besoin de la solliciter.

Au bord de la piste, j'avais les poings et la mâchoire serrés, les yeux étoilés. En revenant vers le pesage, José m'adressa un autre clin d'œil et me dit : « J'ai jamais connu ça. Si c'est pas une championne ta jument, c'est que je suis un bon à rien. »

Je ris et embrassai Lady Love. Elle soufflait à peine.

Son propriétaire s'approcha pour les photographes et voulut la caresser. Elle leva la tête de manière brusque et je lui dis de ne pas insister, « elle est spéciale ». Indécis, il eut un sourire cornichon. Je ne pouvais pas l'encadrer. Comme un bon nombre des propriétaires de mon patron, Abbadeus s'intéressait aux courses de chevaux par goût du jeu, non pour le sport. Homme d'affaires et joueur, tout ce que je détestais. En plus, il était radin, et quand il lui arrivait de visiter une fois l'an sa dizaine de chevaux à l'entraînement, jamais il ne donnait une pièce. Un type sans intérêt. Il ne savait rien de sa pouliche et ne faisait rien pour la connaître. Il ne la méritait pas.

Le soir, comme promis, Venturi vint me chercher pour rejoindre la capitale. On dîna non loin de la place de la République, rue de Malte, chez la mère Cartet, une adresse de mon père. Il me fit revivre sa course, ses impressions. Je ne m'expliquais pas comment il avait fait pour détendre Lady Love, je ne l'avais jamais vue galoper aussi librement. « C'est que t'as pas vu beaucoup d'autres types sur son dos, répondit José. Lorsque tu m'as lâché sur la piste, j'ai tout de suite senti qu'elle était disposée à donner le meilleur et qu'elle avait envie d'aller devant, sans entrave, pour occuper le terrain. Je n'ai eu qu'à lui parler comme tu me l'avais conseillé. Le reste, c'est elle qui a tout fait comme une grande, une dominante. Elle galopait pour toi, tu peux être fier. Je n'ai jamais éprouvé un tel sentiment de confiance sur un cheval. C'était merveilleux. Je me suis senti comme une hirondelle, porté par le vent. »

Je hochais la tête, saisissais ce qu'il me disait, me souvenais.

Venturi me dit ignorer la valeur des rivales, mais assura ne pas avoir utilisé cinquante pour cent des possibilités de Lady Love. Selon lui, elle était capable de remporter un groupe III.

— Un groupe II, rétorquai-je. Je suis même persuadé qu'elle ne serait pas ridicule dans un groupe I.

— Hum, elle est peut-être encore un peu tendre, faut voir...

— C'est tout vu. Elle possède un truc que les autres n'ont pas.

Après dîner, je l'emmenai dans un club de Saint-Germain. Il commanda une bouteille de champagne. Le patron de la boîte de nuit vint discuter avec nous. On lui confia deux tuyaux et il nous offrit une deuxième bouteille. On était les rois. José ne voulait pas danser. L'alcool aidant, je me lançai sur la piste, abordai des filles. José restait lointain, muet, repu, éreinté. A l'inverse, j'étais terriblement excité, et pourtant, j'enviais son état, car il vous laissait le corps et la tête en fleurs, comme une terre tout à la fois labourée, ensemencée, moissonnée, dans une sorte de plénitude indéfinissable. J'avais même le sentiment qu'une nuit d'amour avec Goldie Hawn, mon idole d'alors, n'aurait pu m'apporter autant d'allégresse et de folle jubilation qu'une victoire sur les reins d'un pur-sang.

La voie royale

Elles étaient dix-huit concurrentes au départ, dont huit anglaises. Lady Love ne faisait pas partie des favorites, mais la Poule d'Essai des Pouliches, avec 500 000 francs pour le propriétaire de la lauréate, était une épreuve de groupe I, le haut du panier. W. Jr. avait aligné une autre de ses élèves, Perle Noire. Cette baie brune avait remporté un groupe III et, montée par Fillion, premier jockey des « Williamson », elle avait la préférence des parieurs. Si José et moi ignorions quel serait le comportement de Lady Love, forts de ce que nous avions vu à l'entraînement, nous étions persuadés qu'elle finirait devant Perle Noire.

Depuis sa victoire avec Lady Love à Saint-Cloud, José Venturi avait monté pour d'autres entraîneurs et enrichi son palmarès de cinq gagnants. Ce surplus d'expérience n'aurait pas dû lui permettre d'aborder sa première épreuve classique dans le temple des courses, Longchamp, sans appréhension. Pourtant, il ne semblait pas plus ému que ça, et novice, il foula avec nonchalance le rond de présentation au milieu des gradins noirs de monde, parmi les Piggott, Carson, Eddery ou Saint-Martin. J'étais bluffé.

Il écouta les ordres du patron tout en regardant tourner Lady Love. Elle avait le poil ras, le poil de souris, et le soleil sur sa robe se déversait comme de l'or liquide. Son pas était sautillant, souple, affûté. Elle dégageait une puissance phénoménale et j'éprouvais bien des difficultés à la contenir. Elle levait la croupe ou faisait mine de se cabrer ou de frapper lorsque l'une de ses adversaires s'approchait trop près. Avant de sortir du box, je lui avais rafraîchi la tête, les membres et l'entre-cuisse. Il faisait chaud et j'avais craint un instant qu'elle soit en chasse, car en lui passant l'éponge sur l'anus et la vulve, elle m'avait montré le rose de son sexe.

Lady Love gicla des boîtes. Deux rivales anglaises lui disputèrent le commandement. Malgré les ordres reçus, « patiente en troisième ou quatrième position », José lui fit déployer ses immenses foulées. Il risquait gros. Elle dévora la montée de Longchamp à la vitesse du vent, les oreilles couchées, les Anglaises à sa croupe, opiniâtres. Au point culminant du parcours, à la porte de Boulogne, le peloton vira dans la longue descente et, profitant de la pente, Lady Love accéléra de nouveau, prenant trois longueurs à ses poursuivantes d'outre-manche, le reste du peloton s'effilochant à mesure qu'elle détalait. Des tribunes, le spectacle était saisissant. Au bord de la piste, les lads commentaient : « elle va s'écrouler », « le record de la distance va être battu », « il est dingue ce môme, il va la tuer ».

Je ne respirais plus, sa vitesse était celle d'une forcenée. Je la vis entrer en tête dans la dernière ligne droite. A quatre bonnes longueurs d'elle, le peloton se ruait à ses trousses et se disposait en éventail pour lui porter l'assaut. Le moment de vérité sonnait. Sur Lady Love, bien calée le long de la lice de la corde, Venturi ne bougeait pas, mais je ne pouvais dire si c'était parce qu'il avait « plein de gaz » ou s'il lui offrait un instant de répit.

A mi-ligne droite, les attaques fusèrent, six pouliches à son extérieur, dont les naseaux rougis oscillaient à hauteur de ses côtes. Lady Love parut abdiquer, le temps pour elle de changer de jambe et de retrouver le rythme avec l'antérieur gauche. Alors, Venturi s'allongea sur son encolure et l'accompagna de tout son corps dans cet ultime effort. Il lui criait des encouragements, et ma belle, rageuse, aplatit ses oreilles sur la nuque. La foule hurlait, des cris où se mélangeaient le drame, la joie, l'excitation et la colère, exaltée par l'indécision de la lutte et l'arrivée si proche. Ils franchirent le poteau d'arrivée dans un éclaboussement de mottes de terre, de cravaches levées, courbées tels des sabres, et de casaques débraillées. De ma position, je n'étais pas certain du classement.

Yeux décillés et jambes tremblantes, je levai quand même les bras au ciel, poings fermés, n'en revenant pas, ils avaient été extraordinaires. Au bord de la piste, j'attendais leur retour, anxieux, aux aguets. Le peloton revenait groupé. De son côté, José la ramenait en douceur dans un petit canter. C'était bon signe. Et, lorsque j'entendis les applaudissements enfler à son passage devant les tribunes, je compris qu'ils avaient vaincu. « Une tête, me dit José, le visage rougi par l'effort, une tête, pour nous, une tête. Ah ! les enflures, y m'ont fait sentir la braise sur la fin. »

Les vivats du public nous accompagnèrent jusqu'à l'endroit réservé aux lauréats. Les photographes étaient en place, en demi-lune, le patron et le propriétaire aussi. Tout ce beau monde souriait, et moi, que personne ne remarquait à l'encolure de ma championne, j'étais hilare. J'entendis Williamson féliciter son apprenti en ne pouvant s'empêcher d'ajouter : « Mais heureusement que tu as gagné. » José répliqua sans hésiter : « Je n'ai jamais douté, elle a un moteur terrible, du sang et un cœur de guerrière, elle se jetterait dans le feu ! »

Il se plaça avec la selle sous le bras de l'autre côté de la jument et, tandis que les photographes nous immortalisaient, il me dit : « Ce soir, c'est champagne et caviar ! »

Septième sur Perle Noire, Fillion vint le congratuler, mais le cœur n'y était pas.

Aux journalistes qui l'interrogeaient sur la suite de la carrière de Lady Love, Williamson répondit : « Cette victoire la destine à tenter sa chance dans le prix de Diane. Nous avons le temps d'y penser... Comme je ne suis pas certain de ses aptitudes aux plus longs parcours, nous allons d'abord faire une tentative dans le prix Saint-Alary. Son comportement dans cette épreuve me dira si je peux viser le prix de Diane. »

Intrigues

Avec de tels objectifs, Lady Love aiguisa l'appétit de Fillion. Un matin, jour de galops sur l'hippodrome de Chantilly, le pilote maison se dirigea vers elle pour la faire travailler, déterminé à surmonter ses peurs. Préparé à cette éventualité, j'avais passé un collier sur l'encolure de ma pouliche. Discrètement, je le resserrai d'un trou.

— Comment est-elle ?

— Imprévisible, dis-je.

Et pour l'inquiéter un peu plus, j'ajoutai :

— Elle pète le feu.

— Elle est fragile de la bouche ?

— Non, pas fragile, réceptive et un peu susceptible, comme toutes les grandes dames. Suffit de poser ses mains sur le collier.

La séance d'entraînement se déroula comme je l'avais imaginé, de façon exécrable, impression partagée par Lady Love et son cavalier angoissé. A peine fut-il en selle, qu'elle se mit à encenser, fit de violentes descentes de rênes, puis, une fois sur la piste, elle agita la tête et piétina, l'avant-main flamenco. Fillion s'énerva, engueula les cavaliers qui l'accompagnaient, leur criant, excédé, de l'attendre. Ils s'élancèrent au galop et, dès les premières foulées, il se battit avec elle en l'obligeant à fermer la marche du groupe. Perle Noire, montée par José, remporta la séance de travail. Lady Love était à sa hanche, contrariée, la tête de travers. En sautant à bas de la selle, Fillion me dit qu'elle ne tiendrait pas la distance du prix Saint-Alary.

Il ne voyait pas que le problème c'était lui et non pas la pouliche.

Présent lors de cet entraînement, le propriétaire de Lady Love était venu ensuite à l'écurie jusqu'à son box. Une première.

Il se tenait dans l'encadrement de la porte, l'observant en silence tandis que je la bouchonnais. Sa silhouette massive me fit sursauter. Je lui adressai un signe de tête respectueux. Lady Love s'électrisait sous le bouchon de paille, les reins crayeux de sueurs séchées. Elle ne tenait pas en place, s'ébrouait, mordait la chaîne de son licol tout en frappant des postérieurs le sol paillé. Son comportement impressionnait Robert Abbadeus.

— Elle est nerveuse ?

— Non, mais chatouilleuse.

— Ah !

Il ne dit plus rien. Je pensais qu'il s'en retournerait, mais il resta à nous épier, comme fasciné par cette séance de toilettage, les ruades revolver de ma belle qui claquaient dans le box. Il était seul, une chance, et je sautai sur l'occasion :

— Vous voulez la caresser, monsieur ?

— Non, non, je ne veux pas l'embêter.

— Mais vous l'embêtez pas, au contraire, elle adore.

J'arrêtai de la frotter pour qu'elle cesse de se tortiller.

— Approchez...

Il portait un grand pardessus, un vrai chapeau de propriétaire, avait un gros nez et de grands yeux ronds qui lui donnaient un air batracien. Il s'approcha, hésitant, engoncé. Je me tenais à l'épaule de Lady Love et lui pris le licol pour attirer son chanfrein vers le visiteur. Elle était sur l'œil, frémissante, se demandant quel était ce gros machin qui ne savait pas marcher sur une litière, et qui lui caressa le bout du nez, malhabile, comme quelqu'un qui ne l'a jamais fait et n'éprouve nul plaisir à accomplir cela.

Cependant, quelque chose luisait dans l'œil du propriétaire, une émotion peut-être.

— Vous aimeriez qu'elle remporte le Diane ?

— Et comment ! répondit-il avec un léger haussement d'épaules.

— Je prie pour cela, monsieur.

— Que Dieu vous entende, jeune homme.

— Cela ne tient qu'à vous.

Il sursauta.

— Que veux-tu dire ?

— Laissez Venturi sur son dos, vous ne le regretterez pas.

— Oh, comme tu y vas jeune homme. Ce garçon n'a pas l'expérience de Fillion.

— Vous avez raison monsieur, mais Fillion n'a aucun atome crochu avec Lady. Il ne la comprend pas, la craint et l'empêche de s'exprimer. Son expérience lui est donc inutile.

— C'est un excellent jockey, il te fera mentir.

— Je ne crois pas, monsieur, il risque plutôt de la flinguer, alors, vous pourrez dire adieu au prix de Diane. Votre pouliche est aussi bonne qu'elle est compliquée à piloter. Venturi la monte aux boutons. C'est un futur Saint-Martin, et si vous lui donnez sa chance, il saura la saisir.

— Il l'a eue, non ? s'offusqua le propriétaire en secouant son grand manteau. C'est à l'entraîneur, ton patron, de décider de cela.

Son chapeau pencha sur le côté, il se frotta les ailes de son gros nez et s'en fut, ses yeux ronds perdus dans la paille, après avoir évité un crottin. Dommage, pensai-je, marcher dedans du pied gauche portait chance.

Le bouton de rose

« Trouve-le ! » m'avait-elle lancé avec cet air canaille que je lui connaissais quand nous batifolions. Elle venait de m'apprendre l'existence d'un petit organe très érectile sous les attouchements. Un truc qui filait des vertiges à volonté. Toutes les femmes, « oui, toutes les femmes, nigaud ! », possédaient cette merveille, le clitoris. Ses yeux rieurs me défiaient. Le visage entre ses cuisses, je me composais la mine du type qui sait, en fait, j'ignorais tout du sésame.

J'écartai ses lèvres avec précaution et portai mon regard dans ce berceau framboise, puis un doigt. Pas facile. Les branchies d'une écrevisse ou la face cachée de la lune présentaient moins de mystères. Folâtre, mon médius décrivait des figures circulaires. Elle pouffa : « Tu chauffes. »

Oui, je le localisais, le voyais, le polisson se découvrait, arrogant, caronculé. J'étais tout guilleret, le bonheur du cartographe devant une terre jamais explorée, et fort excité, j'entrepris de le chauffer à blanc. Jessie me dit qu'elle allait partir. Je ne demandais qu'à voir, mais quelques secondes plus tard, elle me prenait la main pour me montrer ce qu'elle désirait exactement, j'avais été un peu trop rude. Elle me guida en se cambrant, eut un râle, un soubresaut, un autre, plus long, un frisson, un soupir, et s'apaisa.

Je voulus reprendre le manège, vérifier, améliorer, mais elle détourna ma main disant que maintenant cela lui ferait mal. Désappointé, je la regardais. Elle avait les paupières closes et, plaquées sur le profil et le front, ses boucles en multitude auréolaient son visage reposé.

Pourquoi ai-je pensé à elle ? Là, en cette minute. L'abandon ? Elle était seule dans son box. Je l'imaginais, un peu trop à voix haute : « Lady Love est super en ce moment. Un coup de chiffon, hop, sa robe éblouit. »

Jessie n'avait pas bougé d'un cil. Silence. J'allais poursuivre, lorsque, d'une voix lasse :

— T'en as pas marre de brosser le cul des chevaux ?

Non, je n'en avais pas marre, bien au contraire, j'adorais. C'était à chaque cheval un plaisir, une demi-heure d'intimité renouvelée, une séance d'échanges spirituels. Nul besoin de mots pour se parler, d'explications. C'était un rituel qui jour après jour se perfectionnait. Mes gestes gagnaient en précision, en rapidité, en efficacité. Je savais où appuyer l'étrille, où utiliser la brosse, de quelle façon lustrer. Les yeux sur ma tâche, mes pensées s'échappaient, rêvaient d'ailleurs, voguaient vers d'autres lieux.

— Tu montes même plus en courses. Tu veux rester lad ?

— Mais non, tu délires. Je suis lad tant que Lady Love est à l'entraînement. Quand elle partira au haras, je chercherai une place de jockey ailleurs.

— Tu m'as pas dit que t'avais du mal à faire le poids ?

— Si, mais ça peut s'arranger, en conjuguant nos efforts, tu peux m'y aider...

Je ne savais pas ce que j'avais fait ou pas, dit ou pas, nous n'étions plus en osmose :

— Ce sera trop tard, les gens oublient. Regarde, Venturi, il monte souvent.

— Pourquoi tu penses à lui, tu le connais ?

— Non, c'est toi qui me dis qu'il monte de plus en plus, gagne des courses, conséquence, les entraîneurs font appel à lui, parce qu'ils voient son nom régulièrement sur les programmes. Je me trompe ?

— Non, mais... j'vois pas le rapport avec Lady Love.

— C'est lui qui la monte, toi tu la brosses. Ça te chiffonne pas de rester lad toute ta vie ?

Bon Dieu, elle m'emmerdait. Ce n'était plus ma Jessie joueuse, insouciante, tout velours, à mille lieues de s'inquiéter pour mon avenir social.

— Lad auprès de Lady Love, non, ça me chiffonne pas. Je préfère encore être son groom, que monter des poussifs et des essoufflés sur des champs de patates.

— Ça te rapporte quoi ?

— De la satisfaction. A force de la brosser, je connais chaque millimètre de sa peau. Je peux dire si elle est bien, je la lis à livre ouvert.

— Contente pour toi.

— Tu peux pas comprendre.

— Non, je comprends pas. Ça fait des mois que tu me bassines avec elle, et y a que toi qui la connais, elle se laisse approcher par personne d'autre, et tu la fais cabrer à volonté, et t'en fais ce que tu veux, et patati et patata, c'est la plus belle, la meilleure.

— Ma parole, tu me fais une scène ?

— T'es maboule. N'empêche... Y aurait de quoi, quand tu racontes comment tu la brosses et qu'elle se trémousse, on dirait que tu parles d'une fille.

— Tu crois pas si bien dire.

— Tu m'agaces.

— Je vois, je t'en parlerai plus.

— C'est pas ça, mais quand tu me dis qu'elle est devenue une championne parce que tu as pris ton temps avec elle, que tu as su l'écouter, lui parler, et qu'elle accepte tout de toi, ce n'est pas elle qui te demande de la nettoyer avec des chiffons doux quand même.

— Ses tissus sont fins, tu le sais ! C'est une chatouilleuse, la brosse la rend folle. J'ai même trouvé un truc pour éviter de la frotter trop, je mets de l'alcool camphré sur le chiffon, ça la rend brillante comme un lingot.

Jessie se mordillait la lèvre inférieure en m'observant d'un air moqueur.

— Caresse-lui le clitoris pendant que tu y es.

— T'es idiote, les juments n'en ont pas.

— Pourquoi elles en auraient pas ? Après tout, vous les mecs, vous êtes faits comme les chevaux, en beaucoup moins énorme, c'est tout.

— C'est pas pareil.

— Ah bon, tu viens pas de me dire que les juments et les filles se trémoussaient de la même façon ? Tu dis bien la connaître ta Lady Love, mais je suis sûre qu'il y a plein de trucs que tu ne sais pas sur elle.

— Mais sur la bite des chevaux, je sais qu'ils ne l'ont pas plus énorme, elle est juste proportionnelle à leur taille.

— Ah, j'avais pas remarqué que tu l'avais jusqu'au sternum.

— T'es pas drôle.

— T'es jaloux ?

Je ne lui répondis pas. Elle souriait jusqu'aux oreilles. Elle était craquante. Et moi, perplexe.

Vagues printanières

Noir sur blanc, il était inscrit que G. Fillion monterait Lady Love dans le prix Saint-Alary, ultime épreuve avant le prix de Diane, quatrième course du programme de dimanche à Longchamp. J'étranglai le journal, voulus le jeter.

Je repensai à ma conversation avec Abbadeus. Vaine et ridicule tentative, je me sentais moins que rien, une crotte. Comment avais-je pu espérer l'influencer? Je n'étais qu'un lad pour lui, un pauvre type qui monte et brosse sa jument pour un salaire de misère. Ce n'était pas un homme de cheval. Il lui aurait fallu un œil de loup pour remarquer qu'il y avait du génie dans Venturi, sa monte si légère, verticale, placée juste au-dessus du centre de gravité de l'animal, ce point ténu où se concentraient force, vitesse, énergie, puissance et volonté. Oui, il lui aurait fallu un œil de lynx, de grand duc, à Abbadeus, pour apprécier les prouesses de cet acrobate, en suspension sur un fil, dans une position qui défiait les règles de l'équilibre. On lui reprochait parfois sa monte, chaussé si court dans les étriers, mais les rares puristes percevaient qu'ainsi, il était tel un oiseau, une plume à la crinière des pur-sang lancés à soixante-dix kilomètres heure. Venturi avait quelque chose de plus que les autres. Le sens de la course et le cheval dans la peau. Il n'était donc pas utile de savoir si sa position en selle, reconnaissable entre toutes, était esthétique ou non. Il était efficace.

Quant à sa déception lorsqu'il ouvrirait le journal, je ne m'en souciais guère. José s'en remettrait, il était doué, talentueux, une évidence pour nombre de professionnels. Il gagnait des courses, obtenait argent et considération, il ferait ses preuves. Moi je le savais fort, sûr, il m'épatait, son sang-froid, cette manière d'être détaché de tout, ne prêtant nulle attention à tout ce qui était extérieur, concentré en lui, en l'animal. Un drôle de petit bonhomme, avec le bout du nez rougi et de grands yeux bleus, océan, silencieux, brassés par de mystérieuses marées, éclairés par des paysages lavés par la pluie, nostalgiques, un côté littoral belge. J'aurais tant voulu qu'il soit son partenaire dans le Saint-Alary et le Diane, pour vivre par procuration ses émotions de jeune jockey au plus haut niveau, assister à son bonheur, observer son visage en pleine lumière, traquer les instants où il se dévoilerait.

Tout au long de la matinée, veille de l'épreuve, j'échafaudais des scénarios alambiqués, des trucs à la Dick Francis, mais, à moins d'une fracture de Fillion d'ici au lendemain, je n'entrevoyais pas comment Venturi pourrait se retrouver sur le dos de Lady Love.

Ce matin-là, je l'avais trouvée un peu moins tonique durant son canter. Rien de méchant, une impression. Il faisait chaud, les nids regorgeaient d'oiseaux surexcités, et je l'avais trop couverte, car sous sa couverture son poil était mouillé. De retour à l'écurie, je décidai de la doucher.

Je passais le jet d'eau sur le haut de son dos, l'ondulé de ses côtes, trempais le creux de ses coudes, massais son épaule d'athlète, y dessinais des cercles et des huit, hachurais ses muscles, devinais ce qui la délassait le mieux. Température idéale, fines brumes s'élevant de son corps au soleil, ses tensions se délitaient. Eau claire sur les reins, le dense de la fesse, les jarrets, dans les plis et replis des tendons, remontée du flot à l'intérieur des membres, jusqu'au plus haut, et là, je vis sa queue se dresser en se portant de côté à la façon singulière des pur-sang arabes. Je contournai la croupe, repiquai dans l'arc des cuisses, son sphincter bleuté se dérida, sa vulve entreprit des clins d'œil roses, et bientôt, clapota comme si elle voulait étreindre le jet d'eau.

Son attitude était celle d'une pouliche sous l'influence de son sexe. Le cycle menstruel des juments ayant ses finesses et ses particularités, je l'observai avec attention en utilisant le jet d'eau. Elle s'abandonnait, éprouvait les prémices de ses chaleurs, mais pour moi, elle était loin du maximum d'intensité, de ce pic d'excitation responsable de tant de contre-performances.

Ne pouvais-je pas lui accélérer cette troublante période à venir ? Histoire de la rendre un peu plus songeuse, un peu plus en fleur, lasse, ailleurs, pas dans la course.

Je la marchai au soleil le temps de la sécher puis la rentrai dans son box. Elle avait un attendrissant petit air ahuri.

Après l'avoir toilettée, je décidai de revenir dans l'après-midi, aux heures où la cour serait déserte, vérifier l'évolution de ses picotements...

Sainte avarie au Saint-Alary

Le public se pressait dans les travées encerclant le rond de présentation. Le beau temps ne plaisantait pas, les platanes étalaient leurs feuilles, et les neuf concurrentes du prix Saint-Alary tournaient sous leurs ombrages inanimés. J'étais en tee-shirt. Noir. De toute façon, avec une pouliche comme la mienne contre l'épaule, tout m'allait. Aux yeux des habitués, Lady Love, pouliche racée aux points de force impressionnants, était plus belle qu'un mois auparavant, plus avancée dans sa croissance. Mais combien de connaisseurs remarquaient le port de sa queue tenu plus haut, entrouvert à la brise ? Seuls Venturi, qui depuis le vestiaire des jockeys suivrait la course via l'écran de télévision, et moi-même, savions l'état amoureux qui lui donnait cet air de biche heureuse, cette démarche de courtisane de haute volée.

Fillion s'approcha, elle s'agita, redressa l'encolure et tressauta sur place dès qu'il fut en selle. Tendu, le jockey m'ordonna de la faire marcher. Elle tirait sur sa longe, s'appuyait sur moi, me coinçait contre la barrière, furieuse, pressée de galoper, d'en finir. Plusieurs fois, je fus obligé de la stopper net, les naseaux face au public pour éviter qu'elle ne percute la concurrente qui la précédait. Deux fois, elle se cabra car je lui avais pincé le point névralgique afin de freiner son ardeur. Son jockey était blanc comme un linge. Je savourais mon pouvoir. Cerise sur le gâteau, alors que W. Jr. et

Abbadeus patientaient sur le bord du rond pour nous laisser passer, je m'appuyai contre son épaule, et sa croupe pivota vers eux en swinguant, les forçant à reculer d'un pas.

Devant les boîtes de départ, elle fit encore des siennes, refusant de pénétrer dans sa stalle, tout à l'extérieur. Les hommes de main lui recouvrirent les yeux et les oreilles d'un tissu noir et la firent marcher pour l'étourdir. Fillion préféra descendre de selle, la peur le paralysait. Enfin, elle fut dans sa stalle, son jockey reprit les rênes et les portes s'ouvrirent. Comme à son habitude, elle s'éjecta telle une roquette, en tête. Son jockey voulut aussitôt canaliser sa fougue pour la déporter vers la corde et l'abriter derrière une rivale. Elle n'avait pas fait six foulées qu'elle se déroba d'un coup sur la gauche. Fillion poursuivit sans elle, dans les airs, sur quatre à cinq mètres. Dans les tribunes, le public, dépité, poussa une plainte.

Les hommes des starting-gates réussirent à saisir la bride de Lady Love. J'étais soulagé, elle ne galoperait pas en sens inverse à la rencontre du peloton.

Quel bon tour elle venait de jouer. Et, pour parfaire mon plaisir, Venturi remporta la course suivante, son premier tiercé, après lutte, sublime et féroce de rage, et à la cote de trente-six contre un !

Revenant vers Chantilly avec ma belle, je la regardais en cherchant la réponse à ma question : pourquoi donc s'était-elle dérobée ? Fillion s'était-il trop crispé sur son collier ? L'insupportait-il à ce point ? Son action autoritaire ? Ou était-ce plutôt la séance que je lui avais fait subir en compagnie de José ? Il n'y avait pas de quoi être fier, mais nous l'avions fait. En catimini, nous

nous étions glissés dans son box la veille de la course. Lady Love avait paru surprise. Elle s'était avancée pour me renifler. Je l'avais caressée tout en lui parlant, avais dit à José d'en faire autant, de rester vers son visage tandis que je lui caressais l'encolure, le poitrail, l'épaule, le dos puis les reins. Encore plus réceptive que le matin sous le jet d'eau, mon isabelle « roucoulait ». En posant la main sur sa croupe, suivant et empoignant le muscle propulseur, j'avais perçu son plaisir. Puis, j'avais continué ce massage improvisé vers ses jarrets, répété le geste, et Lady Love s'accordait. D'un coup, elle avait levé son panache au ciel et sa vulve s'était entrouverte comme si une furieuse envie d'uriner lui prenait. J'avais porté un doigt sur la tranche sombre, la fissure s'était déployée illico, rose bégonia. Elle creusait les reins, s'offrait. Venturi me dit qu'elle était prête pour la saillie.

Je lui dis d'approcher. Je venais de découvrir un dardillon de chair à l'extrémité inférieure de la vulve, sous les orifices d'écoulement. D'habitude invisible car tapi à l'intérieur de la commissure, le clitoris apparaissait de façon spasmodique, pointant du nez comme on pointe le doigt, glorieux au beau milieu de la croupe campée.

— C'est son clito.

— Ah...

— Jessie, quand je lui touche le sien, elle grimpe au ciel.

— Vas-y, touche-le, qu'elle se confesse.

Je m'étais exécuté, et Lady Love avait couiné si fort que nous avions sursauté et reculé.

Elle avait maintenu son panache dressé et, l'entrecroupe offerte, avait tourné sa tête vers nous, oreilles pointées, interrogative.

Nous avions ri et j'avais réédité l'attouchement. Lady Love poussait de façon régulière de stridents appels au timbre si particulier. Elle s'agitait, tournait la croupe, la reculait, se frottait aux cloisons, jusqu'à ce qu'un jet d'urine m'éclabousse. On s'était esclaffés comme deux pendus. Elle avait pissé de nouveau, plusieurs fois, puis rejeté un liquide visqueux, filant, blanc jaunâtre.

— Elle est vraiment à point, m'avait dit José.

— Oui, en chaleur. Elle ne devrait pas être trop à son boulot demain.

— Elle te fait pas de la peine ?

— Si.

— On la console ?

— Chiche ! Fillion risque juste de me dire que c'est une pisseuse.

On l'avait encadrée et caressée de concert, avec toute l'amplitude de nos bras. De longs frissons parcouraient sa robe, cela faisait comme le vent sur les herbes. Elle s'était trémoussée à qui mieux mieux, avait dansé entre nous deux qui l'enlacions, tout en émettant ses couinements de jeune pouliche en fleur.

Pad ne reviendra plus

« Soixante-dix balais, et toutes mes dents », disait Pad lorsqu'on lui demandait son âge. On était quelques-uns à penser qu'il se rajeunissait, coquet. Soixante-dix ans, dans les chevaux, ça comptait, plus qu'ailleurs. Vénérable. Et pas question de retraite, il aimait trop les chevaux. Ils étaient sa vie, toute son existence. Comme lui, on croyait qu'il pousserait son dernier soupir au fond d'un box, aux pieds d'un pur-sang.

Sa bouille d'éternel chenapan vantait sa cause, *« no stop, never... »*. Pad, une casquette, des sourcils blancs et des yeux bleus toujours en fête, comme s'ils étaient au cœur d'un bal, d'une foire, d'un monde merveilleux. Pad, et ses deux accessoires, son vélo et sa blouse grise aux poches gonflées de sucres et de carottes.

D'humeur égale, joyeuse, il sifflotait sans effort, tout le temps, un oiseau.

Il habitait dans le Chantilly historique, près des Grandes Ecuries du Prince de Condé, et chaque matin il venait à vélo. On les entendait de loin ses vocalises de pinson, elles vous mettaient le cœur en liesse, la ville dormait encore, il la saupoudrait de notes sereines et réjouissantes, gaies, rassurantes. Tous les chevaux de la cour l'écoutaient, ils l'adoraient, et les pensionnaires les plus dangereux n'osaient pas faire de mal à notre mascotte. Pad comprenait et pardonnait tous les chevaux, les comportements les plus sauvages. Lady Love, pourtant lionne avec autrui, l'acceptait volontiers, curieuse de tout ce qu'il disait et faisait.

Sur son vélo, cet ancien jockey anglais faisait le clown, slalomait, les mains dans les poches ou ailleurs, mais rarement sur le guidon. Il était un funambule toujours en rupture d'équilibre, traversant les carrefours sans crier gare, bifurquant selon ses fantaisies, sans regarder par-dessus son épaule, pitre et insouciant.

Un de ces matins du joli mois de mai, une voiture l'avait fauché, cueilli aux reins. Fracture des jambes, dont une ouverte, du bassin, clavicule cassée et cervicales lésées.

En le retrouvant à l'hôpital, je compris qu'il ne reviendrait plus travailler à l'écurie. Il était fichu. Et loin des chevaux, doublement fichu.

— Vous avez encore coupé un virage ?

— Oh, le chauffard aura plus de frais de carrosserie que moi d'hôpitaux.

— Vous auriez pu vous tuer.

— Oh, j'vaux plus grand-chose.

— Et les chevaux, vous les oubliez ? Vous allez leur manquer.

— Oh ! les doux chevaux... Ils sont sages, ils ne pleurent jamais.

— Même quand ils perdent leur meilleur ami ?

— Surtout lorsqu'ils le perdent.

Avec la minerve au cou, les plâtres et les bandages, il était comme une momie d'enfant dans les draps blancs. Par la fenêtre, un ciel d'azur insensible. Je regardai ses sourcils chenus, son œil bleu un peu moins piquant, ses belles mains calleuses, outils formidables étendus le long de ses jambes meurtries.

Je posai les deux paquets de gâteaux et la tablette de chocolat sur la table de nuit, près du verre et de la carafe d'eau.

Il insista pour que je les ouvre. Je ne voulais pas, c'était pour lui. Non, mon poids, refusai-je, je ne peux pas. Je pensais lui parler de la vie à l'écurie, lui donner des nouvelles des chevaux, en fait, je n'arrivais pas, j'avais la gorge nouée. Je lui demandai s'il avait besoin de quelque chose, d'un mouchoir, à l'écurie il en avait toujours un, à carreaux, dans sa poche droite. Il se mouchait souvent. Avait-il soif? Non, tout allait bien. La chambre s'assombrissait. Il y avait comme un malaise, un truc fêlé, une grande tristesse, et la bonhomie affichée de Pad n'y changeait rien.

— Dis, mon garçon?

— Oui.

— Tu continueras à leur donner du sucre, des petites douceurs? A les gâter un peu? Pour moi.

— Bien volontiers.

— Alors, si tu fais ça, je ne leur manquerai pas, car il suffit d'un homme pour qu'ils ne soient jamais tout à fait tristes.

Il me dit de filer, de profiter de ma jeunesse, des chevaux. « Ils comblent tout ce que la vie ne nous donne pas toujours. » En le quittant, je lui conseillai de prendre son mal en patience et de ne pas courir après les infirmières. « Rien de cassé de ce côté-là! fanfaronna-t-il, ajoutant : Avec la douleur, je fais comme les chevaux, je l'ignore. C'est dans la tête des hommes qu'elle est. »

Un aller et retour

— Des fois, je regrette de pas avoir eu de frère.

José m'écoutait, observait mon profil sans rien dire. Je conduisais, direction Agen où il devait monter trois chevaux le lendemain. Il m'avait demandé si je pouvais l'y amener. J'étais flatté. J'avais deux jours de récupération et dit oui aussitôt. La nuit tombait, il faisait bon, sa voiture, un coupé Datsun, récente acquisition, était géniale, un vrai bolide, je ne touchais pas terre.

Cinq kilomètres plus tard, il me dit :

— J'sais pas. Un frère, ça te colle toujours au cul.

— Où est le problème, si t'es complice ?

— C'est rare. Un frère plus grand, c'est jaloux, ça te tape dessus. Plus jeune, ça arrête pas de t'emmerder. Les parents te tiennent pour responsable. Ça t'empêche de vivre.

— Ouais, mais je te parle d'un vrai frère, même âge, même vécu, mêmes goûts. S'ils vivent des trucs durs, ils se serrent les coudes, s'en sortent mieux à deux. Quand j'étais môme, par rapport à l'école, je rêvais d'avoir trois frères, trois répliques, des sosies. Y en aurait forcément un qui aurait été plus fort en math, l'autre en français. Partage des tâches où nous aurions été chacun notre tour, un jour par semaine à l'école. Tu te rends compte ?

— Tes sosies auraient été aussi nuls que toi en math, ça pouvait pas marcher.

— C'était un rêve.

— Le tien, mais pas celui de ta mère. Si elle avait eu quatre mômes, pour l'école, j'crois pas qu'elle aurait été d'accord.

— Mais ça discute pas, une mère, quand elle en a quatre, elle subit. Elle est cuite la mère, déprimée, débordée, vaincue, kapout. Elle veut la paix, sinon, ses quatre mouflets la bouffent.

José n'avait pas l'air convaincu. Il observait la route en haussant les sourcils, faisait non et non avec la tête.

— Ça se passe jamais comme on l'espère, dit-il dubitatif. Ce serait trop beau, quatre frères identiques qui s'entendent sur tout.

— Mais les rêves sont toujours beaux.

— Les rêves oui, la réalité moins.

— Ça doit exister. Imagine, quatre frères qui s'entendent comme les doigts d'une main...

— Y en a cinq de doigts dans une main.

— Oui, je sais, mais le pouce fait bande à part, c'est comme un faux frère. C'est l'intello, le branleur de la famille, celui qui regarde ailleurs, fait jamais pareil. Bref, quatre frères qui partagent tout dans la vie, jusqu'à avoir une femme pour eux quatre, la même, rien qu'à eux, chacun leur tour.

— T'es maboul, elle risque d'être enceinte tous les ans.

— Putain, t'es rabat-joie. Ne vois pas que le côté noir des choses. Imagine plutôt son bonheur, désirée chaque nuit, du matin jusqu'au soir, par l'homme qu'elle aime....

Il me dévisageait avec deux yeux ronds comme si j'avais un orteil à la place du nez.

— Et puis, continuai-je, le jour où elle éprouve un peu de lassitude dans ses rapports, ce qui m'étonnerait, elle peut en avoir deux dans ses bras. Wouah ! Quelle bonne surprise pour elle. Et un jour, trois, et, incroyable, une autre nuit, bingo, quatre ! C'est le feu d'artifesses.

— Tu me parles d'une salope, là...

— Mais non, comment t'y vas. Elle aime un homme au départ, elle en est folle. Elle aime tout chez lui, son visage, ses mains, ses baisers, sa bite, ses couilles, son humour, et, elle en découvre quatre, identiques. Olé !

C'est le panard pour elle, elle va pouvoir se faire prendre par-devant et par-derrière par le même, tout en suçant le troisième alors que le quatrième l'embrasse ou lui fait la vaisselle, on s'en fout.

— C'est qu'elle ne peut pas se contenter d'un seul.

— Tu fais chier, José. Elle va réaliser ses fantasmes sans tromper qui que ce soit. Mets-toi à sa place. T'as jamais rêvé d'être harcelé par trois ou quatre déesses ?

— Non, j'crois même que cela me couperait l'envie.

— C'est bien notre problème à nous les mecs, on a l'énergie mais pas le carburant. Moi, j'aimerais sauter toutes les filles de la terre. Pas toi ?

— Non, vraiment pas. Mon rêve serait d'aimer une fille toute ma vie, la même fille, plus belle que toutes les autres filles de la terre, car ce serait la mienne, pour toujours...

Il remonta le col de son blouson sur sa nuque, inclina son siège et ferma les yeux.

— Dors, lui conseillai-je. Elle est bien ta bagnole.

Chaussée de gros pneus, elle ronflait super, avait beaucoup de reprise et me donnait l'impression d'être dans un avion de chasse. J'aimais conduire la nuit, filer sous les étoiles, entre les lueurs des villages endormis, protégé par l'habitacle, comme dans un cocon, avec un pote, peut-être bien l'ami espéré.

Je roulais, anticipais les ténèbres, la route, les virages, les animaux qui surgissaient des bas-côtés, furtifs, surpris dans l'éblouissement des phares. Et tout en traversant d'un trait des villages inconnus, je rêvais à des pays sans fin voués au bonheur, où les cieux seraient proches. La nuit était soyeuse, les étoiles crépitaient. Il y avait comme un sacré parfum d'aventure, un avenir prometteur, l'espoir de choses inconnues et merveilleuses qui déployaient leurs ailes. Un ange se tenait là, sur mes épaules. Je roulais, et avec moi roulait cet ange, muet comme un clou, et pourtant volubile, confiant. Il était à des années-lumière, et cependant, sur le capot de la voiture, dans les battements désordonnés de mon cœur, son souffle sur ma nuque. C'était ce genre de nuit que le lever du jour ne peut clore. J'étais porté par le vent, à la poursuite de l'azimut. Ces heures-là étaient les miennes, elles n'appartiendraient jamais aux heures de tout le monde. Je pouvais appuyer sur le champignon, il ne nous arriverait rien de fâcheux, plus qu'une intuition, une certitude.

Depuis combien de kilomètres m'observait-il? Il était dans la même position somnolente. Je lui posai la question qui me trottait dans la tête depuis un moment :

— Ta mère viendra te voir?

— M'étonnerait.

— Elle sait que tu montes, au moins?

— Mon beau-père lui aura dit.

— Oh, elle viendra alors, y a longtemps qu'elle t'a pas vu.

— Et moi, y a longtemps que je rêve plus.

— C'est comme avec mon père qu'a jamais assisté à l'une de mes courses?

José ne dit rien. Après un moment je lui dis qu'il fallait faire le plein d'essence, et :

— C'est dingue, mais au fond, je m'aperçois que j'ai choisi ce métier en fonction de mon père.

— Qu'est-ce que tu veux dire? demanda José.

— Il m'a toujours considéré comme un bon à rien, nul à l'école. Il se moquait, me reprochait d'être souvent dans les jupes de ma mère. Quand il parlait de moi, j'avais l'impression qu'il s'agissait de quelqu'un d'autre. Mais, au fond, je me disais qu'il avait sûrement raison, parce qu'il était adulte, forcément il savait, je n'étais qu'un idiot, un imbécile intégral qui ne réussirait à rien dans la vie, il le pensait. Ma sœur, elle, était brillante, première à l'école, elle lisait, allait au cinéma, écoutait de la musique, comprenait les paroles en anglais de Sinatra, Dean Martin, Sammy Davis Junior. Elle discutait avec mon père, ils avaient des centres d'intérêt en commun. Moi, niet. Alors, quand j'ai découvert les courses de chevaux grâce à mon copain Jean-François, ça a été un déclic. Je rêvais de nature, d'animaux, c'était le quotidien des jockeys, leur vie, secrète, belle. Au fond d'un box, auprès d'un cheval, je ne pouvais être que tranquille. Il s'en balancerait que je ne sache pas faire une division ou conjuguer un verbe. Et puis, les jockeys se retrouvaient dans la lumière, enviés, applaudis, adulés. Je me rends compte aujourd'hui que j'ai fait ce métier pour épater mon père, pour l'entendre dire que son fiston était balèze, que j'avais des couilles, un savoir...

— Qu'est-ce qui te dit qu'il n'est pas impressionné ?

— Il est jamais venu me voir. Il s'en fout.

— Et toi, tu y vas le voir ?

— J'ai pas envie de le voir coiffer des rombières.

— Il bosse tout le temps ?

— Le dimanche, non, et j'ai plus souvent monté le dimanche qu'en semaine, tu le sais.

— Peu importe, ce que je veux te dire, c'est que ton père est là, il existe, tu peux le voir, l'approcher, lui parler, quand tu veux.

— Ben toi aussi, avec ta mère tu peux le faire.

— Je l'ai fait, en la regardant dans les yeux, pour comprendre ce que j'ai vécu gniard. Mais la différence avec toi, c'est que je ne possède qu'une version, celle de ma mère. Et j'ai pas forcément confiance. Tu comprends ? Elle me raconte peut-être des histoires, et je n'ai pas envie qu'on m'en raconte. Rico...

— Oui.

— Je peux te dire un truc ?

— Bien sûr.

Il me regardait. Ses yeux brillaient, deux flammèches.

— J'ai jamais confié ça à personne.

— Je te promets de garder le secret, dis-je.

— Moi aussi, j'ai voulu être jockey pour mon père. Il l'était, à Mont-de-Marsan. Le meilleur du Sud-Ouest. J'ai plein d'images de lui quand j'étais tout môme, toujours les mêmes, à cheval, en casaque ou en tenue d'entraînement, ou debout le long du bar entouré de ses amis. Mon père tu vois, c'était un grand sourire. Des dents blanches avec des rides de bonheur de chaque côté de la bouche qui lui allaient jusqu'aux oreilles. Et les yeux, pareils, bleus, rieurs. Une gouaille, t'aurais dit un soleil. Toujours le mot pour plaisanter. Il se la jouait pas. Il était humble, près des lads, des gars restés à terre. Avec ma mère, on allait parfois le chercher après l'écurie, au café Il avait plein de copains et tout le monde l'appréciait. J'avais cinq ans et il paraissait aussi fier de moi que je l'étais de lui. Il disait à tous ses amis que plus tard je serais jockey, le meilleur, Saint-Martin pourrait aller se rhabiller. Il me passait sa cravache et sur une chaise me demandait de montrer comment je poussais les chevaux. Ils riaient tous et je ne voyais que sa joie. Il était très amoureux de ma mère...

Il s'arrêta d'un coup. Je laissai faire. Il ne fallait pas le brusquer José, la suite ne venait pas toujours, mais le meilleur moyen de ne pas l'avoir, c'était de le relancer quand il n'était pas disposé. Ce n'était pas un bavard, jamais un mot inutile, et ses confidences me faisaient chaud au cœur, j'avais sérieusement ralenti.

— D'après elle, il préférait ses copains, ses virées, picolait, faisait la fête, c'était lui qui avait commencé, pas elle. J'en sais trop rien. L'image la plus nette de mon père est celle de son sourire. C'est la plus belle, celle que je veux garder. Je sais pas si c'était un coureur. Il aurait pu, il avait une sacrée cote. Par contre, au plus loin que je puisse remonter, ma mère a toujours été appétissante, elle plaît, des boucles, du parfum, des décolletés et des robes légères. Les hommes se retournent sur son passage, la sifflent parfois. J'ai jamais pesé lourd. D'ailleurs, je ne me souviens pas d'avoir eu ma main dans la sienne dès qu'un homme lui parlait. Quand mon beau-père s'est pointé dans ses jupes, j'ai compris le danger un matin en voyant mon père. Il aurait dû être à l'entraînement, à cheval. Son visage m'a fait peur. Il était ravagé, l'œil noir, fou, méconnaissable, avec une grande douleur dans tout le corps. Elle creusait les traits de son visage. Il souffrait et je me demandais pourquoi. Il m'a dit de monter dans ma chambre. Je l'ai entendu hurler, longtemps, comme un animal qu'on brûle à mort. On ne s'est plus revus... Je sais pas où il est. Un temps, il a été jockey en Espagne, puis il s'est envolé pour l'Amérique du Sud. Je regarde les palmarès des courses du Brésil, d'Argentine, j'ai jamais vu son nom...

« Le tien est là, non ? Parle-lui avant qu'il ne soit trop tard. Regarde-le dans les yeux, t'auras des réponses.

Crois-moi, y a rien de pire que d'imaginer des choses, se faire des idées...

Il se tut. Sa tristesse était palpable, emplissait l'habitacle. Il n'y avait que le bruit feutré du moteur, à deux mille cinq cents tours-minute, qui se faisait entendre. C'était comme être le long d'un ruisseau, assis sur la rive, parmi les herbes et les rochers. On ne pouvait que laisser couler ce moment, attendre sans rien faire. Je repensais à mon père. Je savais qu'un jour je lui demanderais. Pourquoi nous avait-il faits, ma sœur et moi, lui qui avait virevolté parmi les femmes comme un papillon, voulant goûter toutes les fleurs, pour au final séduire la plus jeune de mes tantes. L'aimait-il ? De quel élan était son amour pour nous, est-ce qu'on lui manquait ? Moi, il me manquait. Même la claque qu'il m'avait administrée petit me manquait. Si cela avait été possible, j'étais prêt à la revivre, pour retrouver ce moment d'incompréhension, d'amour.

— José...

— Hein ?

— Merci.

— T'es un chouette mec, Rico.

— C'est réciproque. Dis-moi, qu'est-ce que tu vas faire durant le prix de Diane ?

— Je sais pas, suivre la course de Lady à la télé.

— Ah ouais. Ça te fait pas mal aux couilles ?

— Si, mais c'est comme ça. Je me dis que si elle court mal, tu m'en voudras pas. Je préfère que tu sois en colère contre Fillion et te garder comme pote.

— Mets-toi bien ça dans le crâne, José, même si tu finissais dernier avec elle, tu serais toujours mon pote. Je ne peux pas t'en vouloir. Y a pas quatre jockeys comme toi. Pour Lady, t'es le meilleur.

— T'es sympa. De toute façon, le problème ne se pose pas.

— Ben si mon gars.

Il tourna son visage vers moi, curieux.

— Tu seras aux premières loges pour suivre le Diane, exactement sur le dos de Lady.

— Arrête tes craques...

— T'y crois pas, hein ?

— Non, pas un seul instant.

— Pourtant, je te l'assure. Abbadeus est venu me voir hier...

— Non ? Raconte...

— A plat ventre qu'il était, le gros flambeur, pour me faire des excuses.

— Allez, qu'est-ce qu'il t'a dit ?

— Il s'en voulait de pas m'avoir écouté, ça a été un choc pour lui de la voir se dérober. Il a compris qu'elle était très spéciale. Il en a discuté avec le patron, il te veut sur elle dans le Diane. Fillion a fait un peu la tronche, mais en fait il n'est pas fâché car il a trouvé une autre monte, une Anglaise, invaincue depuis le début de l'année.

— Oh, putain ! C'est géant. On va les faire souffrir, je te le dis. Ah, putain, c'est bon.

Il avait un sourire jusqu'aux oreilles. Sûrement celui de son père. Je me dis que s'il était en vie quelque part au bout du monde, il verrait certainement le nom de son fils. Le prix de Diane, c'était aussi grandiose que le prix de l'Arc de Triomphe. Tous les journaux hippiques de la planète en parlaient, même les grands quotidiens d'informations générales.

— Non seulement tu vas leur faire mal, mais tu vas les atomiser.

— Attends, c'est pas gagné, faut y aller au bout de la ligne droite de Chantilly.

— Ouais, mais avec toi, Lady vole.

Je freinai d'un coup. En rentrant dans Villeneuve-sur-Lot, je venais d'avoir une vision, une jeune fille, un gros sac à terre près d'elle, sur le bord de la route. Ville morte, Villeneuve à cette heure, vieille, et la fille jeune, blonde.

— T'as vu la gonzesse de l'autre côté ?

— Oui.

— On dirait qu'elle fait du stop.

— Oui, mais elle va vers Paris.

— Ça te paraît pas bizarre ?

— Si, qu'est-ce que tu veux faire ?

— La prendre.

— Ça sent l'embrouille.

— On va lui demander.

Je fis demi-tour. Dans le faisceau des phares, elle avait une expression inquiète. Elle ressemblait à Véronique Sanson et se pencha à la vitre de José pour voir nos visages.

— Vous faites du stop ?

— Oui, je vais sur Paris.

— Ah ! Nous aussi, mais demain soir seulement. Nous devons être à Agen aujourd'hui. Si vous êtes pas pressée, on vous y conduit demain d'une traite.

Elle nous regarda un moment, parut hésiter, puis, avec un sourire timide accepta.

José sortit de la voiture pour la faire monter à l'arrière tandis que je mettais son sac dans le coffre. Nous n'en revenions pas.

Durant les deux premiers kilomètres, je parlai avec José. Je la sentais nous observer.

— Qu'allez-vous faire à Paris ? la questionnai-je.

Elle se rapprocha des deux sièges avant.

— Essayer de trouver du boulot.

— Vous avez de quoi vous loger là-bas ?

— Non, pas vraiment, mais j'ai quelques amis, j'ai bon espoir.

— Dans quelle branche vous voulez travailler ?

— Oh, j'en sais rien, n'importe quoi, ce sera toujours mieux qu'ici.

— Y a pas foule dans votre bled.

— Oui, c'est plutôt calme, mais j'attends pas depuis longtemps. Une seule voiture est passée, je crois qu'ils ont eu peur.

— Pourtant, vous n'avez pas l'air menaçante.

— Les gens ne sont pas rassurés la nuit.

— Faut dire que c'est une drôle d'heure pour partir.

— Je ne voulais pas réveiller mes parents.

José nous écoutait. Il ne disait rien, s'endormit ou fit semblant, mais il était bien présent, avec nous. C'était doux. Je discutai avec notre passagère jusqu'à Agen. Sa voix était suave. Nous prîmes une chambre d'hôtel. José insista pour se coucher sur le lit d'enfant. Il y avait un autre lit, deux places. On poursuivit notre conversation assis dessus, puis elle alla dans la salle d'eau se faire couler un bain. Je me glissai sous les draps. Elle vint me rejoindre. Elle portait un tee-shirt et un slip. Je n'arrivais pas à m'endormir, elle non plus. Au petit matin, j'avais une main sur sa taille, l'autre dans ses cheveux. Je la respirais, elle me regardait. Je sentis ses doigts contre ma cuisse. Je lui souris, elle aussi, déposai un baiser sur sa joue, nous nous embrassâmes et fîmes l'amour, posément, graduellement. Habile, son corps serpentin et lisse dessinait des arabesques délicates, onctueuses.

José nous observait. Je lui fis signe de nous rejoindre. Il fit non avec la tête et se retourna en boule en pressant l'oreiller contre son visage.

Angèle était tendre, attentive, patiente. Elle m'avait retourné sur le dos et me chevauchait, l'un et l'autre condensés dans l'étau de son bassin blanc comme lune qui allait et venait.

A l'oreille, je lui demandai si José lui plaisait. Elle sourit et me dit, « oui, vous êtes mignons tous les deux ».

L'après-midi, pendant la réunion de courses, nous fûmes ensemble. On mangea des hot dogs avec plein de moutarde, on but des bières, on rit, on était légèrement enivrés. Elle me posa un tas de questions sur cet univers qu'elle découvrait. Tout juste avait-elle vu une fois un tiercé à la télé. Elle n'y connaissait rien et n'en était que plus charmante. Elle me dit avoir vingt ans et ne plus supporter ses parents. Ils étaient vieux, ringards, peureux, répressifs. Elle avait fugué avec son sac, trois fringues, un livre de Baudelaire, un autre de Chessex. Je connaissais le premier, pas l'autre. Je me sentais nul, ignare, mais dans ses yeux je ne l'étais pas. J'admirais son courage, sa décision, cette façon de prendre les choses comme elles se présentaient. Elle était libre et cela la rendait belle. C'était comme si on se connaissait depuis des mois. Notre rencontre était simple, et cela lui donnait une saveur extraordinaire.

José remporta une course et se classa une autre fois troisième. Le soir, on dîna sur les bords de la Garonne, champagne et caviar, avant de revenir à tombeau ouvert sur Paris. José dormit la plus grande partie du trajet. A l'aube, nous déjeunions dans un café près de Saint-Michel, et à huit heures du matin, étions de retour dans la chambre de José, tous les trois dans son lit, Angèle entre nous, Angèle toujours aussi douce et patiente qui, par petites touches, de tendres sourires, avec calme et détermination, parvint à détendre José et le chevaucher. J'étais à leurs côtés et les regardais. Parfois, elle m'embrassait, me caressait. Ils fermèrent les yeux en simultané, puis elle se coucha entre nous. Elle me laissa la reprendre par-derrière tandis que ses mains glissaient sur le corps de José.

La matinée était ensoleillée. Vautrés dans le même lit, amarrés l'un à l'autre, il me tardait pourtant de retrouver Lady Love.

Je les laissai endormis, le corps nu d'Angèle à moitié sur celui de José, une jambe par-dessus ses cuisses, une main autour de son sexe, le nez contre ses côtes, l'autre main posée sur son épaule. Elle n'avait pas défait son sac...

Le prix de Diane

Nous marchions tous les deux dans la forêt, sur les tracés sableux menant de l'écurie à l'hippodrome de Chantilly. Williamson avait d'autres partants en ce deuxième dimanche de juin, mais, pour la sérénité de ma pouliche, j'avais demandé à être seul. Ce jour était l'occasion d'enfiler une chemise blanche et une cravate framboise. La cravate, c'était pour ma reine, rien que pour elle. Afin de ne point me salir durant le trajet et le toilettage, je portais par-dessus une blouse bleue.

Nous étions partis en avance, je désirais prendre mon temps, la décontracter au maximum. Sous les ombrages, Lady Love se rehaussa du col et des paturons, le front défiant l'avenir, de fines ocelles de soleil miroitant sur sa robe. Elle était vêtue de coton bleu, un léger tissu ajouré en nid-d'abeilles dont les rebords voletaient à mi-cuisses. A demi nue en fait, respirant la beauté, la santé de son troisième printemps. Elle avait gagné en maturité, et le déhanché de son pas était plus assuré encore, féminin et conquérant. Je regardais les empreintes de ses sabots sur le sable. Son bel équilibre était lisible sur les quatre demi-cercles imprimés par sa démarche, ses sabots postérieurs se posant avec régularité en avant des antérieurs, le pas des purs.

Elle humait les senteurs de la forêt à pleins poumons, ses naseaux en corolles frémissantes, modulait son rythme en de rêveuses observations, quand elle ne se figeait pas, intriguée par quelques reflets sylvestres. Je la dévisageais, la détaillais, l'englobais, troublé par sa beauté. Je lui disais. Elle devait savoir que je l'aimais, qu'elle était la plus belle, la plus forte, que je serais toujours à ses côtés, c'est ce qui importait le plus à quelques heures de jeter son cœur dans l'épreuve, de le brûler comme il est inconcevable de le faire.

Elle m'écoutait, et cette intense attention me procurait de folles poussées d'adrénaline, de merveilleuses joies.

En arrivant sur l'hippodrome, nous étions en quelque sorte déjà un peu « gagnants ».

Je retirai ma blouse, la posai sur le montant de la stalle. Ça allait être bientôt notre tour de rentrer en scène. Elle leva la tête et fixa quelque chose au loin, par-dessus la ronde de pouliches devant elle, quelque chose qui ne semblait exister que pour elle. Le soleil ruisselait sur son visage rafraîchi, réfléchi et concentré, et elle illuminait ce recoin des écuries de l'hippodrome. Derrière les grilles, des curieux s'étaient massés pour suivre l'instant « de seller ». Elle les ignorait, sanglée de façon vertigineuse, son tapis de selle noir et blanc cousu du chiffre 1.

Je lui pris sa longe, l'embrassai sur le bout du museau, et lui dis : « Allez ma fille, on y va, tu es grande, une reine. »

Signe du destin ? En arrivant à l'intersection de la deuxième rangée de stalles, je reconnus Sweet Victory, la protégée de la reine d'Angleterre, qui nous disputait la priorité. Elle était une puissante pouliche, forte aura, sereine et princière. Le code à tenir dans une telle situation étant affaire d'interprétation, anglaise ou française, je lui grillai la politesse, offrant ainsi à Lady Love le privilège de pénétrer la première dans le rond de présentation. Le spectacle de la foule était saisissant : une mer de chapeaux, de couleurs, de turbans flottant dans la brise, de regards, lunettés ou non qui vous fixaient. Un bras d'océan grouillant qui murmurait, s'exclamait, vibrait et trémoussait. Lady Love releva le défi, et c'est d'un pas de commandant suprême qu'elle entama son entrée dans l'arène. Mais lorsque le public exprima son admiration, elle grelotta subitement. « Voilà ma fille, nous y sommes, lui dis-je en haussant le ton pour qu'elle m'entende, ne fais pas attention à eux, je suis là, avec toi, ne pense qu'à ça. Dans deux minutes, on se retrouve, comme avant. »

Je marchais d'un pas vif sans quitter des yeux son fin profil qui découpait le monde, sans cesser de lui parler, pour l'isoler, la convaincre : « Tu es la plus belle, tous le voient, le savent. José est là, il va nous retrouver. Quant à l'Anglaise, ne t'occupe pas d'elle, fais comme si elle n'existait pas, d'ailleurs, le poids de la royauté lui pèse. Elle est résignée, je l'ai vu dans ses yeux. C'est toi ma reine. Allez détends-toi, reste comme cela, tu es parfaite. »

J'aperçus Abbadeus avec Williamson. Le propriétaire souriait un peu jaune, mais à l'évidence il n'en pouvait plus de joie prétentieuse. Il était parmi les grands de ce monde, les Aga Khan, Rothschild, Wildenstein, Sangster, Niarchos.

L'heure était venue, pesante, stressante.

J'avais la gorge sèche et mal au ventre, mais je m'efforçais de ne pas lui transmettre mes angoisses. Elle trottinait maintenant, éclatante, enlacée par le soleil, crinière tressée, sabots graissés, belle à mourir à mesure que la tension s'amplifiait.

Venturi fut en selle. Après quelques pas, je vis que le jeune jockey n'en menait pas aussi large qu'il l'aurait désiré. Il était pâle et mâchait un chewing-gum.

Les journaux spécialisés avaient mis l'accent sur son âge, dix-neuf ans. Si par bonheur il l'emportait, ils rappelaient que seul avant lui, Freddy Head avait réussi à gagner une épreuve aussi prestigieuse au même âge, l'Arc de Triomphe, pour le compte de son grand-père.

Les propos des journalistes soulignaient qu'une victoire de Venturi serait quelque chose d'historique, car à l'inverse de son aîné, lui n'était pas « né habillé ».

Je lui dis que Lady Love n'avait jamais été aussi bien. Il m'adressa un clin d'œil, il savait cela, il l'avait galopée et elle s'était envolée. Il fit un nœud à l'extrémité de ses rênes, caressa le haut de l'encolure et, comme Lady Love tout à l'heure, il regarda au loin, ne vit plus les gens, n'entendit plus le brouhaha, fixant quelque chose que lui seul semblait voir. Il était ailleurs, avec la pouliche, concentré sur elle, en elle. Il m'épatait, car la pression sur ses épaules était grande.

Le défilé sur la piste énerva Lady Love, sa robe se mouillait. Les tribunes en bois menaçaient de crouler, noires de monde. José était d'accord pour écourter ce surplus de présentation utilisée lors des seuls grands prix. Je virai sur la piste bien avant l'endroit convenu, ôtai la longe : casaque et robe unies dans un bond, ils filèrent dans le bleu du ciel.

Derrière eux, les treize autres rivales en firent autant, éparpillées sur la piste tel un chapelet de perles dévidé par mégarde.

Je regagnai le pesage et me postai à l'entrée réservée aux chevaux. Dans mon dos, la petite tribune dressée au-dessus de la salle des balances, l'enclos des vainqueurs, et la foule, énorme, bruyante.

J'attendis de longues minutes, saoulé par l'ambiance criarde, les yeux sur la casaque de Lady Love. Venturi veillait à la tenir à l'écart du peloton qui se dirigeait vers les boîtes de départ. Son numéro de corde, le 13, n'était pas favorable, mais cela n'avait pas d'importance, plutôt un avantage puisqu'elle serait l'une des dernières à pénétrer dans sa stalle.

Elle fut même la dernière et le brouhaha des tribunes s'estompa quelques secondes jusqu'à l'ouverture des boîtes. Lady Love s'élança très vite, trois foulées lui suffirent pour catapulter sa silhouette seule en tête, comme si elle avait décidé de ne pas laisser ses adversaires s'échauffer. Ses foulées de géante la propulsaient vers les Grandes Ecuries. En quatre cents mètres, elle possédait une dizaine de longueurs d'avance. C'était impensable, et cette avance ne fit qu'augmenter lorsqu'elle plongea dans la descente menant vers la cuvette du château. Les hautes croisées des Grandes Ecuries semblaient choir à terre à la suite de sa course éperdue, vertigineuse. Sur elle, dans sa position insolite, fesses au ciel et nez dans les crins, José était relâché. Il fixait le ruban de piste qui venait à lui, à l'écoute des foulées de sa démente monture.

Autour de moi, les gens s'échauffaient sur l'issue de la course. Ce qui se jouait devant leurs yeux était insensé. Pour les promeneurs du dimanche, il était impossible que Lady Love se fasse rattraper, alors que les connaisseurs assuraient qu'elle s'écroulerait, leur mémoire de turfiste ne se souvenant pas qu'une telle tactique de fuite ait un jour réussi sur l'hippodrome des Condé. Les poursuivantes commençaient à s'activer sans parvenir à réduire l'écart. Le tumulte des tribunes, charivari d'excités aux intonations d'esclandre, allait croissant. Chamboulé par le scénario, la voix du speaker prenait des accents dramatiques et s'éraillait.

Lady Love était dans le creux de la cuvette, à mi-tournant, le Château en toile de fond. Le plus dur restait à faire car le terrain s'élevait jusqu'au poteau d'arrivée, encore huit cents mètres rudes qui en valaient le double. J'avais mal pour elle, mais j'y croyais.

Le peloton grignota son retard. Il lui restait une dizaine de longueurs à combler. La fuyarde s'apprêtait à fouler la ligne droite, et dans les tribunes, les commentaires retombèrent. Des spectateurs retenaient leur souffle, et ils étaient sans doute moins nombreux à désirer qu'elle se fasse rejoindre et engloutir, car sa fuite enflammée avait quelque chose d'ancestral et de pathétique. Elle était comme la proie qui sent l'haleine du prédateur. Allait-elle se ressaisir, nous étonner ? On était de plus en plus à l'espérer, pour le môme, l'héroïque couple qu'il formait avec elle, le rêve, l'exploit.

Elle entamait la ligne droite, seule le long du rail blanc, comme arrimée à lui. Le temps de compter jusqu'à quatre, le peloton était là, avide, menaçant. Trois pouliches aux forces vives s'en détachèrent. L'une approcha ses ganaches de la croupe de Lady Love, les deux autres paraissaient inaptes à réduire l'écart, car José, dorénavant, sollicitait notre isabelle.

Soudain, à mi-ligne droite, une casaque pourpre à brandebourgs or surgit à la vitesse du vent dans les grands larges de la piste. Les couleurs royales de la favorite contre-attaquaient par le flanc du peloton, accompagnées par une bronca de tous les diables, celle des Anglais et des petits joueurs. Sweet Victory effaça les attardés en deux coups de reins meurtriers. Elle fondait sur Lady Love, telle une buse dans un poulailler.

José dut sentir son ombre, il s'était ramassé sur Lady et l'exhortait à offrir son cœur et ses tripes dans la bataille. Sweet Victory prit l'avantage durant trois foulées, mais, au lieu d'être galvanisée par son léger ascendant, sa pointe de vitesse émoussée par l'effort violent qu'elle venait de fournir, elle ne put poursuivre son accélération et se défaire de ma coriace. Deux cents mètres encore : les deux jockeys se démenaient, luttaient coude à coude. Le filiforme Anglais, Lester Piggott, dit le Major, était le cul dans la selle, les genoux au menton, et il cravachait sa partenaire sans répit, la « coupait en deux ». Sous l'effort et la douleur, celle-ci se couchait sur Lady. Les tribunes en bois résonnaient des cris du public, il hurlait, tapait du pied. Lady Love ne décrochait pas, elle avait sa tête de fauve, les oreilles disparues contre sa nuque, les naseaux retroussés jusqu'aux yeux, le chanfrein effilé comme une lame, déchirant l'espace, l'œil rond, énorme, émouvant de bravoure. Elle donnait tout et je la sentais prête à déchiqueter sa rivale avec les dents si elle ne se soumettait pas. Elle était terrible, effrayante de volonté, ne supportait pas d'être devancée.

Pour José, lutter avec Piggott représentait le summum du métier. Jusqu'alors, seul Saint-Martin tenait tête avec classe et finesse à ce diable d'Anglais. Cet homme se nourrissait d'une coupe de champagne et d'une feuille de salade, et cela le rendait dingue. Les chevaux, il les « portait » littéralement au poteau, sans se préoccuper de leurs lendemains sombres et meurtris. Il se les nouait au creux de sa silhouette ramassée en boule, long sac d'os nerveux, et s'il devait les « tuer » pour vaincre, la culpabilité ne l'accablait pas. José ne se laissait pas impressionner, il en voulait le bougre, le contrait, encore et toujours, insistait. Sa course était splendide, et même s'il échouait, sa performance à mes yeux vaudrait une victoire. Mais je voulais tant qu'ils l'emportent, je cognais la barrière, hurlais à m'en péter les cordes vocales, fallait qu'ils m'entendent, qu'ils me voient sur le bord de la piste, avec eux, toute mon âme les poussant à la croupe.

Han ! Ils franchirent le poteau, et pour moi – avais-je rêvé ? – les naseaux de ma guerrière étaient devant ceux de Sweet Victory.

Non, je ne rêvais pas, José se dressait sur les étriers et jetait sa cravache dans les airs. Sa main s'abattait sur l'encolure. Ecartelée, elle remerciait ma championne tout au long de son galop de décompression. S'il avait eu le moindre doute sur son classement, José n'aurait pas été aussi exubérant. Je le voyais, sa main glissait vers la nuque, jouait avec les oreilles. Je courus sur la piste, ça coulait sur mes joues, croisai Sweet Victory, Piggott tirait la tronche. Au fond de l'hippodrome, vers la gare, José et Lady m'attendaient. Ils me regardaient courir tous les deux vers eux. José riait, je ne l'avais jamais vu aussi radieux, éclaté, empli de bonheur. Il enserrait son encolure, couché sur elle, l'embrassait. « Cours, Rico, me dit le saligaud, qu'on soit trois à mouiller la chemise. »

Je sautai au visage de Lady Love. Elle soufflait le zéphyr, irradiait de sueur et de lumière. Je l'embrassai, administrai une grande claque sur la cuisse de José. Il avait la banane jusqu'aux oreilles, rouge betterave, rincé, épuisé, mais tellement en forme, géant.

— Tu l'as fait, José, tu l'as fait ! Oh, putain, tu réalises ?

— On l'a fait, Rico, parce qu'on est trois, grâce à vous deux.

— Déconne pas, t'as monté comme un dieu. Putain, t'as eu les couilles. Tu te rends pas compte. Faut qu'on ait la cassette, je vais te la passer en boucle. Z'êtes deux cracks.

Des photographes et un groupe de turfistes exubérants couraient vers nous. J'essuyai mes larmes contre le chanfrein de Lady. Elle soufflait fort et me fit des baisers de vent.

José releva son casque sur le haut de son front. Des mèches mouillées lui collaient dessus. Il était en nage et je ne sus dire si c'était la sueur ou des sanglots qui illuminaient ses joues.

Une haie humaine nous accueillit avec un tintamarre d'applaudissements, de cris et de sifflets. Sur un nuage, je pénétrai dans l'enceinte des vainqueurs, les flashes crépitaient, les photographes se bousculaient et les gendarmes tentaient de refouler le public. Le monde entier nous ouvrait les bras. Abbadeus et mon patron s'extirpèrent de la foule et s'approchèrent, l'air atteint par un drôle de bonheur. W. Jr. m'adressa son sourire, le premier.

Ils posèrent avec José et moi autour de la pouliche, puis l'entraîneur et le propriétaire disparurent dans la salle des balances. Avant de les suivre, José caressa et embrassa le visage de Lady, et, la selle sur le bras, il m'ébouriffa les cheveux en me disant, « T'es le meilleur. Nouba jusqu'à l'aube tonight ». Des types avec des carnets, stylo en main et front soucieux, le suivirent vers la pesée.

Des turfistes et des enfants m'accompagnèrent jusqu'aux écuries de l'hippodrome. Certains prenaient des photos.

Je la douchai et la séchai, pressé de retrouver le chemin du retour, d'être dans les bois où nous pourrions musarder, babiller rien que nous deux. Je voulais la laisser brouter, goûter aux lisières, aux talus qui fleuraient la fraise des bois, qu'elle puisse enfin observer les ombres et les perles de la forêt, se détendre dans les flaques de soleil, retrouver le calme, soupirer d'aise, à l'envi.

Les journaux spécialisés qualifièrent ce prix de Diane d'anthologie. Les quotidiens généralistes n'étaient pas en reste. Titres élogieux pour Lady Love, *« Une Artémis au Diane »*, *« La Lady de Chantilly n'a pas fait dans la dentelle »*, *« Galop d'enfer pour Diane chasseresse »*, mais aussi pour son jeune jockey, *« Le Saint-Martin nouveau est arrivé »*, *« Naissance d'une Cravache d'or »*, *« Rêve de môme, un apprenti survole le prix de Diane »*, *« Le Joselito d'une Lady »*, *« Venturi, l'effet cavalier »*.

Après cette victoire, la plupart des entraîneurs voulurent bénéficier de son talent. José se mit à monter chaque jour. Il ne se passait pas une réunion sans qu'il remporte une course ou deux. Il devint le meilleur apprenti de la saison, et son nom s'inscrivit dans le top dix des jockeys, pointant en huitième position au niveau des victoires, derrière Saint-Martin, Head, Fillion, Gibert, Philliperon, Barclay et Samani. Il possédait toutes les cartes en main pour devenir un jour le meilleur d'entre tous.

J'avais lu et relu dans *Paris-Turf* ses commentaires d'après course. Lors de la conférence de presse, il avait répondu ainsi à un journaliste sourcilleux : *« Ma façon de mener la course a été pour vous suicidaire, c'est bien ce que vous pensez ? »* Le journaliste : *« C'était pour le moins culotté. Vous avez eu de la chance, convenez-en. »* José : *« Du culot, il en faut dans un peloton. De la chance aussi. Je savais de quoi était capable ma pouliche. Elle était super bien préparée par mon patron. Le petit plus qui a fait toute la différence tient au garçon qui s'occupe et monte Lady Love le matin, l'apprenti Rico Bastide. C'est lui qui l'a débourrée, éduquée, entraînée. Comme toutes les juments exceptionnelles, elle n'était pas facile, fragile même, du TNT sous pression. Il a accompli sur elle, depuis deux ans maintenant, un travail incommensurable. Vous ne pouvez réaliser les montagnes de patience que cela représente, jour après jour. D'autres que lui auraient abandonné. Ses qualités de cavalier sont inestimables. En fait, moi, je n'y suis pas pour grand-chose, il me suffisait juste de conserver le cap. A ma place, Rico Bastide aurait fait mieux, et pour être sincère Piggott n'aurait pas approché les flancs de Lady Love. »*

Du petit-lait, voilà ce que je buvais.

L'amour entre-deux

L'idée lui était venue dans cet endroit assez mal famé où l'on pouvait danser, se bécoter et se peloter sur de vieux airs traînants. On y buvait jusqu'à tard. Selon les dires de quelques voyous d'écurie, on y faisait de nombreuses choses illégales. Accoudée au long bar éclairé de spots bas, Jessie, assise face à moi sur un tabouret, sirotait un Campari en observant les couples dans les recoins d'ombre. On s'était échauffés dans ce caboulot, mes genoux entre les siens, mes mains le long de ses cuisses. Des caresses, des baisers. L'alcool lui était monté aux joues, elle riait, se mordillait le lippu des lèvres. L'éclairage donnait du relief à ses traits, un supplément de plénitude. Elle bégayait joliment, pompette, chatte, je la désirais et lui avais fait part de mon impatience. Elle s'était moquée, « tu ne penses qu'à ça », et m'avait pincé le bout du nez.

— Tu y es pour quelque chose. Et puis, on peut pas dire que je profite beaucoup de toi en ce moment.

— J'ai le bac, t'as oublié ?

— Et moi le bâton.

— Oh, t'es fin ce soir.

— Oui, j'ai très faim de toi. J'ai envie de le faire en dansant, là-bas dans le noir.

— Ça va pas ! Elle avait jeté un regard circulaire sur la salle. Non pas ici, t'es fou, j'oserai jamais. Offre-moi plutôt un autre Campari.

Elle le dégusta comme un poulain les lèvres à fleur de marigot, brèves goulées et coups d'œil furtifs dans la salle. Puis, elle avait levé les yeux sur moi, une lueur canaille dans les pupilles.

— Dans la paille !

— Quoi, dans la paille ?

— Ça te dit pas de le faire dans la paille ?

— Box, grenier, atelier de rempailleur ? questionnai-je.

— Box.

— O-K.

— Celui de ta princesse.

— Quoi, Lady Love ?

— T'en as plusieurs ?

— Pas question.

— Bon, tant pis, fit-elle en levant le menton au ciel et se tapotant la lèvre inférieure.

— N'importe quel box, mais pas celui de Lady Love.

— Non, non, tant pis, c'est pas grave. Moi, j'ai le bac, et toi, t'as plus le bâton, n'est-ce pas ? Allez, tu me ramènes ?

Dans le rectangle blafard, entre mur chaulé et pleine lune, Lady Love me regardait. Elle eut un léger hennissement, ravie de me voir à cette heure inhabituelle.

Collée derrière moi, ses mains sur mes hanches, Jessie me chuchota à l'oreille : « J'ai peur. Vas-y, entre, ça m'excite. »

Nous nous glissâmes dans le box.

Je tirai la porte pour l'attacher avec une mèche de crins. Jessie resta pendant ce temps dans le coin du seau d'eau à fixer la pouliche. Elle se plaqua contre moi et m'agrippa à la ceinture. « Quelle merveille, s'exclama-t-elle, tu ne fabulais pas lorsque tu m'en parlais. » L'encolure et les oreilles dressées au plafond, Lady Love, immense, occupait tout l'espace, encore plus impressionnante de nuit que de jour. Eclairée par le vasistas, trois carrés de rayonnement lunaire sur son épaule, elle était immobile, et ses yeux dans les hautes pénombres, ses yeux si vastes et sombres, luisaient, intrigués et brûlants. Elle détaillait l'intruse.

« Oh là ma belle, c'est moi... On vient te tenir compagnie. »

Je dis à Jessie de rester en arrière et fis un pas vers Lady Love, lui caressai le bas du chanfrein, puis, avec un doigt, le rebord des naseaux. « Là ma belle, ne crains rien, Jessie c'est ma chérie-chérie. Elle te veut pas de mal. Je suis là. »

Elle ne la quittait pas des yeux. Je dis à Jessie d'approcher. Elle s'abrita derrière mon épaule, les yeux fichés dans ceux de la pouliche.

— Ne fixe pas sa rétine mais plutôt le pourtour de l'œil. Elle va se détendre, il lui faut un peu de temps pour te découvrir. Laisse-toi aller. Viens, elle veut faire connaissance. Voilà. Caresse-lui le bout du nez.

Je lui dis de poursuivre ses caresses, guidai ses doigts sur la joue de l'isabelle, l'encolure, le rondelé du poitrail, en gardant moi-même le contact avec la robe.

— Oh, ce que c'est chaud et doux. Incroyable.

— Ça te plaît ?

— Oh ! là là j'ai jamais senti ça sous les doigts.

Elle avait retrouvé le sourire.

— Ah si ! Une chose, se reprit-elle, l'air coquin.

— Quoi ?

— Devine, dit-elle, en s'imbriquant contre moi.

Je l'embrassai et soulevai sa robe, malaxai ses fesses. On s'entredévora de baisers à s'étouffer, la glotte révulsée. Elle glissa ses mains sous ma chemise, fit sauter les boutons, me pinça les tétons et me débraguetta en un tour de fée.

Ma queue trompeta, elle l'orienta vers sa fleur liquoreuse où je m'enfouis, rivé en elle et ganté de soie et de feu.

Elle gémissait, je haletais. Dans un tel moment, plus rien d'autre ne comptait. Du moins le pensais-je. Or, les genoux en compote, ma position me fatiguait. Je perdis l'équilibre, Lady Love s'agitait. Marche arrière vers la pouliche, je plaquai Jessie contre son flanc et l'attrapai par-derrière tout en posant mes mains sur le dos de Lady Love, caressant sa robe tiède, mes bras de chaque côté du visage de ma partenaire. C'était, ma foi, délicieux, Jessie se cambrait, et sous mes doigts la musique de Lady Love, son cœur battant la chamade comme celui de la biche aux abois. Je m'appliquais dans le voluptueux, le fessier décrivant plus ou moins des cercles et des huit, lorsque je sentis le souffle chaud de ma championne. Elle me reniflait la hanche. Les reflets de la lune éclairaient son visage. Elle avait l'œil bizarre.

« Reste calme ma chérie », la rassurai-je. « Oh non, ça monte, dit Jessie, plaintive, j'suis au bord. » Moi-même au bord, je m'activais, et poussai un cri, de douleur, puis un autre ; Lady Love m'avait mordu la fesse ! La vache, elle continuait de plus belle, les oreilles couchées sur la nuque, l'œil en colère.

J'attirai Jessie en arrière, et ma pouliche fit mine de la mordre au visage. « Oh ! Ça va pas ? », criai-je.

Elle était inquiète, sa queue se soulevait, des frissons parcouraient son corps. De m'avoir entendu élever la voix la rendait indécise. Son encolure oscillait de droite à gauche comme si elle avait le tic de l'ours. Elle retroussait ses naseaux vers Jessie et me questionnait : « Pourquoi me fais-tu cela ? »

— Qu'est-ce qu'elle a ? demanda Jessie.

— Elle est jalouse.

— Dis pas de connerie.

— Faut la laisser.

— Ah non, tu vas pas t'en tirer comme ça.

Elle se colla contre moi en m'empoignant les fesses.

— Aïe ! Lâche-moi, j'ai pas envie de plaisanter.

Comme je me dégageais, elle me les griffa, imprimant dix sillons rouges.

Je lui ordonnai de sortir. Lady Love martelait le sol en reniflant les effluves amoureux.

Jessie ne m'adressa pas la parole durant le trajet et claqua violemment la portière une fois arrivée devant chez elle. Par la vitre, je lui criai :

— Tu pourrais dire bonsoir.

— T'es qu'un p'tit kiki.

— On se revoit quand ?

— Jamais !

L'été tel un petit nuage emporté

Les journaux m'apprirent que le prochain objectif de Lady Love serait le prix de l'Arc de Triomphe, la plus belle épreuve du monde. Elle y rencontrerait pour la première fois les mâles, et ses aînés, des quatre ans, des cinq ans, des coriaces rompus à tous les combats. Rien n'était plus dur pour une pouliche de trois ans dont la croissance n'est pas aboutie. Il était prévu de la laisser récupérer un mois avant de reprendre peu à peu l'entraînement poussé.

Durant le mois de juillet, je fis avec elle de longs canters pour entretenir son état, et de longues promenades en forêt pour son moral. En accord avec le patron, je n'eus plus que deux chevaux à monter, ma belle, sur qui je restais le temps de deux lots en selle, et Corluck, un poulain compliqué et dangereux doté d'une force rare. J'aimais monter ce bai brun de robe aussi noire que l'éternité. Emmerdeur patenté, il suffisait de rentrer dans son jeu, l'agacer, le titiller, et surtout de ne pas lui montrer qu'il nous impressionnait. Je ne m'ennuyais jamais avec lui. C'était important de ne jamais s'ennuyer à cheval. Trop asocial, je savais qu'il finirait aux abattoirs. J'en frémissais pour lui, car les chevaux sentent la mort à des kilomètres, et s'ils peuvent endurer les plus atroces fractures ouvertes sur le champ de bataille imposé, ils refusent de toute leur âme cette fin sous le couteau. Ils ont l'intuition de ce terme qui suinte l'horreur absolue. A ce moment d'être taillés au vif, où l'espoir est moins épais qu'une feuille de tabac à rouler, ils connaissent l'effroi, comprennent qu'ils se sont égarés, savent alors que la part dilacérable de leur âme, l'homme, n'est que huit os et un bol de sang sans mémoire. Celui-ci devrait croiser le regard de l'animal. Il ne le fait pas, surtout pas, il n'en a pas le courage, car il y verrait à des profondeurs insoupçonnables l'insupportable reflet de ce qu'il est, un bourreau. Il y verrait aussi quelque chose de bien plus intolérable que ces grands yeux résignés, le silence.

Durant cet été, je fus le seul ami de Corluck. Je ne crois pas qu'il en ait connu d'autres, d'ami, et d'été.

Je me disais : après l'Arc de Triomphe, Lady Love quittera l'écurie pour le haras, je pourrai m'en aller, plus rien ne me retiendra. Je savais les chevaux, chevauchais leurs songes, mais je savais aussi les hommes, et qu'ils soient hommes de cheval ou non, je ne les sentais plus. J'avais envie de m'éloigner, ressentais le besoin de marcher sur les routes, dans les chemins, vers l'inconnu, la découverte. Faire quelque chose de ma vie, m'occuper de moi.

Je songeais souvent à ce rêve que j'avais fait jeune à Barcelone en colonie de vacances. Je rêvais du rêve : j'étais seul à Barcelone, près du port, la ville grouillait sous un soleil de plomb, irrespirable, agressive, violente, avec ce parfum de vase dans l'air qui émane des ports. Je m'y sentais prisonnier, ne trouvais pas de solutions pour sortir de l'obscurité. M'étais-je perdu ou bien était-ce ma famille qui m'avait égaré, oublié ? Si ces questions me permettaient d'appréhender mes angoisses, je n'avais pas la réponse. Mon inconscient ne se laissait pas prendre à bras-le-corps, il me glissait entre les doigts, m'échappait parmi une armée de voiles tendus en travers de l'espace, comme m'échappait mon désir de fraternité éternelle. Cela me rappelait la phrase de ma sœur lorsque je lui avais dit un jour que j'avais l'impression d'être seul au monde : « Quand tu as compris ça, tu as tout compris. »

Quitter les chevaux, mettre un terme à ce rêve, ne me serait pas facile. J'allais me jeter dans le monde. Il y avait bien quelque chose pour moi. Quoi ? Je n'en savais rien, il me faudrait m'accrocher et ne jamais douter de mon étoile, en qui, je le pressentais, je pouvais faire confiance.

Je voulais voyager loin, vers des contrées mystérieuses, des forêts profondes, des plateaux d'herbes vastes comme la steppe, des montagnes qui incitent le regard à s'élever, les pas à pousser de l'autre côté. Loin ne voulait pas dire forcément à l'autre bout de la terre. Il y avait des trésors à découvrir, des sanctuaires pour le vent, le silence, les bêtes, tout près. L'Auvergne, au plus replié de l'hiver, la Lozère, le pays aux mille sources, relief où les ailes vous poussent, les Cévennes, monts bleus brûlés de soleil qui s'en vont en vagues serrées mourir en lisière de Camargue, pays des sanglots solitaires, pays entre ciel et mer où les chevaux sont libres. Libres de galoper, libres de mourir, tel Crin Blanc se jetant dans les flots.

Jessie m'avait quitté. Aucune tentative de sa part pour renouer. Je n'avais rien fait non plus de mon côté. Trop orgueilleux, j'estimais que ce n'était pas à moi de le faire. Cela m'attristait, piquait mon amour-propre. Je n'étais pas assez amoureux pour la reconquérir. Elle me manquait pourtant, nos jeux, sa complicité, son index sur le bord de sa bouche, son naturel qui m'allait si bien. Je n'avais pas d'autre petite amie et ma libido n'était pas en sommeil. Impossible avec les chevaux lorsqu'on est en selle chaque matin. Ils vous transmettaient une telle énergie, une puissance, du tonus, que garder cela en soi était la source d'un grand tracas. Et ces heures passées à cheval, où scrotum et périné astiquaient le cuir de la selle en d'interminables va-et-vient, n'étaient pas le meilleur procédé pour faire chuter la tension accumulée.

Heureusement, il y avait Lady Love.

Elle était la perle de tous mes soins. Elle était le cheval de ma vie. Nous étions dans notre bulle, comme dans une retraite où l'on polit la prière, la douceur du temps qui avance et qui permet de maintenir les douleurs en lisière. Echange égoïste, privilégié. Hormis José, je ne laissais personne s'introduire dans notre intimité. Je la lustrais, peaufinais son moral.

A part le matin sur les pistes d'entraînement et lors des galops que nous effectuions ensemble, je voyais de moins en moins José. La nouvelle coqueluche des turfistes montait en course chaque après-midi. Puis, il partit tout le mois d'août à Deauville pour le meeting de la Côte Normande.

Je ne vis pas l'été passer, évanoui tel un petit nuage emporté par le vent. Il fut celui de Lady Love dont la préparation s'élaborait. Je ne la monterais plus jamais en course, mais je la galopais. Et ce bonheur-là, valait bien celui de l'aigle qui, du haut des cieux, se laisse tomber à la façon d'une pierre dans l'univers sans fin des grands espaces.

Une danse

Allongé sur le tapis de feutre, une jambe en l'air, tendue, ma queue bien en main, je m'apprêtais à tirer mon coup. La partie était serrée. 33 points pour José, 31 pour moi. Nous aimions bien nous détendre au billard, ce jeu, accordé au silence, nous correspondait. De valeur identique, nous ne possédions aucune technique et c'est ce qui faisait tout le charme de nos parties, chaque point étant apprécié, commenté et admiré par l'adversaire.

C'était une longue salle au métro Gaîté sur l'avenue du Maine. Cela faisait plus d'un mois que nous n'étions pas sortis ensemble. Il était crevé disait-il, le meeting de Deauville l'avait mis sur les genoux. Il avait terminé sur le podium des jockeys ayant obtenu le plus de victoires, troisième au classement derrière Saint-Martin et Fillion, juste devant Philipperon et Head.

José n'avait pas la grosse tête, il évoluait comme auparavant, comme si tout ce qui lui arrivait de bon ne valait pas la peine qu'on s'y penchât. Il parlait peu, ne se confiait pas, immuable et secret. Nous avions plaisir à nous retrouver, mais j'étais décidé à remporter la partie.

Il me fallait jouer fin, un « coulé » de démineur, difficile à réaliser mais si j'y parvenais, je pouvais sans peine enquiller à la suite deux ou trois points supplémentaires.

Visage dans l'ombre, caché par les abat-jour, José m'observait à l'autre bout du billard.

Entre nous, sur le côté latéral, un homme s'approchait. Dans ma position allongée et concentrée, je ne vis que le bas de sa chemise et les pans de sa veste. Il posa une main sur le rebord de la table. Entre ses doigts, il y avait une cigarette maïs allumée. Cet intrus m'agaçait.

— Pas facile à réussir, dit-il, faut pointer tout doux, à peine une caresse, un souffle.

Son commentaire hérissa les poils de mes avant-bras et, c'était à prévoir, je loupai mon coup, l'extrémité de ma queue ripant sur le haut de ma boule.

— Oh, c'est dommage, dit l'homme.

Comme con, il se posait là. Je me redressai et blêmis, je reconnus Bob, monsieur Bob, l'éducateur du Moulin à Van. J'avais entendu dire qu'il s'était fait virer du centre des apprentis quelques mois après mon départ. Cette éviction n'était pas liée à mes révélations auprès du directeur de l'époque, mais parce qu'il s'était fait surprendre dans le laboratoire photo avec des gosses, pantalon aux chevilles pour tous. Son départ s'était fait sans bruit, la direction sociale chargée de la formation des apprentis jockeys ne désirant pas d'esclandre.

— Casse-toi ! lui dis-je, un tressaillement au fond de la gorge.

Je le fixai dans les yeux et mes mains tremblaient.

— Je pensais que tu serais content de me revoir.

— Tu te trompes.

Il s'éloigna vers le comptoir où l'attendait une bière en s'excusant.

C'était au tour de José de jouer. Il fit une série de trois points. Je ne réussis aucun des coups suivants.

— Qui c'était ce mec ? demanda-t-il. Tu m'as fait peur, j'ai cru que t'allais lui enfoncer ta canne dans les yeux.

— C'est une queue José, pas une canne à pêche.

— Ouais, je sais. Qu'est-ce qu'il te voulait ?

— C'est un pédé qui m'a fait chier quand j'étais au Moulin à Van. Il a été éducateur, cette enflure.

— On lui pète la gueule ?

— Non, mais s'il m'emmerde encore, je lui fais bouffer ses Boyard.

Il nous avait pourri la partie. On était nerveux. Il restait le long du bar à boire des bières et fumer tout en nous observant, son éternel sourire vicelard enfumé par sa cigarette. Après un moment, il se mit à jouer au flipper. On décida de s'en aller.

Alors qu'on réglait nos heures de jeu à la caisse près dc la sortie, il s'approcha et me demanda si j'étais toujours dans les chevaux de course. Je ne répondis pas mais José lui dit :

— Oui, on est jockeys.

— Ah, c'est bien, et ça marche, c'est pas trop dur ?

— Non, ça baigne, poursuivit José, étonnamment volubile et qui ignorait les regards noirs que je lui adressais.

— Vous buvez quelque chose ?

— Non ! coupai-je. Allez José, viens, on rentre.

— Vous allez par où ? questionna l'effronté.

— On prend le périph à la Porte d'Orléans, dit José.

— Vous pourriez m'avancer jusqu'à la Porte d'Italie, j'habite dans l'avenue.

— Bien sûr, c'est notre chemin, continua José.

J'en revenais pas, il était maboul, comme s'il s'adressait à une vieille connaissance.

L'enfoiré de Bob insista pour payer nos consommations et nous suivit jusqu'à la voiture où il prit place à l'arrière. Au volant, José conduisit à tombeau ouvert.

Six minutes plus tard, on le déposait Porte d'Italie. Il nous proposa de boire un verre chez lui. Je suis vanné, lui dit José. Il voulut nous donner son numéro de téléphone au cas où, si un jour on repassait, il nous offrirait un dîner au restaurant. José accepta et le laissa inscrire son numéro sur un bout de papier.

— T'es frappé, dis-je à voix basse à José, c'est un enculé ce type, regarde les yeux lubriques qu'il a, il doit croire qu'on s'enfile.

— Ouais, j'vois ça, dit-il sans se départir d'un sourire nerveux.

Bob lui refila son numéro par la vitre ouverte et traversa l'avenue en nous saluant, le visage radieux. José entama un demi-tour derrière lui, et accéléra d'un coup, le fauchant par le dos et l'éjectant sur le toit. Il retomba à l'arrière de la voiture. José freina, passa la marche arrière et lui roula dessus. On l'entendit crier. Il était recroquevillé sur les pavés mouillés et grimaçait dans la lueur des phares. Il s'accouda, José appuya sur l'accélérateur, la calandre cogna, le cardan et autres visseries aussi car les bas de caisse sursautèrent et gémirent sur le corps. Il tira le frein à main.

— Allez, on se casse José, il a son compte.

— Non, attends.

Il sortit de la voiture, ouvrit le coffre, fouilla à l'intérieur, le referma et me tendit l'une des deux cravaches qu'il tenait :

— Viens, on va lui faire passer le goût des bleubites et des jockeys.

Bob ne bougeait plus, le profil gauche méconnaissable, révulsé de sang et de chair meurtrie. Il sanglotait.

— Vas-y, venge-toi, frappe-le aux couilles.

— Non, c'est pas la peine José, il a dérouillé.

— Pas assez !

Il lui cingla le visage et lui mit un grand coup de savate dans les parties, puis une série dans le ventre et les côtes, et la tête. Bob accusait tous les coups sans broncher, même pas un râle. J'agrippai José par le col et le tirai en arrière. Il fit mine d'abandonner puis rebondit sur le corps à terre et lui cravacha le visage comme un dément, une quinzaine de volées.

— José, viens, y a un taxi qui s'est arrêté là-bas, vite.

On sauta dans la voiture pour filer comme des voleurs.

Au volant, José était hilare :

— Ah, l'enculé, l'enculé, il est pas près de recommencer.

Je lui dis qu'il y avait été un peu fort.

— Tu plaisantes ? C'est une ordure ce mec, il t'a touché !

— Il a essayé.

— C'est pareil, c'est qu'un putain d'enculé qui fait des trucs dégueulasses à des mômes. Faut pas que quelqu'un s'avise de t'emmerder, hein ! C'est compris ? Rico ?

— Oui.

— On laissera personne nous pourrir la vie. Le premier qui te touche je le tue ! T'es d'accord Rico ? A la vie à la mort, hein ?

— Oui, José, à la vie à la mort. T'inquiète pas, tout va bien.

Le grand jour

La rumeur du public venait jusque dans les écuries de l'hippodrome de Longchamp. Lourde, impressionnante. Depuis cet endroit reculé, nous, lads et pur-sang, ne voyions que les hautes tours chapeautées d'oriflammes. Tendres coursiers qui s'apprêtaient à entrer en piste. Sans une plainte, ils marchaient, concentrés, repliés sur leurs angoisses. S'il n'y avait eu ce tumulte, l'enceinte, avec les quelques feuilles qui virevoltaient épuisées jusqu'au sol, aurait pu être un couvent. Mais en ce jour de fête hippique, d'événement planétaire, il ressemblait plus aux soupentes dans lesquelles s'entassaient les gladiateurs avant de pénétrer dans l'arène.

W. Jr. venait de seller Lady Love. Elle pétait la forme, mon isabelle aux mèches brunes, illuminait le box, svelte et athlétique, condensée et déliée, les poumons ouverts comme une vasque, l'encolure haut perchée. La plus orientale des pouliches sur cette terre, une nuit d'Arabie, un bain de soleil dans l'Océan, une muse pour Géricault.

Je fermai la porte un instant pour l'embrasser, la masser, partout, vérifier son état d'esprit, sa densité, sa tonicité. Puis, je lui pris le bas de l'antérieur droit et le soulevai vers moi pour l'étirer. Même chose avec le gauche. J'inspectai sa sangle, déposai un dernier baiser sur le bout de son nez, et ouvris la porte en majesté.

Jeannot Williamson, Abbadeus et les personnes de

leur entourage, amis, famille, se retournèrent sur nous, sur elle plutôt, et lui laissèrent le passage.

Il y avait beaucoup de monde dans les écuries, propriétaires, entraîneurs, courtiers, vedettes du show business venus s'enivrer la pupille car ici tournaient les plus beaux coursiers du moment. Ils voulaient les voir avant le peuple.

Parmi le public, nombreux étaient ceux qui n'avaient pas assisté à la course précédente, préférant conserver leur place sur les gradins du rond de présentation pour ne rien perdre des minutes où les jockeys écouteraient les ordres avant de se mettre en selle.

L'Arc de Triomphe opposait vingt pur-sang, dont sept anglais ou irlandais, un italien et un argentin.

Avec José, après qu'il eut galopé Lady Love pour son ultime travail de préparation, nous avions évoqué les forces en présence. Le gros morceau, nous en convenions, serait Santa Claus, un dur à cuire qui n'avait pas connu la défaite durant son année de quatre ans. Il était le favori des bookmakers anglais et de Lester Piggott aussi, puisqu'il avait délaissé Sweet Victory pour le monter. Nous accordions du crédit à Mississipian, le gagnant du Derby, un peu moins à Sweet Victory qui, depuis le prix de Diane, n'avait pas répété sa valeur. Nous pensions que sa lutte avec Lady Love l'avait démoralisée. Quant à Miss Marie Kiki, Roc de Calé, Margoulin, Kadaraan, Marvin One, Rousslan the Great, Lila Blue, Iti, Ouarzazate ou Veni Vidi Vici, tous champions confirmés, nous les considérions comme du menu fretin.

La distance de l'épreuve, 2 400 mètres – Lady Love l'aborderait pour la première fois –, qui demandait vitesse et fond sur un relief tourmenté, posait problème à bon nombre de pronostiqueurs. En cinquante-cinq éditions de l'Arc, aucun pur-sang n'avait pu remporter cette course en la menant de bout à bout. Or, la tactique de Lady Love, tête et corde, José comptait l'appliquer. Les statistiques ne le préoccupaient pas. Avec une telle crack, disait-il, c'était réalisable. Pour les spécialistes, le jeune jockey était inconscient, le succès lui montait à la tête. D'autres avant lui s'étaient cassé les dents à vouloir épuiser leurs adversaires sur cette piste de Longchamp où vaincre de bout en bout était impossible. Les journalistes aiment avoir raison, et ils se félicitaient d'avance de brûler celui qu'ils avaient admiré durant ces mois passés. Il y aurait du spectacle...

L'entrée en scène fut impressionnante, 70 000 personnes massées autour du paddock, endimanchées, programme et journaux en main, une explosion de couleurs, un grondement sourd d'espoirs qui voletaient en tous sens, les feuilles jaunies des platanes en tremblaient. Sur le terre-plein central du rond de présentation, une autre foule compacte composée de femmes apprêtées haute couture, d'hommes en queue-de-pie et coiffés de hauts-de-forme, le beau monde des propriétaires et des célébrités parmi lesquels virevoltaient des équipes de télévision. Les regards allaient vers les plus muets en cet instant, les chevaux, et leurs accompagnateurs, au diapason de leurs trouilles viscérales.

L'œil de Lady était calme. Avec le soleil d'automne, il avait des reflets queue de renard. Il exprimait une grande sagesse, n'accordait nulle importance au public et à la négative tension qu'émettait cette multitude monstrueuse. A l'opposé de notre ronde, je vis Santa Claus. Il était un fort bel animal, bai cuivré à l'œil redoutable, celui d'un fauve. Comme tous les chevaux anglais, il paraissait lymphatique, mais sa démarche était celle d'un pur, nonchalante et confiante. C'était un balèze au crin fourni, avec une épaule épaisse, un cul de sprinter et une légère ensellure qui lui donnait un charme fou. Trois hommes l'accompagnaient, deux à sa tête, de chaque côté, le troisième à deux mètres de sa croupe. Un vrai gangster.

Les jockeys descendirent l'escalier de verre et louvoyèrent parmi cette foule à la recherche de leur staff.

Je vis José s'arrêter et saluer quelqu'un dans la foule en bas de l'escalier. Avant de fouler l'herbe du terre-plein pour rejoindre Williamson et Abbadeus, il se retourna encore vers cet endroit. Devant moi, la file des chevaux ne marchait plus pour laisser traverser les jockeys. Je jetai un œil parmi la foule agglutinée le long de la rampe des escaliers et j'eus un choc : mon regard venait d'accrocher un visage familier. Boucles d'or en cascade, du rose aux lèvres, paupières soulignées d'un trait de mascara prune, c'était bien elle, Jessie, jolie comme un cœur, brindille d'élégance dans cette forêt de pardessus anthracite et de rombières fagotées.

Jamais je n'aurais imaginé la rencontrer ici, elle détestait venir aux courses, s'ennuyait, c'est du moins ce qu'elle avait toujours prétendu. Je lui fis un signe de la main en passant car la ronde des chevaux reprenait, mais elle ne me répondit point. J'avais croisé son regard une seconde, mais c'est comme si j'avais été transparent, aussi peu digne d'intérêt pour elle qu'une brouette de cantonnier. Ah, la pétasse, me faire ça. « Messieurs les jockeys, à cheval s'il vous plaît. »

Les casaques se séparèrent des attroupements de propriétaires, à la recherche de leur monte. José s'approcha, contourna par l'avant la pouliche et se laissa hisser en selle. Il ne m'avait pas adressé le moindre signe. C'était étrange, il était bizarre, ailleurs. Le trac, pensai-je. Que pouvais-je lui dire qu'il ne savait déjà ? Ce n'était pas le moment, tout avait été fait pour que la pouliche soit au top, et dit, il n'y avait rien à ajouter, les dés étaient jetés.

Quand même, avant de repasser une dernière fois devant l'endroit où se tenait Jessie :

— José, tu sais qui je viens de voir ?

— Zitrone.

— Mais non, t'es con. Jessie... Là, en bas de l'escalier, la blonde canon, belle comme une île, c'est elle.

Je regardai José, mais il détourna son visage à l'opposé, comme gêné.

A notre passage, des gens se mirent à applaudir. Lady Love sursauta et piétina. Elle commençait à se braquer sur son mors, marchait en effectuant des bonds, encapuchonnée. J'étais contrarié, quelque chose me turlupinait, José évitait mon regard. Heureusement que je n'étais pas en selle, j'aurais craqué. Je tentais d'apaiser Lady Love, cela m'aidait à me calmer.

Avec Sweet Victory, nous fermions la file en queue leu leu des vingt concurrents. En passant dans le tunnel des gradins entre une haie humaine gesticulante et hurlante, il y eut un incident. Des sifflets fusaient des tribunes. Devant nous, les jockeys scrutaient vers la gauche de la piste, là où on lâchait les chevaux.

— Que se passe-t-il José, tu vois quelque chose ?

— ...

Lady Love s'énervait, avançait par cabrettes en tirant fort, menaçait de ruer dans le public. José était pâle comme buis, livide, ses yeux bleus comme mouillés. On aurait dit qu'il avait peur.

— José, merde ! Dis-moi ce qu'il se passe, j'peux plus la tenir.

— Les premiers ont oublié le défilé sur la piste. Ils sont partis au canter. Et les autres hésitent, savent pas s'ils doivent aller à droite ou à gauche vers le départ. Quel bordel.

— Putain ! On peut pas rester là, va y avoir de la casse, faut avancer...

— C'est bon, ça avance, tiens bon, le défilé passe à l'as.

— Putain, c'est de l'uranium aujourd'hui la Lady, fais gaffe José. Dis, José, ça va aller ? Comment tu te sens, champion ?

— Mal...

— Quoi ?

— ...

Les chevaux avançaient et tout mon corps appuyait contre le poitrail de Lady pour la freiner, elle grimpait dans les postérieurs de la jument qui la précédait.

— Qu'est-ce qui va pas José ? T'es un crack.

— Rico...

— Ouais José, dis-moi, tu vas tous les bouffer.

— Je sors avec Jessie...

Je comprenais plus rien. Le cheval devant nous arrivait en bord de piste. Nous n'avions plus le temps de discuter.

— Quoi ! Tu blagues ? Depuis quand ?

J'étais obligé de hurler, on ne s'entendait pas, la foule surexcitée interpellait les jockeys, leur demandait s'ils avaient une chance, certains, les habitués, les insultaient, quand d'autres encourageaient leur cavalier fétiche. Nous en sortions, foulions le vert grisant de la piste. Lady Love gicla, j'ouvris les doigts et j'entendis José qui déjà était debout sur les étriers :

— Cet été...

L'enflure, il me laissait là sur le bord de la piste avec mes questions, comme s'il avait prémédité son coup pour m'annoncer la nouvelle. Je restai coi, observant le point d'exclamation de son breeches en satin blanc au-dessus de la croupe aux foulées de géante. En passant à côté de moi, Sweet Victory me bouscula.

J'étais abasourdi, je me sentais trompé. Quelle pantomime me jouait-on ? Comment José avait-il pu me faire ça ? Il avait Lady Love, des succès à la pelle, de l'argent, il prévoyait d'acheter une Porsche, un appartement, et il sortait avec ma fiancée ! Je repensai à ce qu'il m'avait dit lorsque je lui avais raconté qu'elle m'avait plaqué. Il était d'accord, ce n'était pas à moi de faire le premier pas. Tout s'expliquait. Quelle pomme je faisais. J'aurais dû comprendre en apercevant Jessie, elle n'aimait pas venir aux courses. Mais les jockeys, alors là oui, elle les aimait, elle n'y résistait pas. J'étais jaloux, ne supportais pas qu'ils aient pu me faire ça dans le dos, surtout José, mon pote, ça lui ressemblait pas. Cela m'anéantissait, je le maudissais, lui souhaitais par-devers moi une inspiration exécrable, la plus mauvaise course qui soit. Tant pis pour Lady Love, elle n'avait plus rien à prouver, pas à moi, elle resterait la jument de ma vie, la plus fantastique. Tant pis pour les cinq millions de francs réservés au vainqueur. Rien à foutre, avec ce que reverserait le patron comme prime à l'ensemble de la cour, je n'espérais pas toucher cinq cents francs. Qu'ils crèvent ! Tous, Abbadeus, W. Jr.,

Venturi. Et puis, s'il l'emportait, viendrait l'heure où je lui péterais sa petite gueule de faux cul !

Lorsque les boîtes de départ libérèrent les concurrents, les spectateurs hurlèrent leur bonheur, tonnerre époumoné de soixante-dix mille voix exacerbées, une clameur si forte, à vous dresser les cheveux sur le crâne, que s'envolèrent tous les oiseaux du bois de Boulogne. Je n'avais plus la tête à la fête, merci José, mais fixai cependant l'écran géant situé près du poteau d'arrivée. Lady Love était bien partie, mais pas aussi vite que d'habitude. Il lui fallut batailler durant presque deux cents mètres pour obtenir la corde et la direction de l'épreuve. Santas Claus était en quatrième position, tout près.

Elle menait à belle allure, le peloton dans ses traces. José devait doser ses efforts, au millimètre près. Le speaker égrenait les noms : *« Pour passer la Porte de Boulogne, Lady Love mène toujours, une bonne longueur devant Chambre 107 et Aigre-Doux, eux-mêmes suivis à une longueur par Roc de Calé et Santa Claus, ensemble, devant Lila Blue, Rousslan the Great, Iti, Marvin One sur une quatrième ligne, puis Miss Marie Kiki, Mississipian, Sweet Victory qui tire énormément, Margoulin, Kadaraan, qui n'en peut mais, s'accroche, et Guadaloupe qui ferme la marche. »*

Les positions n'évoluèrent pas dans la longue descente. Lady Love tenait la tête et la corde, augmentait le rythme, s'apprêtait à fouler la fausse ligne droite, brève portion de terrain qui précède les cinq cents trente derniers mètres de la ligne droite, lorsque le commentateur nous fit tous sursauter : *« Oh ! Et Santa Claus, il vient de se faire bousculer, éjecter du peloton, il passe à l'attaque ! »*

Le cheval de Lester Piggott galopait seul en dehors. Il tirait et son jockey avait décidé de le laisser aller. Lady Love était dans la fausse ligne droite, à quelques mètres du dernier tournant. Santa Claus vint à son côté avec la ferme intention de la passer, Lester Piggott jouait son va-tout à six cents mètres de l'arrivée, autant dire une éternité. C'était culotté de la part du jockey anglais, mais Santa Claus possédait un tempérament de guerrier. Il pouvait partir de loin, faire plier ses rivaux, émousser leur pointe finale. Piggott savait que la meilleure possibilité d'obtenir sa revanche sur Lady Love, était de la prendre de vitesse, par surprise.

José comprit le danger : l'Anglais allait le distancer et se rabattre devant lui. Il fallait le contrer, l'empêcher de prendre la corde, sinon ce serait fichu. Juste derrière Santa Claus et Piggott, Saint-Martin, en selle sur Iti, à l'affût, profitait de l'aspiration. Si Santa Claus s'emparait de la corde, Saint-Martin placerait sa monture au côté de Lady Love, alors, José serait dans la boîte, coincé.

Il exhorta ma pouliche à répondre à l'assaut. A cet endroit du parcours où il aurait pu lui accorder quelques foulées de récupération, cela tombait mal. Courageuse en diable, Lady Love accéléra, les naseaux à presque une demi-longueur de Santa Claus. Ce vieux renard de Piggott la serrait, espérant la décourager. C'était mal la connaître et sous-estimer José qui, dans le feu de l'action, se révélait teigneux comme un Irlandais. Les deux leaders sortirent ensemble du dernier tournant, couchés l'un sur l'autre, mordants, mano a mano, lancés à une allure que le reste du peloton ne pouvait soutenir. Les tribunes se mirent à trembler, secouées par les milliers de voix et les pieds qui frappaient le sol. Soudain, la tête de Lady Love fut aux sabots de Santa Claus, elle roula à terre, entraînant son cavalier, tourneboulant sur lui. Sur Iti, Saint-Martin évita la chute de justesse, un miracle. Le speaker confirma : *« Chute de Lady Love ! »*

Des cris d'effroi s'échappèrent du public, des gorges palpitaient, des femmes se masquaient la face.

Ma Lady se releva, et entreprit, hardie, de poursuivre Santa Claus, désormais seul dans son baroud. José avait le nez dans le gazon, recroquevillé. Sa casaque fut avalée par les membres du peloton, cela cognait dans tous les sens, remous de la chute, hurlements des jockeys, insultes, peurs... Je ne voyais plus rien, ils étaient maintenant étalés sur toute la largeur de la piste. Enfin, ils passèrent devant moi dans un feu d'artifice de cravaches levées et abattues et de mottes de terre propulsées. Le corps de José était toujours étendu à terre, inanimé, mais il avait bougé de place, étendu de tout son long, cela voulait dire que des chevaux n'avaient pu l'éviter. Je fixai sa casaque. Elle affleurait dans les cimes tondues du gazon, immobile. Il avait été touché. Dans le fond de l'hippodrome, une ambulance roulait à tombeau ouvert vers lui. Je fus pris d'un haut-le-cœur, une envie de vomir.

La sirène des commissaires déchira l'atmosphère pesante. Elle annonçait une enquête d'office.

Je cherchai ma Lady dans sa course éperdue. L'écran géant en bord de piste repassait l'arrivée au ralenti. Santa Claus, au bout du rouleau après son effort titanesque, franchissait le poteau avec une tête d'avance sur Miss Marie Kiki, jument entraînée par Williamson père, et que Lady Love avait toujours laissée dans le lointain le matin, à chacun de leur entraînement en commun. Lady Love aurait remporté la plus grande course du monde...

Je courus sur la piste pour essayer de la rattraper. Je ne supportais pas qu'un autre la touche. Peut-être était-elle blessée, affolée ? Elle avait besoin de moi. Et moi d'elle.

Bichat

De multiples couleurs scintillaient dans la nuit, un jaune criard disait Opel, un rouge, Casio, un blanc, Kenwood. José ne voyait pas ces énormes enseignes lumineuses posées sur les toits des immeubles. Par dizaines, elles le cernaient, silencieuses et brûlantes dans ce coin de ciel parisien. Il avait les yeux clos et paraissait dormir comme un enfant. Son lit était contre une baie vitrée, quinze étages au-dessus du sol.

Je repensais à la course. N'avait-il pas fait une erreur en contre-attaquant si violemment ? Lady Love avait voulu changer de jambe et s'était croisé les antérieurs. Le choc avait dû être terrible. La terreur aussi. Ensuite plus rien, le noir total. Deux jours déjà.

De quoi souffrait-il, qu'allait-il devenir ? Je l'ignorais, et j'avais peur.

Je regardais le flux des voitures sur le périphérique, quatre bandes jaunes d'un côté, quatre rouges de l'autre. Et d'un coup tout cela se brouilla. Une tristesse horrible s'abattait sur mes épaules.

Je restai là, toute la nuit, auprès de mon ami, contre la baie vitrée. S'il y avait quoi que ce soit, je devais prévenir les infirmières. L'une d'entre elles vint trois fois dans la nuit. Ce n'est pas très long une nuit quand on se met à prier.

Dans le lit voisin de José, il y avait un type, une montagne, qui ronflait. Les verres d'eau sur les tables de nuit en tremblaient. Si ce barouf ne le réveillait pas, je me disais qu'il n'était pas près d'émerger de son coma.

Il avait un corset qui lui ceignait le torse, José. Il ne bougeait pas d'un cil, ses grands cils, et lui tout riquiqui dans ce grand lit blanc.

Le jour blafard l'emporta sur les ombres. J'assistai au réveil lent de la ville, des immeubles en béton partout, et les voitures qui reprenaient leur boucle infernale, déjà. Têtues, les enseignes lumineuses continuaient à éclairer un ciel couvert de nimbus gris. Le sentiment d'être sur une voie de garage et pas l'envie de m'y retrouver coincé seul.

— Alors, pas trop mal dormi ?

L'homme était assis au bord de son lit. Il devait avoir une cinquantaine d'années et il était large comme un taureau de reproduction. Il s'habilla doucement, enfila un pantalon marron qu'il laissa débraguetté et un tee-shirt grenat tacheté de graisse. Le vin rouge de qualité médiocre avait donné à son pif et ses pommettes une indélébile teinte purpurine.

— Tu veux que je te fasse un p'tit kawa ?

Planté comme un cheval de trait dans l'attente de son collier, il restait les bras ballants, tatoués, patient dans la réponse à venir. Dans ses mains énormes, il tenait une dizaine de biscottes, intactes.

— Non, merci, je pourrai pas le boire.

— Il est bon, c'est du Nescafé et j'ai du sucre, j'en ai fauché.

— Non, merci.

— Moâ, j'peux pas attendre qu'ils apportent le jus à neuf heures. J'suis réveillé à six plombes et j'ai la dalle. Je me fais chauffer mon eau dans une théière que des potes de la Porte de Saint-Ouen m'ont refilée. Le sucre, je suis obligé de le faucher, car ils m'ont mis au régime pour m'opérer du genou. Ils veulent que je perde vingt kilos, j'en pèse cent vingt. Mais comme je leur dis, c'est pas de la graisse mais du muscle. On est tous comme ça dans la famille, mon frère y fait du cent vingt de tour de bras et mon père, son tour de cou, un ballon de foot y rentre. J'y peux rien. Le genou, ils me l'ont juste lavé pour l'instant. J'ai le temps de maigrir car ils veulent m'opérer en décembre pour m'y foutre une prothèse. Faut pas te gêner avec moi, tu sais ça va vite à chauffer dans ce bidule, moi ça me dérange pas, je peux marcher. Tu veux vraiment pas gamin ? Si tu veux te pieuter sur mon lit, te gêne pas, tu peux piquer un roupillon comme ton pote. Il dort depuis qu'ils l'ont amené. Il a raison le pépère, c'est le mieux à faire.

Il alla farfouiller dans les toilettes. L'odeur du café soluble virevolta dans la pièce. Puis il enfourna ses biscottes une à une et quand il eut fini, il en prit d'autres dans sa table de nuit. Quand il buvait, il ponctuait chaque gorgée d'un « haaaaa » bienheureux. Il rotait et pétait à intervalles constants, et il y mettait tant de cœur, qu'on imaginait sans peine que ces vents étaient gages pour lui d'une bonne santé.

D'un coup, une tornade :

— Messieurs, bonjour ! Thermomètres.

L'infirmière vint directement vers le lit de José. Elle avait la démarche d'un pingouin et lui posa une main sur le bras en lui demandant s'il avait bien dormi.

José ne répondit pas.

— Ce matin vous ne mangez pas. Je vais revenir vous faire des prises de sang, puis le chirurgien viendra vous voir et vous aurez des examens à subir. Ça va ?

— Y va pas vous répondre, madame, il est dans le coma, dis-je.

— Je sais jeune homme, mais faut lui parler. Et vous, vous devriez peut-être aller vous coucher et nous laisser travailler.

Elle dut sentir que je n'étais pas dans mon assiette car elle ajouta :

— Allons jeune homme, vous bilez pas, on va vous le remettre sur pied, vous verrez.

Quand elle eut refermé la porte, le molosse de voisin s'approcha en traînant sa jambe comme un sac de charbon pour se camper devant la baie et se curer le nez. Il n'aimait pas rester trop longtemps silencieux :

— Ouais, te fais pas de mouron, petit, ils soignent bien ici, y lésinent pas sur les examens, tu vas voir, et prises de sang par là, et radios, ponctions par ici, avec des appareils hyper perfectionnés, en veux-tu en voilà. Y z'ont tout ici, ce ne sont pas des branques. Ah, pour sûr, y vont l'emmerder, mais ils trouveront ce qu'il a. Et pour les prises de sang, si c'est les négresses, tu verras, y a que ça ici, on se croirait aux Antilles, elles sont extra, les meilleures infirmières, il sentira rien et en plus il verra du pays.

Un peu plus tard dans la matinée, une interne portant foulard Hermès à son cou et lunettes incrustées de pierres sur le bout du nez vint me questionner sur les circonstances de sa chute. Puis elle l'ausculta.

José eut autant de réflexes qu'un gisant.

Dédé de Saint-Ouen

Trois jours passèrent durant lesquels José, cloué sur son lit, fut transporté de haut en bas dans les étages de Bichat pour y subir de multiples examens. A chaque fois qu'on le déposait sur son lit, à mes yeux, il rapetissait.

Je lui parlais, et son voisin de lit nous parlait. Saoulant, on ne pouvait pas y échapper. Et Dédé, ainsi surnommé par ses copains de la Porte de Saint-Ouen, n'étant pas homme à rechercher les répliques, on le laissait dire, moi par dépit, et José, parce que, inconscient, il ne pouvait pas faire autrement...

C'est à son genou gauche, martyrisé durant la guerre d'Indochine, que Dédé devait d'être à Bichat. Il se remémorait cet instant sans pleurnicheries ni regrets, Dédé étant plutôt le genre d'homme à comptabiliser les bons moments avec ses potes, les petits déjeuners à la bière, les parties de pêche dans la Marne, les fous rires.

Quand il n'était pas en arrêt de travail, il travaillait dans les métaux, et dans sa bouche, cette phrase sonnait comme s'il avait dit : chercheur scientifique. Il récupérait de la matière pour le compte d'entreprises étrangères, « *très étranges* » selon lui, et, devinant que je ne lui demanderais pas en quoi elles étaient « *très étranges* », il tentait d'éveiller mon intérêt avec un intrigant : « oh ! là là ! si tu savais ».

Auparavant, Dédé avait été chauffeur routier. Un temps seulement, car son permis de conduire lui avait été retiré pour violences envers les forces de l'ordre public : « Je devais livrer sur le Boul'mich, m'avait-il expliqué, mais l'accès était bouclé à cause des événements de 68. J'en ai profité pour garer le bahut vers Raspail et tenté de roupiller. Au petit matin, un flic m'a réveillé pour me faire déguerpir. A cette époque, j'étais pas vraiment aimable, et quand je pionçais fallait pas me chatouiller. J'ai rien dit jusqu'à ce qu'il s'acharne un peu trop sur ma portière. Je la lui ai ouverte dans la tronche et, à coups de manivelle, j'ai arrangé son portrait, ainsi qu'à deux autres venus le secourir. Je m'en suis sorti parce que j'étais un ancien de l'Indo. Tiens, à propos... Tu dors ? »

Dédé s'échappait souvent de l'hôpital durant la journée pour rejoindre ses copains de la Porte de Saint-Ouen. De ses virées, il rapportait des biscottes et un litron. A ce régime, il n'était pas près de recevoir sa prothèse. Il était plein d'attentions pour moi et José. Il veillait à lui remplir sa carafe d'eau même s'il n'y avait que moi pour la vider, lui remontait ses oreillers, vérifiait le niveau du bocal à urines sous le lit, lui lisait des passages du *Parisien* à voix haute et me proposait sans répit tout le peu qu'il possédait dans cette chambre. Son courage n'était pas du vent. Un matin, je le vis rentrer dans la chambre, assis sur un fauteuil roulant, le visage défait par la douleur. Il venait de subir des sondes et des ponctions dans son genou détruit, citrouille sanguinolente. Il avait refusé la moindre anesthésie, le praticien l'ayant assuré que son intervention n'en serait que meilleure.

Dédé parlait à longueur de journée. Et la nuit, lorsqu'il ne causait plus, c'est qu'il ronflait, un vrai supplice auditif. Par chance, ses escapades vers la Porte de Saint-Ouen pour retrouver ses potes et se rincer le gosier étaient quotidiennes et, surtout, elles se prolongeaient.

Les paupières de José frémirent pour la première fois durant l'une des absences de Dédé. Il entrouvrit un œil et le referma aussitôt, ouvrit la bouche avec difficulté. J'étais tellement ému que je ne pensai pas à appeler une infirmière. J'attendis de longues minutes, très longues, jusqu'à ce qu'il décachette enfin ses paupières. Son regard flotta d'abord dans le plafond. Puis, il eut une grimace, un rictus de douleur. Il regarda le ciel à travers la baie vitrée, l'œil bleu gris, abandonné, triste, vit certainement les immeubles.

Je m'approchai. Il ne dit rien, absolument rien. Je vis qu'il savait où il se trouvait.

— José, comment te sens-tu ?

Ses pupilles étaient minuscules, fixes, sans fond. Il me voyait et paraissait me traverser.

— Je vais prévenir les infirmières. Tu veux que je reste après ?

Il restait muet, sans sourciller.

— Je reviendrai, demain. Tu veux ?

Il baissa les paupières. Je ne savais pas si cela voulait dire oui ou s'il voulait que je parte, ce que je fis. En refermant la porte, je vis qu'il regardait encore le plafond.

La réconciliation

Le lendemain, son lit était vide. Ils l'ont emmené se faire scanneriser, me renseigna Dédé l'optimiste qui s'apprêtait à rejoindre son camp de base de la Porte de Saint-Ouen.

Deux Antillais ramenèrent José vingt minutes plus tard sur une civière, et l'installèrent dans son lit.

Une fois seul avec lui, je tirai une chaise au bout de son lit. On ne se disait rien, on s'observait.

Parfois, son regard flanchait, s'échappait loin, très loin, mais il revenait toujours dans le mien. Mon Dieu, qu'il était minuscule, et solitaire.

— Lady ?

— Élongation musculaire et grosses courbatures, c'est tout. Elle rejoint le haras lundi prochain et je l'accompagne. On parlera de toi...

Je lui racontai qu'un spécialiste était venu manipuler la pouliche. Il se disait ostéopathe équin et il avait examiné et peloté Lady pendant un quart d'heure avant de la tordre dans tous les sens. Ç'avait été impressionnant. Elle avait rué quand il lui avait saisi la queue et pincé les reins, s'était cabrée lorsqu'il lui avait tordu l'encolure jusqu'à l'épaule. En tâtant son point chatouilleux dans le pli entre encolure et épaule, il m'avait dit qu'elle avait un problème aux ovaires, cela expliquait ses fâcheries lorsqu'on la touchait à cet endroit. Tout s'expliquait, enfin, pas vraiment, car ce grand type massif qui portait un chapeau et des bottes de cow-boy me paraissait être un sorcier. Cependant, dès le lendemain, Lady Love ne boitait plus, et toutes ses raideurs s'étaient envolées.

— Tu m'en veux ?

Sa question me fit l'effet d'un coup de cravache et je sentis mes yeux se mouiller.

— Non... Enfin, pour être franc, si, je t'en veux de t'être ramassé la gueule tout seul, cela me prive de te la casser. Je t'en veux aussi de m'avoir dit pour Jessie juste avant que je te lâche sur la piste. Pourquoi tu m'en as pas parlé, t'as pas confiance en moi ? Tu sais, je vous aime tous les deux, et si vous êtes heureux ensemble, je le suis.

— J'ai voulu te le dire avant... J'y suis pas arrivé et Jessie voulait pas. Rico...

— Oui, José.

— Ça va mal.

— On le serait pour moins, José. T'inquiète, on va pas t'abandonner.

— J'te parle pas de mes jambes. C'est Jessie...

— Qu'est-ce qu'il y a ?

— Je... l'aime...

— Eh bien, c'est génial, c'est une chic fille, Jessie. Elle est venue te voir ?

— Non.

— T'as envie qu'elle vienne ? Je vais lui dire, ça te va ?

— Je sais pas. T'as vu comment je suis, j'peux pas bouger un orteil. Elle voudra plus de moi. Si c'est ça, je supporterai pas l'idée qu'elle me quitte pour un autre, je veux qu'elle retourne avec toi.

— Cela fait un moment qu'elle m'a quitté. On ne faisait plus rien ensemble.

— Même pas... l'amour ?
— Rien, José, pas même un bisou avec la main.
— J'ai cru pourtant...
— Rien José, je t'assure.
— Je trouve qu'elle regarde trop les autres.
— Elle a toujours été comme ça, Jessie. C'est une chic fille qui aime la vie. Les gars des écuries la draguent, et l'on pourrait penser qu'elle les aguiche, mais quand elle est avec quelqu'un, elle est avec. Te fais pas de mouron, elle te fera pas un petit dans le dos. C'est pas une Marie-couche-toi-là.

Nouveau silence. José détourna les yeux vers la baie et ajouta, la voix fluette :

— J'en suis dingue... Je crois pas qu'elle m'aime comme moi je l'aime.

Il tira le haut du drap sur son visage et je vis le linge blanc tressauter. Il sanglotait en silence.

— José, qu'est-ce qui t'arrive ? Je vais lui parler ce soir. Elle va venir. Tiens bon, tout va s'arranger.

Tracas sur la selle

A force, Dédé devint notre copain. Grâce à lui, sa vision optimiste, sa gouaille, son verbe et sa façon de traverser l'existence coûte que coûte, je vis sourire José pour la première fois à l'hôpital. C'était comme bien souvent l'une de ses histoires « tranche de vie », aussi lourdingue qu'immonde. Elle lui était venue à l'esprit parce que José ne parvenait pas à faire ses besoins. Chaque matin, on lui passait le bassin sous les fesses, et l'aluminium lui déclenchait de vives douleurs dans le dos, lui coupant cette envie qui lui cisaillait le ventre. L'ensemble de son appareil digestif fonctionnait, mais les sensations disparaissaient au niveau du rectum. Cela le gênait d'en parler, mais un soir, n'y tenant plus, il nous avait demandé de le porter sur le siège des toilettes. Aussitôt, faisant fi de son genou, Dédé fut debout pour m'aider à soulever mon ami. Il chancelait sur sa jambe valide, énorme château branlant qui nous entraînait, José dans nos bras, tordu par la douleur. Une fois sur la cuvette, José y resta une demi-heure. On l'entendit gémir jusqu'à ce qu'il abdique, vaincu par des douleurs dorsales. Il nous supplia de le remettre au lit. Tel un sac de patates sur une rambarde, il était plié en deux.

Une heure plus tard, José demanda à Dédé de lui passer quelques-uns de ses *Parisien Libéré* et de les lui glisser sous les fesses.

— Tu veux pas que j'appelle l'infirmière, petit ?

— Non, non, elle va me mettre le bassin et ça me fait trop mal, ça me coupe l'envie.

— Y z'ont des cachets pour ça, y peuvent en faire du jus de ta merde, tu sais ?

— Non, j'ai pas envie que ça m'arrive devant Jessie. Je sens que ça demande qu'à venir maintenant, passez-moi les journaux pour pas salir en dessous. Rico, bloque la porte s'il te plaît.

L'ancien d'Indochine s'exécuta et José se mit à râler comme un taureau qu'on empale. Après un quart d'heure de supplices, Dédé qui me regardait, hébété, ne supporta plus d'entendre les tourments de son gentil voisin de chambre et lui proposa de l'aider :

— Fais voir petit, pas de fausse pudeur avec moi, j'en ai vu d'autres.

— J'ai extrêmement mal.

Dédé souleva le drap.

— Tu m'étonnes, t'as le fondement ouvert comme une femme qui accouche. C'est pas une merde que tu nous chies, c'est une télé panoramique. Pousse !

— Je peux pas faire mieux.

— Compris, c'est agglutiné, bouge pas, je vais prendre une petite cuiller pour dévider.

La scène était surréaliste : Dédé accoudé entre les jambes de José, un bras passé sous ses reins, son horrible genou martyrisé par sa position qui se mettait à saigner, et sa minuscule cuiller pour tourner le sucre de son café matinal dans la main. Il retirait des boules de matière fécale, comme un glacier confectionnant un cornet gourmand.

José grimaçait et tremblait, mais, après vingt minutes, il reposait sa tête sur l'oreiller. Monsieur Dédé, avec cet air satisfait du poissonnier fier de sa marée, me présenta le journal souillé. D'une consistance incroyable, d'un bloc, les selles auraient pu appartenir à un éléphant.

José transpirait, sur le point de tourner de l'œil, cependant délivré.

Optimiste, Dédé conclut l'affaire ainsi :

— Pas étonnant que tu pouvais pas marcher avec ça dans la tripaille ! Tu vas pouvoir galoper maintenant.

José sourit et je fus pris d'un rire nerveux.

— C'est pas drôle les gamins, expliqua Dédé, une fois, en pleine jungle, j'ai été constipé. Si les potes m'en avaient pas empêché, je me serais ouvert le cul avec mon couteau. Là-bas, en Indochine, j'ai vu des mecs qui chiaient des vers gros comme mes doigts et longs comme des spaghettis, on aurait dit des serpents. Y a vraiment pas de quoi se marrer.

Visite d'une Baby Doll

Bleu ciel et rose était l'ensemble chemisier-pantalon de Jessie qui d'emblée mit un air de carnaval aux murs neutres. Au plus insignifiant de ses mouvements, l'aérien tissu de soie dorlotait ses formes, avec un avantage pour sa poitrine et ses fesses. Les commissures de ses lèvres fléchaient ses boucles d'oreilles, deux faciès hilares d'Africains jumeaux. Elle jeta son sac à main imprimé d'un gros cœur sur le lit de José et l'embrassa sur le front, sans même un regard pour moi ou Dédé, pour une fois frappé de mutisme devant l'apparition.

— Alors mon petit lion, dit-elle radieuse, tu m'en as fait une belle frayeur.

— On dirait pas.

— Dis, tu connais ma mère...

— Ça fait plus d'une semaine.

— Ah ben merci pour le comité d'accueil. Tu veux que je repasse ?

Monsieur Dédé se leva.

— Bon j'y vais, dit-il en traînant sa jambe.

Dès que la porte se fut refermée, la jeune femme s'exclama :

— C'est pas un hôpital ici, mais un zoo. C'est qui cet hippopotame, ma puce ?

— Une sage-femme.

— Très drôle.

— Qu'est-ce que tu as fait pendant tout ce temps ?

— Au bahut.

— Bon, je rejoins Dédé, dis-je. A tout à l'heure.

Je ne comprenais pas trop l'attitude de Jessie envers moi. Qu'est-ce que je lui avais fait ? J'avais été la coincer à la sortie de ses cours car elle refusait de me voir chez ses parents. Je lui avais dit que José allait mal, que son cœur et sa tête étaient en berne, et que ce n'était pas le meilleur truc qui pouvait lui arriver pour espérer s'en sortir.

— J'vais aller le voir, m'avait-elle dit.

— Pas dans dix jours Jessie, il morfle.

— Oui, oui.

— Tu l'aimes ?

— Mais en quoi ça te regarde ?

— Ça me regarde car c'est mon seul pote et je veux pas le perdre. Alors, tu l'aimes, parce que lui, il t'a dans la peau ?

— Oui, ben justement, un peu trop peut-être. Je peux plus respirer...

— Tu l'aimes pas, hein, c'est ça ?

— Mais si, lâche-moi, je l'aime beaucoup, mais pas au point de lui faire un compte rendu tous les jours. On est pas mariés...

— Demain, tu vas le voir, lui avais-je ordonné tout en la secouant par les revers de son gilet.

Elle jetait des coups d'œil anxieux vers les étudiants qui nous observaient.

— Oh ! Ça va, c'est pas toi qui vas me dire ce que j'ai à faire.

— Si, pour le coup, c'est moi. Je ne me suis pas manifesté lorsque tu m'as plaqué, et je ne veux rien savoir, mais j'te jure que si demain t'es pas à Bichat, je te pète la gueule comme à un mec. J'ai jamais frappé une fille, mais je te jure sur la tête de Lady Love que je te mets une telle branlée qu'il y aura plus un mec qui se retournera sur toi. Tu m'entends ? Regarde-moi dans les yeux !

Bon, ellc était venue, cela m'apaisait même si je ne supportais pas qu'elle m'ignore. Depuis cette nuit dans le box de Lady Love, c'était flagrant. Avait-elle été jalouse de ma pouliche qui l'était d'elle ? Je n'arrivais pas à y croire, ça ne lui ressemblait pas. Mais finalement, je doutais de la connaître.

Ce fut José qui me raconta son heure passée auprès d'elle. Dès que j'avais franchi la porte, elle s'était assise à la tête du lit et l'avait embrassé sur le front, le bout du nez, les lèvres, un baiser, puis :

— Fais voir comment t'es en dessous, avait-elle dit en soulevant les draps : oh ! là là, elle est toute sage ma quéquette préférée, elle boude ?

— Arrête ! Et il lui avait ôté la main.

— Oh, ça te porte sur les nerfs, l'hôpital.

— Exact ! Je peux pas bouger, pas me lever, pas pisser et chier comme tout le monde...

— Patience, patience José... Tiens, je t'ai apporté le *Paris-Turf*.

— J'en veux pas.

— Ouh, t'as pas le moral toi. Faut qu'on te trouve une infirmière pour s'occuper de toi. Mignon comme tu es, on devrait trouver.

Elle avait caressé ses abdominaux, joué avec sa verge. En regardant son profil, ses lèvres entrouvertes qu'il voyait à travers ses boucles dorées, la tristesse de José lui était montée aux yeux.

— Alors mon loup, ta petite chatte te fait plus rien ?

— ...

— Dis-moi mon chou...

— Je sens plus rien... J'suis qu'un légume...

— Qu'est-ce qu'ils t'ont dit, les toubibs ?

Il n'avait pas pu parler, secoué par sa peine, des nœuds dans la gorge.

— Parle mon chou, dis-moi ?

— Tu vas me quitter ?

— Dis pas de bêtises, raconte-moi...

— Ils m'ont dit que je resterais paralysé. Mes jambes sont mortes, je ne remonterai plus jamais à cheval.

— Allons, pleure pas, j'aime pas ça, tu le sais, je vais aller les voir, mais d'abord je vais m'occuper de toi.

Jessie avait pris un gant, une serviette, une bassine remplie d'eau chaude et l'avait nettoyé.

— Tu vas me quitter ?

— Oui.

— Je m'en doutais.

— Ce que tu es nigaud, je vais te quitter pour rentrer, mes parents m'attendent, mais je reviendrai bientôt.

— Demain ?

— Non, très bientôt.

— Pourquoi pas demain ?

— D'accord, demain, je vais essayer.

Elle l'avait embrassé puis était partie sans même lui adresser un dernier regard sur le pas de la porte. Avant que celle-ci ne se referme, il avait entr'aperçu ses jambes qui marchaient, des jambes pressées, libres. A travers son regard noyé, José les vit courir.

Le lendemain, à chaque fois que l'on frappait, José sursautait, plein d'espoir. Mais Jessie ne vint pas.

Le surlendemain, il s'esquinta les yeux à fixer la poignée en aluminium de la porte. Et les jours suivants.

Elle ne revint pas, mais lui envoya une lettre où il était écrit qu'elle n'avait pas supporté de le voir ainsi, amoindri, cela lui faisait trop mal, cela lui était insupportable.

De ne pas lui mettre un coup de boule m'était tout aussi insupportable. Mais José ne le voulait pas.

Un an plus tard...

J'observais sa position sur l'animal. Elle n'avait rien d'académique, mais je la trouvais extraordinaire.

— T'es prêt ?

— Oui, répondit José les deux mains au garrot, mais c'est toujours le silence radio pour les jambes.

Je notai avec satisfaction qu'il ne tenait pas le collier.

— Te bile pas, les sensations ne peuvent pas revenir comme ça. Regarde, hier, tu ne t'attendais pas à ressentir quelque chose dans le bas du dos, alors accroche-toi José, ça va venir, l'équitation, ça stimule.

Je courus pour mettre le poney au trot. Sur lui, José brinquebalait et ses jambes ballottaient de chaque côté. Il montait à cru et serrait les dents. Nous fîmes deux tours du rond de sable, puis deux autres dans l'autre sens.

A quelques mètres de nous, son fauteuil vide.

Cela faisait quinze jours que nous venions au club hippique de Chantilly pour une séance quotidienne. C'était mon idée. Elle m'était venue avant qu'il ne sorte du centre de rééducation de Dinard où il avait été transféré. José broyait du noir, ne supportait pas de voir les gens debout, autonomes. « Tu te rends pas compte, m'avait-il dit, vous marchez tous, courez sans y penser, par réflexe. Moi, je ne vois que ça, vos pas, chacun de vos pas, la semelle qui se lève, la cheville qui plie, et le reste qui va, naturellement. »

Il ne voulait pas retourner à Toulouse, il ne voulait rien, plus rien, pas dans son état. Il se voyait sans avenir. Je suis fichu, répétait-il, et il m'avait parlé de cette carabine au fond de son armoire, derrière ses costumes.

Il ne me demandait pas de le faire, juste de lui apporter, au cas où... Il s'en débrouillerait.

J'avais eu un coup de panique. Je lui fis la promesse de m'occuper de lui et j'évoquai cette maison de garde-barrière en lisière de la forêt de Chantilly. Elle était libre, le passage à niveau avait été condamné. Pour cinq cents francs par mois, elle était à louer. « On l'habitera tous les deux, j'y installerai la télé, la radio, un tourne-disques, je vais m'occuper de toi, te faire la cuisine, des repas de fête, j'ai toujours eu envie. Et puis, les écuries sont juste à côté, je te remettrai à cheval... Tu verras, lui avais-je dit, enthousiaste, deux heures tous les jours, au pas, et puis au trot, ça finira bien par revenir, par circuler, t'as ça dans le sang, t'auras plus besoin de tes jambes, tu auras celles des chevaux et quand tu arriveras à galoper... Tu sais... On ira vivre au pays des chevaux, là-bas, dans le Sud, au pays où les herbes ont le goût de mer, au pays des chevaux libres, au paradis, là où les cavaliers ne mettent jamais pied à terre, là où les cavalcades, comme les cieux, sont infinies. On y sera comme des rois, mieux, on y sera les rois. »

Je ne disais pas ça en l'air, Dédé nous avait proposé son cabanon, sa résidence secondaire comme il disait, quatre murs chaulés, un toit de chaume, la Camargue tout autour.

— Vous seriez peinards chez moi, avait-il dit, personne s'y risque à pied, faut une barge pour y aller, ou un canasson.

— Un cheval, Dédé ! Ne dis jamais canasson ou bourrin devant nous pour parler d'un cheval.

— Oh, pardon les gars, s'était excusé Dédé, j'voulais pas être péjo-machin.

Le pays de Crin Blanc. Lady Love aimerait sûrement, avec nous à ses côtés, elle s'acclimaterait rapidement. La proposition de Dédé me faisait rêver.

En attendant, nous l'occupions cette maison de garde-barrière nichée en bordure de bois sous les hauts éventails de hêtres remarquables qui tremblaient à chaque fois qu'un train passait. Les express venus de Paris me faisaient moi aussi frémir. Ils me rappelaient cette matinée où un yearling rétif avait fait des siennes et dévalé la pente de la voie ferrée avec son cavalier sur le dos. Parmi les traverses et les rails, le jeune pur-sang s'était blessé un antérieur et refusait de sortir du piège. En entendant le train arriver, depuis le pont les hommes en selle avaient crié à leur compagnon de sauter à terre. C'était un môme, tétanisé, terrifié par sa monture. Il n'eut pas le temps de toucher le sol, le train à grande vitesse les percuta avec une explosion horrible. Il dut s'arrêter en gare de Creil pour être nettoyé, la micheline et les premiers wagons étant rouges de sang et de chair pulvérisée.

José connaissait ce drame, je craignais qu'il s'en inspire et ne le lâchais pas. Chaque matin, je le mettais à cheval, sur le poney du club hippique, et je le menais par la bride, mon crack jockey aux jambes inertes.

Il bougonnait, râlait, souffrait, puis, à l'heure de rentrer, il se fermait comme une huître, demandait à retrouver son lit, que je ferme sa porte. Il me disait qu'il n'avait pas faim et, souvent, je mangeais seul les œufs au plat arrosés de vinaigre, ou l'omelette aux lardons et aux herbes, ou aux cèpes quand il y en avait, que j'avais préparés.

Chaque fois, il me disait qu'il n'irait pas le lendemain sur l'échine nue du poney. Elle lui mettait le cou à l'envers, ses séances ne servaient à rien selon lui, il était condamné. Mais, le soir, lorsque les ombres enveloppaient la forêt et que les odeurs de cuisine lui parvenaient en même temps que les accords de Jimmy Page, Hendrix ou Clapton, à l'instant où je venais le chercher en lui annonçant : « J'ai fait des rougets avec des patates beurre salé, y a du citron, du persil, et du Saumur frappé » ou, « côtes de bœuf au gros sel sur son lit de purée de châtaignes, Volnay chambré », il me laissait le porter jusqu'à son fauteuil devant son assiette et m'écoutais reprendre notre rêve où nous l'avions laissé la veille : « ... On aura des poules, des chats, deux chiens, et le troupeau de chevaux du voisin de Dédé, son pote le manadier. On s'occupera de sa manade. On sera à cheval toute la journée, la face baignée de soleil parmi un océan d'herbes, douces et brillantes comme de la soie, des horizons couturés de montagnes bleues, un ciel d'azur rien que pour nous, peuplé de pélicans, d'albatros qui chutent de tout en haut telles des météorites, de grues cendrées, de flamants roses et de cigognes à qui il faut une matinée pour se poser. On dormira à la belle étoile, on fera des feux hauts comme des immeubles. Il n'y aura pas de limite à nos escapades, nulle frontière, on galopera jusqu'à l'ivresse. Les filles y sont belles comme au premier jour, brunes, douces et salées, amoureuses et loyales. Tu verras José, là-bas, tu retrouveras tes jambes, mieux même, des ailes... »

Vol de nuit

Lune ronde, temps clair et sec, une chouette dans la nuit pour briser le silence et, peut-être, sa solitude. Au milieu du pré, les silhouettes des cinq juments, phosphorescence de l'astre sur leur croupe.

— Attends-moi, je vais d'abord voir si elle a un licol, dis-je à José.

C'était con, comme s'il allait se sauver, assis dans le van à la place du passager.

Je franchis le fossé, la haie de noisetier, passai sous la barrière et traversai le pré jusqu'au bouquet de juments. L'une d'elles leva la tête dans ma direction. Notre Lady, la première, comme toujours. Les quatre autres l'imitèrent, dix paires d'oreilles pointées sur moi qui avançais tel un voleur que j'étais sur l'herbe blanchie de rosée. Pour ne pas les effrayer, je murmurai dans la nuit à l'attention de Lady Love. Elle se détacha du groupe et vint à ma rencontre renifler mes cheveux et poser le bout de son museau dans mon cou en soulevant le col de mon blouson. Nous avions le cœur en sérénade. Elle sentait bon, une touche normande dans ses parfums, avait son poil d'hiver, peluche tiède qui m'avait tant manqué.

— Je viens te chercher, ma chérie.

Je retournai au vieux van Citroën.

— Alors ? questionna José.

— Ça va aller, je crois bien qu'elle est pas mécontente de partir avec nous.

Je sciai les pieds de la haie puis les deux barrières en châtaignier, plaçai le van en travers de la route, le cul au bord du fossé, descendai le hayon. Abaissé, celui-ci était en pente, mais il comblait le fossé. En allant tout doux, Lady Love pourrait pénétrer à l'intérieur du van, il suffirait que je lui baisse la tête pour lui éviter une bosse.

Elle s'était approchée et me regardait faire. A quelques mètres derrière elle, ses copines faisaient de même. Je lui passai une longe au licol et lui fis comprendre qu'elle devait entrer dans le van avec précaution, bien droite. Une fois à l'intérieur, je remontai le hayon, fermai les portes et posai deux cordes à l'endroit où j'avais scié les barrières.

Lorsque je démarrai la camionnette, une des juments hennit. J'avais l'impression qu'elle voulait venir avec nous. Je les vis galoper un instant le long du pré pour nous accompagner, les mèches de leur crinière fouettant le disque de la lune.

Lady Love passa sa tête par l'ouverture de ce qui avait été la porte d'accès à la cabine, et nous renifla.

— Y va en faire une tête, Abbadeus, quand il va apprendre que tu t'es volatilisée, dit José en la caressant.

— Tu penses, dis-je, il s'en fout depuis qu'il sait qu'elle est stérile. Elle vaut plus rien pour lui. Il la mérite pas.

Lady Love se mit à souffler et nous arrosa. Le village de Reux était endormi. Seul un insomniaque aurait pu entendre à cette heure un van rouler entre les toits givrés, et dire que dans la cabine, deux jeunes hommes étaient pris d'un éclat de rire.

Faux départ

Tout était prêt, calibré, le van, nos deux valises, le foin, l'avoine, les vermifuges. Démarrage de Chantilly prévu à trois heures du matin.

A l'instant du départ pour le Sud, José avait refusé de sortir de son lit. Jessie, il voulait voir Jessie.

— Mais t'es frappé, avais-je hurlé, tu vas tout faire louper. Ils ont découvert l'absence de Lady, les recherches sont lancées, c'est ici qu'ils vont d'abord se pointer, les flics. Tu pouvais pas le dire avant?

Non, il n'avait pas pu le dire avant, y me disait rien l'enfoiré. Il espérait que Jessie l'aimait encore, qu'elle l'avait toujours aimé et, peut-être, serait-elle prête à s'enfuir avec nous. Il voulait savoir. Il ne bougerait pas avant.

J'étais allé la chercher et n'avais eu aucun mal à la convaincre de venir dîner avec nous. Elle était ravie de nous retrouver, curieuse de découvrir notre nid. Et le soir même, posté à la fenêtre qui donnait sur la voie ferrée, José la vit sortir du bois et attendre auprès de la barrière blanche et rouge qui ne se soulevait plus. Nous étions d'accord, elle n'avait jamais été aussi belle. Malgré la fraîcheur de la saison, elle portait une robe d'été boutonnée sur le devant, et dans la main, faisait tournoyer un sac ridicule car on ne devait pas y mettre plus d'une enveloppe, un carnet de timbres et un tube de rouge à lèvres. Elle nous fit coucou de la main. Ses boucles étaient blondes et sa peau dorée, et les fossettes à ses joues, heureuses.

Je sortis sur le seuil de la porte et lui dis d'enjamber les barrières. Derrière les rideaux, José la vit ramener le bas de sa robe vers le haut de ses cuisses. Elle projeta une jambe nue sur la barrière, ses fesses rondes à croquer, comme enroulées sur un énorme bâton de fête foraine, et se laissa glisser de l'autre côté.

Elle me sauta au cou puis à celui de José. Elle souriait, joyeuse, posait des questions, furetait dans les minuscules pièces, se moquait gentiment, riait. José la suivait d'un regard langoureux de chien battu, muet comme une carpe.

J'alimentais la conversation, la questionnais. Elle répondait gaiement, le vin lui montait aux joues. Je compris, et José aussi, vérifiable à la tête qu'il fit, qu'elle sortait avec Alain Bastien, un jockaillon coureur de jupons, cela faisait trois fois qu'elle prononçait son prénom.

Je changeai de sujet de discussion et ses éclats de rire reprirent car nous buvions sans mesure. Elle n'avait pas changé, était toujours aussi fraîche, naturelle et pétillante. Sous prétexte de lui montrer un livre, je l'attirai dans la chambre de José et lui dis à mots couverts :

— Tu voudrais pas faire quelque chose pour José ? Il va mal.

— Quoi ?

— Il pense qu'il ne pourra plus jamais faire l'amour, dit qu'il ne ressent plus rien...

— Ça va pas !

— Qu'est-ce que ça te coûte ?

— Mais t'es malade, je ne suis pas une pute !

— Justement, je sais bien, tu pourrais faire ça pour lui, il t'aime. Si ça ne marche pas avec toi, ça ne marchera plus jamais avec aucune autre fille, sois sympa.

— Mais j'suis avec quelqu'un.

— Bastien ?

— Oui...

— Tu crois qu'il te demande la permission quand il va voir ailleurs ?

— Ça m'étonnerait.

— T'as qu'à demander à ta pote Christine.

— Chaumé ?

— Exactement.

— Mais elle sort avec Berkoff.

— Eh bien elle aussi, elle tient ses petits écarts au secret. S'il te plaît, fais ça pour lui.

— Je suis pas une pute Rico, tu me vexes...

— Je sais Jessie, c'est parce que t'es une chouette fille que je te demande ça. Si t'étais une fille facile, crois-moi que je t'aurais déjà mis la main au panier car tu me fais toujours envie.

— Le problème avec José, c'est qu'il est trop amoureux de moi, possessif, tu as vu comme il me regarde, moi ça m'étouffe.

Je la décidai en lui disant que j'avais peur que José fasse une connerie.

Dès qu'elle fut auprès de lui, José sembla fondre. Caché derrière la porte, regardant par l'interstice, je pouvais voir son cœur battre à travers sa chemise. Il ferma les yeux, respira le parfum de ses boucles, entrouvrit ses lèvres, laissa les baisers de Jessie s'y déposer en perles, ses mains glisser sur son torse, lui titiller le bout des seins, déboutonner sa chemise, son pantalon.

Elle s'agenouilla à son fauteuil et poursuivit ses caresses. Mais le sexe de José restait flasque, inerte, désespéré.

Il serrait fort les accoudoirs de son fauteuil lorsqu'elle le prit dans sa bouche. Pourtant, il saisit ses cheveux, tira sa tête en arrière et lui demanda d'aller dans sa chambre.

En passant la porte, elle me dit : « Rien, il veut te voir. »

Il s'était recouvert le sexe avec les pans de sa chemise et, les yeux trempés de larmes, me dit :

— Tu peux la prendre, moi j'y arrive pas.

Je fis non avec la tête.

— Pourquoi ?

— Je ne veux pas te faire de mal, José. T'as déjà été bien servi. Je ne peux pas...

Jessie entra dans la pièce, attrapa son sac au passage et sortit en criant :

— Vous êtes malades. Je me casse !

On prêta l'oreille. Un train arrivait. Son éclairage dans la nuit illumina la fenêtre. Sur la table, les couverts sonnèrent, le chambranle de la porte ouverte grinça. On l'entendit s'éloigner et le cri de Jessie, suivi d'un « merde ».

— On part demain ?

— Oui, répondit José, mais avant on se torche la dernière bouteille.

Camargue

Jusqu'à quatre heures du matin, nous n'avions pas échangé un seul mot, fixés sur le ruban d'asphalte. Nous avions passé Paris au moment le plus calme. Maintenant, le ciel s'éclaircissait du côté de Sens et, lorsque les premiers rayons cuivrèrent nos visages ensommeillés, je dis :

— C'est beau, non ?

— Magnifique.

— Excitant ?

— Oui.

— T'es triste ?

— Oui...

J'observai son profil et Lady Love me le cacha, sa tête prenant tout l'espace entre nous, les naseaux sur le pare-brise. Elle avait les oreilles pointées à l'avant du camion, ses grands yeux dorés par le levant, intrigués par l'horizon qui dansait au rythme des lacets de la route.

Sans nous concerter, José et moi lui déposâmes un long baiser bruyant dans le velours de sa bouche.

Nos yeux se croisèrent, étoilés de paillettes, et nous sourîmes.

La cabane était comme Dédé nous l'avait décrite : vide. Blanche à l'extérieur, noire de crasse à l'intérieur.

Autour, le silence, ou tout comme, car il y avait les roseaux, légère plainte sous le vent, des chevaux qui se reflétaient dans la lagune, se roulaient dans le sable. Et le ciel, immense, où les oiseaux flottaient, croisaient à tire-d'aile, et les nuits, pour nous seuls, étoilées.

Nous avions l'univers à la porte, en kinopanorama.

C'était ça, le bonheur.

On avait confectionné deux matelas avec de la paille. On pêchait en observant les ragondins, en s'émerveillant de la faune, animaux multiples, c'était fou de voir à quel point ils étaient imaginatifs, se décarcassaient pour nous éblouir.

Nous avions dressé un enclos pour Lady Love. Le mistral le coucha et l'emporta. Notre belle allait et venait comme elle l'entendait.

Aux beaux jours, nous tirions nos paillasses à la belle étoile. Lady n'était jamais loin, elle surgissait des herbes, en mâchouillait quelques-unes, et nous, allongés à ses sabots, la regardions, une pluie d'étoiles filantes à son toupet.

Bon, il y avait les moustiques, l'une des inventions terrestres les moins marrantes. Mais comme disait José, son avantage sur moi c'est qu'il ne les sentait pas sur ses guibolles. On s'administrait des baffes, et cela nous faisait rire.

Je n'avais jamais vu José aussi gai. Il n'était pas hilare comme pour le prix de Diane, mais je découvrais une certaine constance dans sa bonne humeur. Il m'en dit la raison un soir :

— Tu vas pas me croire Rico, mais depuis quelques jours je ressens des sensations dans la bite. Comme des décharges d'électricité. C'est pas encore la gaule du matin, mais on dirait que ça veut bandouiller.

Je lui dis que c'était l'effet Lady Love, qu'il n'y avait rien de mieux dans la vie qu'être à cheval pour revivre.

L'un après l'autre sur elle, nous parcourions notre domaine. Et tour à tour, nous étions Folco sur Crin Blanc. A ce propos, nous avions un différend. Dans mon souvenir, qui datait de la projection du film dans l'école Charcot de Romainville, Folco et Crin Blanc échappaient aux méchants gardians en se jetant dans la mer, choisissant de mourir noyés au large, plutôt que de perdre leur liberté, leurs rêves. José, lui, me disait que s'ils se retrouvaient non pas dans la mer mais dans le Rhône, c'est parce que les gardians les poursuivaient et qu'ils avaient poussé l'enfant et le cheval à l'eau, un accident.

Ils meurent bien à la fin du film, assurait José, mais ce n'est pas de leur propre volonté. C'est la connerie des hommes qui les tue.

Sinon, autre motif de notre bonheur, il y avait Albert, le pote manadier de Dédé sur les terres de qui nous étions. Bonhomme adorable, chenu, yeux d'azur, buriné par le soleil et les chevaux, d'une douceur miraculeuse. Il avait soixante ans, Albert, une épouse aussi adorable que lui et, ultime miracle, une fille de vingt ans.

Jackie venait nous rendre visite à cheval, des collations accrochées à sa selle au troussequin duquel étaient cloutées ses initiales, J.B. Elle passait des journées entières avec nous. Nous pique-niquions dans les dunes, et nous les garçons, ne nous lassions pas d'observer son profil, ses longs cheveux qui faisaient des ruisseaux de jais sur ses épaules pain d'épice. Son parfum nous enivrait, virevoltait bien après son départ, pimentait nos pensées.

On la vit tous les jours, même lorsqu'elle était absente. Elle nous berçait de Camargue, connaissait tout de son pays. Suave sa voix, poignantes ses mains lorsqu'elles dessinaient dans le ciel de gracieuses figures.

Et puis, comme nous, Jackie savait ne rien dire. Toujours là où il fallait, assise entre nous devant des panoramas à couper le souffle.

Chacun, on avait le projet, lorsque ses doigts jouaient avec le sable, de lui prendre la main. Ni l'un ni l'autre osa. Elle fit mieux, proposa de masser le dos de José, sur la grève brûlante, puis ce fut mon tour. Sentir ses doigts sur ma peau, ou les observer pétrir mon compagnon, me procurait autant d'émotions. Il n'y avait rien de plus fort, de plus tendre, et de plus vrai, que le regard qu'elle posait sur nous.

Nous l'aimions.

Mais pas au point d'oublier Lady Love.

Ah ! Lady Love. Admirable Lady Love.

Un matin, je ne la vis pas. José n'était pas sur sa couche. Ils étaient donc partis ensemble. José parvenait à se hisser à la force des bras sur son dos. Le soir, ils n'étaient toujours pas de retour. Je scrutais l'horizon. Une nouvelle nuit passa et le lendemain à l'aube, je partis à leur recherche.

Le soleil était au zénith lorsque je l'aperçus. Elle se tenait immobile sur une langue de sable qui disparaissait dans la mer, et fixait un point au large.

Il y avait ses traces dans le sable. Elles rentraient dans l'eau, en ressortaient. Et depuis, elle était restée là à considérer la surface des flots.

On attendit ensemble, jusqu'au soir, côte à côte. Alors, j'ai serré son encolure dans mes bras et nous sommes rentrés à la cabane, l'un contre l'autre.

Nous n'avons plus jamais revu José, notre héros, qui à sa façon, sans un mot ni une plainte, avait écrit un autre dénouement à l'histoire de Crin Blanc.

J'ai longtemps cherché une lettre, un mot de lui. Je n'ai jamais rien trouvé, hormis au fond de son sac, un papier-journal plié en huit.

C'était une page de une de *Paris-Turf*. Une photo trois quarts de page représentait Lady Love et José souriant, lumineux, juste après le prix de Diane. Le titre en gros caractères disait : *« Une belle histoire d'Amour. »*

Cette nuit-là, je pris la main de Jackie pour la première fois et décidai de ne plus jamais la lâcher.

Remerciements

Anne

Ariane

Armand

Martex

Brigitte

Jacky

Nicky et Jean-Claude

et Jackie

GLOSSAIRE

A cheval : miser Gagnant et Placé.

Balsane : marque blanche plus ou moins importante en bas d'un membre et située entre le sabot et le genou.

Breeches : jodhpur, pantalon de cheval.

Breeze : faire un canter rapide, un bout vite.

Canon : partie du membre entre boulet et genou.

Canter : galop d'entraînement soutenu, plus rapide que le galop de chasse, mais bien en deçà d'un galop de course.

Caveçon : pièce de harnachement placée au-dessus des naseaux du cheval où l'on attache une longe. Sorte de grosse muserolle.

Chanfrein : partie de la tête du cheval entre naseaux et front.

Court-jointé : dont les paturons sont trop courts par rapport aux canons.

Demi-train : allure soutenue, au-delà du canter.

Enclosure : enceinte autour de la salle des Balances, réservée aux professionnels, propriétaires, invités, etc.

Entier : mâle pourvu de ses testicules.

Etrivières : lanières de cuir trouées, passées dans le haut des étriers.

Gaille : terme péjoratif des lads pour parler d'un cheval.

Garçon de voyage : cadre d'une écurie de courses chargé des déplacements vers les hippodromes.

Isabelle : robe jaune pâle ou marron clair avec les crins et les extrémités noirs.

Liste (en tête) : dessin de poils blancs sur le chanfrein.

Lot : ensemble de chevaux d'une même écurie sur les pistes. Un lad s'occupant généralement de trois chevaux, il monte trois lots chaque matin.

Maiden : cheval n'ayant jamais couru. En élevage, une maiden est une jument vierge.

Mash : mélange d'orge et d'avoine cuites, avec un peu de graine de lin. Le plat de fête des chevaux, excellent pour leur transit intestinal.

Panard : aplomb défectueux où les sabots sont orientés à l'extérieur.

Pesage : Enceinte autour de la salle des Balances et du rond de présentation, comprenant les tribunes. Par opposition, le lieu public qui se trouve à l'intérieur des pistes s'appelle la Pelouse.

Premier garçon : Cadre d'écurie responsable des hommes et des chevaux.

Salières : creux sur la tête des chevaux, entre le front et le rocher, juste au-dessus des yeux.

Salle des Balances : Lieu où l'on pèse les jockeys avant et après la course.

Se faire la valise : être emballé par sa monture.

Stick : cravache.

Tic de l'ours : cheval qui danse d'un antérieur à l'autre en balançant son encolure de droite à gauche.

Whip : cravache.

Cet ouvrage a été composé et imprimé par

FIRMIN DIDOT
GROUPE CPI
Mesnil-sur-l'Estrée

pour le compte des Éditions Grasset
en mars 2003